UN ÉTÉ POURRI

DU MÊME AUTEUR

Ciel de sang
Seuil, 2006
et « Points Policiers », n° P1680

Un chapeau dans la neige
Seuil, 2007
et « Points Policiers »
sous le titre Le Diable de Blind River, n° P2356

Steve Hamilton

UN ÉTÉ POURRI

ROMAN

TRADUIT DE L'ANGLAIS (ÉTATS-UNIS)
PAR PIERRE NAMIA

ÉDITIONS DU SEUIL
27, rue Jacob, Paris VIe

COLLECTION DIRIGÉE
PAR ROBERT PÉPIN

Titre original : *A Stolen Season*
Éditeur original : Orion Books, Ltd.

ISBN original : 978-0-7528-8165-2

ISBN 978-2-02-095909-4

www.editionsduseuil.fr

Pour Bill et Frank

1

Depuis le début, tout allait de travers ce soir-là.

Tout.

D'abord il faisait froid. C'était la première chose. Il faisait froid et il y avait un brouillard humide en suspension au-dessus de l'eau. Le genre de brouillard qui transperce jusqu'aux os, quel que soit le nombre d'épaisseurs qu'on a sur le dos. Le froid qui pénètre dans les poumons et glace jusqu'à la moelle.

Il faut dire qu'en plus, j'étais à Brimley – le dernier endroit où j'aurais dû me trouver. Ça n'est habituellement qu'une simple halte sur la route, à mi-chemin de la baie quand on se rend de Paradise à Sault Ste Marie. Il y a deux restaurants en ville, chacun avec sa stratégie pour servir l'alcool, article essentiel à la survie par des nuits comme celles-là. Le Willoughby a installé un bar séparé tout au fond, et le Cozy se métamorphose chaque soir à vingt et une heures, quand tout ce qui a moins de vingt et un ans est fichu à la porte. On trouve aussi une station-service avec une petite boutique attenante, et c'est à peu près tout, la ville tout entière étant là, en bas de la route qui descend de la Bay Mills Indian Community. La réserve. Par une nuit claire, j'aurais pu rester là, sur la rive, à contempler les lumières du casino de l'autre côté de la baie. Mais la nuit était tout sauf claire.

Je me disais que Vinnie était probablement là-bas, en train de travailler aux tables de black-jack et d'y maintenir l'ordre à sa façon toute personnelle et tranquille. Il avait été dealer pendant quelques années. Il était maintenant chef de table. Vinnie est un Ojibwa de Bay Mills, même s'il vit hors de la réserve. De fait, c'est mon voisin, et l'un de mes trois derniers amis au monde. Mais je savais que je ne le verrais pas cette nuit-là, même s'il était de l'autre côté de la baie. Je le laisse tranquille quand il travaille. En fait, je le laisse tranquille les trois quarts du temps. C'est comme ça que ça se passe avec lui.

Normalement, j'aurais déjà dû être rentré à Paradise par une soirée comme celle-là, et passer les dernières heures de ma journée au Glasgow Inn. Je me serais assis dans un des grands fauteuils rembourrés à côté du feu. Il y aurait peut-être eu un jeu à la télévision au-dessus du bar. Jackie Connery, le gérant et commandant suprême des lieux, est aussi un ami. Mais contrairement à Vinnie, je le laisse rarement tranquille. Il ne veut pas l'admettre, mais Jackie serait complètement perdu sans moi, sans mes critiques quotidiennes sur sa façon de préparer les petits déjeuners, de diriger son bar, de faire du feu et tout le reste. Il essaie bien de me retourner la politesse, mais j'ignore la plupart de ses conseils. Et de ses insultes. Malgré tout, il a toujours une bière canadienne Molson bien fraîche pour moi, et chaque soir sans exception elle m'attend. Il traverse le pont en voiture une fois par semaine pour se rendre au Canada et m'en acheter une caisse, soi-disant en même temps que pour autre chose. À mon avis, pour lui, c'est devenu un rituel. Une bonne excuse pour s'échapper de derrière son bar. C'est ça, ou alors il veut vraiment être sûr que j'aie bien ma Molson.

Oui, une bière fraîche et les pieds surélevés près du feu. Ç'aurait été autrement mieux comme façon de passer la soirée. Beaucoup mieux que de rester là sur la rive de Waishkey Bay, dans le jardin d'un inconnu, à scruter la brume glaciale. Waishkey Bay s'ouvre sur la Whitefish Bay au-delà de laquelle s'étend, sans rides, le plus grand, le plus froid et le plus profond des lacs du monde. Le lac Supérieur. Je l'entendais au loin. Je le sentais. C'est juste que je ne le voyais pas.

Je m'emmitouflai un peu plus dans mon manteau en tentant de me convaincre qu'il était inutile de grelotter. Je savais qu'une fois que c'était parti, ça ne s'arrêterait plus tant que je ne serais pas à l'abri. Et ça, je n'y étais pas encore prêt. Il y avait beaucoup trop de bruit là-dedans. Trop de fumée. Je voulais rester encore quelques instants, tout seul, à regarder la brume et le peu que j'arrivais à distinguer du ciel nocturne. Plus tard, il y aurait des feux d'artifice, peut-être invisibles, mais des feux d'artifice tout de même, là-bas, au-dessus de Waishkey Bay.

Oui, c'était l'autre étrangeté de cette soirée. J'étais là à me maudire de ne pas porter un manteau plus chaud un 4 juillet[1].

Ça n'allait pas. Je le jure, ça n'était pas du tout juste. Ici, on vit pour les étés. C'est dans la haute péninsule du Michigan qu'on est, pour l'amour du Ciel, aussi loin de la civilisation qu'il est possible de l'être sans quitter le pays. Les hivers durent une éternité ici. Ils en donnent en tout cas l'impression. Il fait un froid atroce, inhumain. Les tempêtes de neige puisent leurs forces dans le lac, puis s'abattent sur nous comme si elles avaient reçu l'ordre du Bon Dieu de nous ensevelir à jamais. En 1995, nous eûmes ainsi deux mètres de neige en une seule journée.

Vingt-quatre heures.

Deux. Mètres. De neige.

La plupart des années, elle ne fond même pas avant mai. Après, on a parfois un vague et bref printemps. La température peut dépasser les cinq degrés et c'est alors tout juste si on ne se met pas en maillot de bain sur la plage. C'est dire à quel point on est avide d'un peu de soleil. La neige retombe ensuite furtivement à plusieurs reprises et recouvre le sol de quelques centimètres supplémentaires pendant la nuit. Histoire de nous taquiner. Enfin la planète se remet dans la bonne position et l'été semble s'installer d'un seul coup. La blague consiste à dire que, l'année dernière, l'été a duré un jeudi entier. Voilà à quel point ça semble bref. Fugitif.

Mais Dieu, quel été c'est alors ! Le temps d'un battement de cils, l'endroit devient le plus beau du monde. Avec une lumière… Il faut la voir pour le croire. Cette façon qu'elle a de se refléter dans l'eau le soir ! Cette façon qu'a le vent de souffler du lac, celle dont on voit bouger tous les arbres l'un après l'autre le long d'une route en ligne droite !

Et les couchers de soleil !

1. Jour de la fête nationale américaine. *(NdT.)*

La beauté désolée et bouleversante de ce foutu lieu. De ce pays qui est le mien.

Mais pas cette année. Pour Dieu sait quelle raison, nous sommes en train de sauter l'été. De retourner directement à ces mois d'automne où le lac se transforme en monstre. Où presque du jour au lendemain, des vagues de deux mètres sont à nouveau prêtes à battre le flanc des grands bateaux. Rater la promesse de l'été est la chose la plus cruelle qu'on puisse imaginer, et tout un chacun, sans exception, qui vit ici l'a ressenti.

Pour moi, il y a plus encore à regretter. Mais pas tout de suite. Inutile de devenir complètement suicidaire. Ce sera toujours là quand j'arriverai enfin à rentrer me coucher. Quand je fermerai les yeux et me souviendrai à quoi ressemble son visage. Quand je me demanderai ce qu'elle est en train de faire à ce moment précis, à huit cents kilomètres de là.

J'entendis des bruits de pas derrière moi. Je m'attendais que ce soit ceux de Leon, mon troisième et dernier ami au monde, et celui pour qui, ce soir-là, je me trouvais à Brimley. Mais c'était ceux d'un certain Tyler. Je venais de le rencontrer seulement quelques heures auparavant et ne connaissais donc pas le bonhomme. Je savais par contre qu'il avait dû avoir une sacrée réputation dans les années soixante. Il avait encore de longs cheveux noirs tressés en natte dans le dos. Par ici en terre Ojibwa, cela ne fait pas spécialement de vous un marginal, mais tout le reste y contribuait. Il portait une veste teinte, à la ficelle, en vert et en rouge vif, et avait l'air d'avoir trouvé ses petites lunettes rondes à une vente aux enchères des affaires de John Lennon. D'après ce que j'avais compris, il avait été musicien la plus grande partie de sa vie et s'était installé ici pour devenir directeur artistique du grand Casino de Sault Ste Marie quand ce dernier avait ouvert. Il avait acheté sa vieille maison à Brimley parce qu'elle disposait d'un énorme garage – un garage plus grand que la maison elle-même, avec plein de place pour trafiquer ses voitures de collection. En moins d'un an, il avait lâché son job au casino et avait transformé la moitié de ce garage en studio d'enregistrement dernier cri. Il avait toute l'installation nécessaire, avec les murs anti-échos et la petite pièce séparée et tout équipée où s'asseoir. Je ne pouvais même pas imaginer combien ça lui avait coûté, et comment un vieux hippie comme lui avait pu dégoter autant d'argent. Mais il semblait bien que le studio était devenu un endroit très connu dans la région, où les musiciens venaient de tout l'État pour enregistrer à quelques mètres du lac.

Le plus beau ? En plus d'avoir construit son propre studio d'enregistrement et d'être capable de réparer tout ce qui avait quatre roues, il faisait aussi partie des gardes-côtes auxiliaires. Malgré ses cheveux et tout. Cela dit, je n'aurais pas dû en être étonné. Tout homme capable de vivre ici toute l'année ne peut qu'exceller à une bonne douzaine de trucs, et être super bon à une douzaine d'autres.

– Non mais, t'y crois, toi ? dit-il. Il fait assez froid pour geler les couilles d'un singe. Non, attends, c'est pas ça.

– Ou les couilles d'une guenon. Comme disait mon père.

– Voilà, les couilles d'une guenon. Je ne sais pas ce que c'est mais je m'en souviendrai.

– Dis-moi, Leon et les garçons ne sont pas encore prêts ?

– Presque, dit-il en regardant vers le garage et hochant la tête. Aussi prêts qu'ils peuvent l'être, j'imagine. Qu'est-ce que tu en penses, Alex ?

Deux heures en ma compagnie et il me traitait déjà comme un vieil ami perdu de vue. Ou une âme sœur, disons. Quelqu'un qui semblait considérer que nous avions beaucoup en commun malgré nos apparences. Après tout pourquoi pas ? Dieu sait qu'un ami de plus ne m'aurait pas fait de mal. Jackie, Vinnie, et finalement Leon. Le tour était vite fait.

Leon – je l'avais rencontré une nuit au Glasgow. Leon aux cheveux orange ébouriffés et à la chemise en flanelle, la grande andouille du coin que personne n'avait jamais pris au sérieux, pas même une seconde. Il était venu à Paradise se battre avec moi sur le parking, tout ça parce qu'il avait perdu son boulot en or de détective privé. L'avocat qui le payait avait réussi à me convaincre de prendre sa place, mais le boulot s'était avéré être tout sauf en or. Quelque temps plus tard, je devais découvrir que, de fait, Leon, lui, savait ce qu'il faisait. Et que, moi, je ne le savais assurément pas.

Nous avions fait équipe pendant quelque temps. J'ai encore quelques cartes de visite qu'il avait fait faire. Enquêtes Prudell-McKnight, son nom en premier parce que ça sonnait mieux. Enfin... c'est ce qu'il disait. Avec de chaque côté de la carte les deux revolvers pointés l'un vers l'autre.

Bien sûr, je n'avais aucune envie d'être détective privé. Avec ou sans Leon comme partenaire. Mais ça n'avait pas empêché les ennuis de me tomber dessus. Je ne peux même pas compter le nombre de fois où Leon m'avait aidé. Pour les problèmes d'ordinateur, ou bordel, tout simplement en me trouvant une arme après que j'avais balancé la mienne dans le lac. Je lui devais la vie.

J'avais commencé à me sentir coupable de ne lui rendre visite que quand j'avais quelque chose à lui demander. Je m'étais promis de mettre un point d'honneur à l'inviter à déjeuner de temps en temps. Ou de m'arrêter chez lui, même si ma présence continuait à rendre sa femme assez nerveuse.

Ou de le regarder jouer. Parfaitement. Leon et son orchestre. Juste quand je me disais qu'il avait fini de m'étonner, il m'avait appelé pour me dire qu'il remontait son ancien groupe pour enregistrer une démo.

– Quel groupe ? lui avais-je demandé. De quoi tu parles ?

– Un groupe de rock. On jouait ensemble à la fac.

– À Lake State ? Tu avais un groupe ?

– Oui, on jouait dans tous les bars. Je t'en ai jamais parlé ?

– Et comment s'appelait ton groupe, s'il te plaît ?

– À l'époque, Leon et les Léopards...

– Tu te fous de moi.

– Non, mais si on remet ça, il faudra qu'on trouve autre chose.

– Leon, avais-je dit. T'es quelque chose, toi !

– Eh mais, si je ne peux pas faire le truc que je préfère...

Il n'avait pas eu besoin de finir sa phrase. Je savais exactement où il voulait en venir. Il avait même essayé une fois de faire ça tout seul. Il avait loué un bureau, mis son nom sur la porte. Tout le cirque. Ça n'avait pas marché. Depuis, il travaillait à vendre des scooters des neiges chez le marchand de véhicules customisés.

– La musique est peut-être ma lointaine deuxième voie, avait-il dit. Appelons ça comme ça.

Il était batteur, ce qui, j'imagine, était logique. Si Leon Prudell devait jouer dans un groupe de rock, ce ne pouvait être que derrière une batterie. Tout comme je ne pouvais être qu'attrapeur du temps où je jouais au base-ball. Ça semblait bien aller avec ma personnalité.

– Dis-moi la vérité, lançai-je à Tyler. Est-ce que ces mecs sont bons ?

– Ils sont un peu… approximatifs, mais ils ont quelque chose.

– Ha.

– C'est vrai. Quelque chose.

– Tu es un diplomate né.

– Tu ne veux pas entrer ?

– Je prenais un peu l'air.

En réalité, je les avais déjà écoutés jouer dans le studio pendant une heure, jusqu'à ce que je me mette à avoir mal au crâne. Entre les spots, le boucan et cette saloperie de fumée de cigarettes ! Ou Tyler avait des gens qui se relayaient là-dedans vingt-quatre heures sur vingt-quatre pour fumer, ou bien il utilisait cet endroit pour faire sécher des feuilles de tabac. J'ai entendu dire que certains États interdisent presque de fumer dans les maisons, mais c'est sûr que cette idée-là n'est pas encore arrivée jusqu'au Michigan.

– C'est de pire en pire, dit-il en s'approchant de son embarcadère. On n'arrive même plus à voir le Point.

– Le Point ? Où est-ce ?

– À environ un mille au large. Il y avait une scierie, il y a longtemps. On arrive encore à voir où se trouvait le pont.

– Un pont ?

– Regarde dans cette direction. On aperçoit les anciennes piles.

Il asséna un lent coup de karaté à l'air et en suivant la direction qu'il m'indiquait, je finis par apercevoir leurs silhouettes sombres dans l'eau. Il semblait y en avoir deux rangées distinctes séparées de quelques mètres et courant en parallèle jusqu'à l'endroit où avait dû se trouver cette île.

– Qu'est-ce que c'était ? Un pont de chemin de fer ?

– Exactement. C'était plus rapide de couper à travers la baie que d'en faire le tour. Les rails passaient juste à travers mon jardin.

– Quand ont-ils fermé l'usine ?

– Un jour ça a brûlé, vers le début du siècle. J'ai encore une vieille photo de journal qui traîne à la maison.

– Et ils ont laissé ces vieux trucs dans l'eau tout du long ?

– Ils vont à peu près jusqu'à mi-chemin. S'il n'y avait pas tant de brouillard, tu verrais où ils s'arrêtent. Il faut y faire très attention quand on passe en bateau.

– J'imagine.

Je continuai à regarder les vieilles piles de bois dans l'eau. On aurait dit les dos de deux grands monstres marins en train de nager côte à côte dans la brume. Puis j'entendis une autre voix derrière moi.

– Le feu d'artifice a commencé ?

C'était Leon. Il avait maintenant une casquette de base-ball frappé du T des Detroit Tigers sur la tête.

– Ça n'a pas vraiment d'importance, dit Tyler. On ne verra rien. Vous vous êtes finalement décidés pour un morceau ?

Il se retourna vers le studio. Il y avait une grande baie vitrée donnant sur le lac, et la lumière projetait une vague lueur dans le jardin jusqu'au bord de l'eau.

– Je ne sais pas si on va pouvoir enregistrer quoi que ce soit ce soir, dit-il. Je suis désolé de vous faire perdre votre temps comme ça.

– Pas du tout, dit Tyler. Qu'est-ce que j'aurais bien pu faire d'autre par une nuit pareille ?

– On se croirait en novembre, ajouta Leon en se frottant les bras. Où est donc passé le réchauffement de la planète ?

Soudain, une faible détonation se fit entendre de l'autre côté de Waishkey Bay.

– Ils essaient de tirer les feux d'artifice, dit Tyler. C'est pas croyable.

Il y eut un autre boum. Nous aperçûmes quelques traînées rouges dans l'air. À peine. Déjà assez laxiste sur la réglementation des feux d'artifice, le Michigan l'est encore plus dans la réserve. On peut y tirer à peu près tout sauf un missile intercontinental, mais ce soir-là, c'était vraiment gâcher la poudre à canon. Ceux qui se trouvaient là-bas tirèrent encore cinq ou six fois avant de finir par laisser tomber.

– Bon, ben, ce sera tout pour cette année, dit Tyler. Je crois bien que l'été est officiellement annulé.

– Attendez, qu'est-ce que c'est que ce bruit ? s'exclama Leon.

Dans le studio derrière nous, quelqu'un jouait quelques accords de guitare.

– C'est ton pote Eugene, dit Tyler. Qui se prend pour Jimmy Hendrix. Est-ce qu'il sait accorder ce truc ?

– Non, je veux dire là-bas, reprit Leon.

La guitare s'arrêta. Nous restâmes tous les trois à tendre l'oreille dans un silence presque total. Il y avait un léger bourdonnement quelque part dans la baie. Et il augmentait.

– C'est un bateau, dit Tyler.

– C'est pas dangereux d'être là-bas ?

– Pas tant qu'on sait où on va.

– Sauf qu'on ne peut même pas voir où on va.

– Il faut l'équipement qui convient.

Le bruit continuait de s'amplifier.

– Je ne sais pas qui c'est, dit Leon, mais il fonce.

– S'il est déjà passé par là, il lui suffit de suivre ses anciennes routes avec son GPS… Mais oui, tu as raison. Même si la voie est sûre, on n'a pas intérêt à aller aussi vite. On ne sait jamais sur quoi on va tomber.

Ça devint encore plus fort. Ça se rapprochait.

– Attendez un peu, dit Tyler, on dirait que…

– Ça vient par ici, dit Leon.

– C'est pas possible. Pas aussi près. Il va droit sur les piles.

De plus en plus fort. Le vrombissement caractéristique d'un bateau puissant, et maintenant qu'il s'approchait, les claquements de la coque contre l'eau.

Nous le vîmes. Silhouette sombre qui se déplaçait rapidement. Comme s'il venait droit sur nous. Comme s'il allait bondir sur la berge et nous écraser.

– Arrêtez ! cria Tyler en se précipitant vers l'embarcadère. Coupez le moteur !

C'était inutile. Il n'y avait aucune chance pour que le pilote l'entende. Le bateau continua d'approcher, et vira finalement sur bâbord. Il n'allait plus heurter le quai. Mais les piles…

– Arrêtez ! Demi-tour !

Pas de réaction. Le bateau n'était encore qu'une silhouette sombre sur l'eau, et de là où nous nous trouvions, nous pouvions à peine dire quelle taille il faisait. Mais une chose était sûre. Nous nous en rendîmes compte probablement tous les trois exactement au même moment : nous étions sur le point d'assister à quelque chose de vraiment horrible.

Je ne fis pas qu'entendre la collision. Je la ressentis dans mes tripes. Il y eut un long et violent frottement de la coque du bateau contre les piles de bois, bien pire que des ongles sur un tableau noir. Tout se passa en deux secondes. Avant même que j'aie pu reprendre mon souffle, le bateau s'était immobilisé. Le moteur était toujours en train de faire bouillonner l'eau.

– Il faut qu'on y aille, dit Tyler déjà sur le départ.

– Ton bateau…

– Il est en cale sèche. Je vais chercher celui de Phil. (Déjà il se dirigeait vers la porte de la maison voisine.) Appelez le 911. Dites-leur d'envoyer une ambulance et de prévenir les gardes-côtes.

Leon sortit un téléphone portable de sa poche revolver et composa un numéro. Pendant qu'il parlait au dispatcheur, je descendis sur le quai pour examiner l'épave. Elle était environ à deux cents mètres au large. Je n'avais aucune idée de la profondeur de l'eau. Je me demandai s'il fallait que je plonge, mais décidai que non. Si Tyler pouvait y aller en bateau, je serais bien plus utile en l'accompagnant.

– J'appelle de Brimley, entendis-je Leon annoncer au téléphone. Lakeside Loop, juste à côté de l'endroit où le vieux pont partait en direction du Point… Non, je n'ai aucune idée… Non, on ne voit personne. Il y a trop de brouillard… Oui, on va essayer de faire ça… Tyler Staples est ici. Il est garde-côtes auxiliaire.

Tyler retraversa le jardin en courant en direction du quai voisin. Leon le suivait de près. Le temps que j'arrive, ils avaient déjà découvert et désamarré le bateau.

– Je vais chercher les autres ? demanda Leon.

– Ne t'occupe pas d'eux, dit Tyler. Il faut qu'on y soit en vitesse.

– Grimpez, dis-je. (C'était un runabout[1] d'environ six mètres.) Je vais le pousser.

Leon monta à bord Je souquai un bon coup et tentai de sauter à bord par l'avant. J'y arrivai presque, dus m'accrocher fermement quand une de mes jambes se retrouva dans l'eau. Dieu qu'elle était froide ! Je me hissai et me glissai à l'intérieur en contournant le pare-brise.

– Allez, dit Tyler en tournant la clé. (Le moteur cliqueta sans démarrer.) Allez, fils de pute.

– Où est ton voisin ? demanda Leon. Il pourrait faire démarrer ce truc ?

– Il n'est pas chez lui. Heureusement que je sais où il accroche ses clés.

Il refit un essai. Clic clic clic. Puis plus rien.

– Démarre, espèce de saloperie. Démarre et tourne, nom de Dieu !

– Tyler, ces types sont probablement en train de se noyer, dis-je. Il va peut-être falloir qu'on y aille à la nage.

– Attends, dit-il. Bouge pas.

Il tourna de nouveau la clé et le moteur finit par démarrer en rugissant.

– C'est bien, mon cochon. Allons-y.

Quand il poussa la manette des gaz vers l'avant, le bateau bondit comme un cheval au départ d'une course et faillit tous nous expédier par-dessus bord.

– Cramponnez-vous, ordonna Tyler. Allons voir ce qu'on peut faire pour ces gars. Mais qu'est-ce qu'ils pouvaient bien foutre… Vous avez vu à quelle vitesse ils allaient, nom de Dieu ?

– Fais attention, dit Leon. Ne fonce pas toi aussi dans ces trucs.

Je sais où je vais. Ne t'en fais pas.

1. Canot automobile de tourisme et de course à moteur intérieur très puissant. *(NdT.)*

Il ne nous fallut que quelques secondes pour arriver jusqu'au bateau. En nous approchant, nous entendîmes le bruit strident de leur moteur. L'hélice tournait encore rapidement.

– Il faut arrêter ce moteur, dit Tyler. Avant toute chose. Tiens, Leon. Prends ça.

Il lui tendit une lampe torche. Les premières secondes, le faisceau ne fit rien de plus que se refléter dans la brume, mais en nous rapprochant du bateau, nous eûmes un premier aperçu des dégâts.

– Putain de merde ! lança Tyler. Regardez-moi ça.

C'était un bateau en bois, un ancien Chris-Craft. D'au moins huit mètres, avec cet aspect vernis qu'on ne voit plus guère que sur les vrais bijoux de collection. De ceux qu'on amène chaque été à la Grande Exposition des Bateaux anciens en bois de Hessel. Autant dire que si celui-ci en faisait partie, il ne serait plus exposé nulle part. La coque était complètement détruite, avec des éclats de bois saillant dans toutes les directions.

Ce truc valait probablement quatre-vingt, peut-être cent mille dollars avant l'accident. Voire plus. Maintenant, c'était du bois d'allumage.

– Vous voyez quelqu'un ?

Tyler nous fit aller au ralenti.

– Pas encore, dit Leon.

Dans la faible lumière, on arrivait à distinguer un toit souple, mais il s'était écroulé. Il ressemblait maintenant plutôt à une bâche recouvrant toute la cabine.

– C'est peut-être pas bon, dit Tyler.

L'euphémisme de l'année. Je ne pouvais qu'imaginer ce que la soudaine décélération avait fait à quiconque se trouvait à bord de ce truc. Le bateau s'était arrêté net, mais leurs corps avaient continué. Et même ensuite, après que leurs os s'étaient arrêtés… Leurs crânes… Ce qu'il y avait à l'intérieur avait aussi dû continuer. À ce moment-là, je n'aurais pas parié cinquante cents sur leurs chances de survie.

– Je vais m'approcher, dit Tyler. Mais il faut qu'on fasse attention à ce moteur.

Je compris ce qu'il voulait dire. Le bateau tout entier semblait trépider, tandis que l'hélice continuait vainement à essayer de le faire avancer.

– Enlevons cette toile, dit Leon.

Il était maintenant tout proche de l'arrière du bateau. J'étais plus près de la proue, mais le canot était en train de prendre rapidement l'eau en s'enfonçant par l'avant. Il fallait que je me penche pour attraper la toile. Chacun de nous l'agrippa et tira.

– Nom de Dieu de bordel de merde ! lança une voix à l'intérieur du bateau. Qu'est-ce qui s'est passé ?

Leon et moi nous adressâmes l'un à l'autre un signe de tête. Nous tirâmes de plus belle sur la toile. C'était atrocement lourd, mais nous finîmes par la dégager suffisamment pour voir à l'intérieur.

Il y avait trois hommes à bord, tous l'air d'avoir été éjectés de là où ils étaient assis. Le plus proche de moi était allongé sur le ventre, la tête dans l'eau qui montait.

– Attrape ce gars ! dit Tyler. Sors-lui la tête de l'eau.

Je me précipitai à l'intérieur et l'empoignai. Il était grand, et me trouver dans un bateau maintenant en train de couler ne facilitait pas les choses.

– Lâchez-moi ! dit-il. Fichez-moi la paix.

Il me repoussa les bras et baissa de nouveau la tête. Dans un violent haut-le-cœur, il rendit tout ce qu'il avait dans l'estomac, partout autour de lui. À la surface de l'eau flottaient des bouteilles de bière, des coussins, une canne à pêche. Et maintenant quelques litres de bile en prime étaient en train de se répandre dans le bateau comme une nappe de mazout.

– Coupe ce moteur ! ordonna Tyler.

– J'arrive pas à accéder aux commandes, répondit Leon. Ce type est inconscient.

Il essayait de se frayer un chemin en contournant l'homme assis au volant. J'aperçus du sang sur le front du bonhomme.

– Il vaudrait mieux pas le bouger, dit Tyler, mais je ne crois pas qu'on ait beaucoup le choix.

– Attendez que j'arrête ce truc, dit Leon.

Il tenta de soulever le type d'un bras et d'atteindre le contact avec l'autre. Il fit un petit pas de côté pour déplacer le poids de l'homme et c'est alors que tout dérapa. Leon lâcha prise et l'homme retomba sur la manette des gaz, la poussant vers l'avant et manquant nous envoyer tous dans l'espace intersidéral. En tombant en arrière, je vis Tyler sauter à bord du bateau comme une sorte de pirate aux cheveux longs. J'entendis céder la coque de bois quand le moteur nous projeta sur les piles et sentis le choc glacial de l'eau dans mon dos. La seule question était de savoir combien d'entre nous allaient sombrer avec le bateau, ou bien si l'hélice elle-même allait se détacher et se mettre à tailler dans la chair humaine.

Je tentai de me relever, mais le grand type était en train d'en faire autant et atterrit directement sur mes genoux. Leon se débattait avec son homme en essayant d'atteindre les contrôles. Le troisième type était maintenant à genoux et se tenait la tête comme un boxeur en train de se faire compter jusqu'à dix.

– Tyler ! criai-je. Tyler, coupe le moteur.

Il passa par-dessus tout le monde et tomba tête la première en progressant vers l'avant du bateau. Il atteignit la clé de contact.

Le moteur continuait de faire bouillonner l'eau. Le boucan était plus fort que tout.

Puis il finit par s'arrêter.

Dans le silence soudain, j'entendis tout le monde respirer. Le grand type poussa un gémissement comme s'il s'apprêtait à vomir de nouveau d'une seconde à l'autre.

– Tout le monde va bien ? lançai-je.

– Ce gars est inconscient, dit Leon, les doigts sur la nuque du pilote. Mais il est vivant.

– Les autres..., dit Tyler en s'asseyant lentement et se tenant l'épaule. J'en reviens pas qu'eux aussi ne soient pas KO. Peut-être que le bateau n'allait pas aussi vite qu'il en avait l'air.

– À moins qu'on soit bien plus costaud que ce que vous croyez, dit le type à genoux en se relevant et s'asseyant doucement sur la banquette avant. Qui êtes-vous, au fait ? Que se passe-t-il, nom de Dieu ?

– Allons, dit Tyler, on va vous ramener sur la berge.

– Vous nous avez heurtés ?

– Bien sûr que non.

– Vous nous avez heurtés avec votre bateau ? C'est ça qui est arrivé ?

Si j'avais pu l'atteindre, je lui en aurais mis une en pleine gueule.

– Vous avez heurté les piles d'un vieux pont. Maintenant fermez-la et montez à bord de l'autre bateau.

Mais en tournant la tête, je vis le bateau de Tyler partir à la dérive. Il devait déjà se trouver à une quinzaine de mètres.

– Je m'en occupe, dit-il.

Dans un mouvement tout en souplesse, il repassa par-dessus bord et nagea en gardant la tête hors de l'eau glacée. Hippie, musicien, peu importe ce qu'il était – il s'occupait de tout comme un vrai pro. Si j'avais eu le moindre doute qu'il était bien garde-côtes auxiliaire, ce doute aurait disparu depuis longtemps.

– Vous nous avez heurtés, répéta l'homme.

Dans la semi-pénombre, je vis qu'il devait avoir la trentaine. Il portait un blouson d'aviateur en cuir. Ses cheveux étaient lissés en arrière, ce qui le faisait ressembler à un rat trempé. L'eau lui arrivait à la ceinture, le bateau tout entier s'étant enfoncé d'une dizaine de centimètres d'un seul coup.

– Putain, ce que c'est froid !

– Cap, qu'est-ce qu'on va faire ?

C'était le grand type. Il avait, semble-t-il, fini de gerber.

– Ils ont esquinté le bateau, mec. Regarde-moi ça.

– C'est nous qui l'avons esquinté, rétorqua le grand type. T'as pas vu ces trucs dans l'eau ? On a foncé en plein dedans.

Le dénommé Cap continuait de se tenir la tête comme s'il avait la pire des gueules de bois.

– J'arrive même pas à y voir clair. Dieu, ce que ça fait mal.

– Et Harry ?

– Quoi, Harry ?

– Oh ! mon Dieu ! regardez-le.

– Bordel de merde ! s'écria Cap. Harry !

– Il est mort ?

– Harry !

Les deux hommes tentèrent de parvenir auprès du type inconscient. Leon lui maintenait la tête hors de l'eau.

– Attention, dit-il. J'essaie de le garder immobile.

– Harry ! Nom de Dieu ! Tu es vivant ?

– Mais oui, il est vivant, dit Leon. Arrêtez de faire bouger le bateau jusqu'à ce qu'on le sorte d'ici.

– On est foutus, dit le grand type. Notre vie est foutue. Vous avez compris ?

– Ta gueule, dit Cap. D'accord, Brucie ? Est-ce que tu vas fermer ta gueule ?

– À qui tu parles ?

– Et si vous la fermiez tous les deux, dis-je. Qu'est-ce que vous en pensez ? Restez tranquilles jusqu'à ce qu'on soit tous retournés à terre.

Le grand type me regarda. Son visage était à trente centimètres du mien. « Brucie », comme l'avait appelé l'autre type. Quel nom pour un homme de la taille d'un distributeur de Coca ! Il était sur le point de dire quelque chose, mais la déflagration le coupa net.

– Qu'est-ce que c'est que ça, bordel ?

– Les feux d'artifice, dit Leon. Ils remettent ça.

Il y eut une autre déflagration, puis une faible lueur rouge très haut au-dessus de nous. Assis dans cette épave en bois, c'était comme si nous avions d'un seul coup été transportés au dix-neuvième siècle dans une bataille navale à l'issue fatale.

– Oh ! ma tête, dit Cap. Bon Dieu, ce bruit me tue !

Les quelques déflagrations suivantes amenèrent une lumière blanchâtre luisante, puis une autre lumière rouge, puis bleue. La brume elle-même était en train de se transformer en un spectacle de son et lumière. Ç'aurait été beau si nous n'avions pas eu aussi froid ni été aussi mouillés, et juste en dessous de la zone de tir. Un autre tir à ras et nous allions le prendre sur les genoux.

– Voilà notre taxi, dit Leon alors que Tyler se collait à notre flanc.

Nous aidâmes les deux hommes conscients à monter à bord de l'autre bateau, puis Leon et moi prîmes quelques longues minutes pour soulever avec précaution le troisième homme et le faire passer par-dessus le plat-bord. C'était un poids mort et nous avions maintenant de l'eau jusqu'à la ceinture. Sa tête continuait de saigner.

– Il faut emmener ce type à l'hôpital, dit Tyler quand nous nous retrouvâmes tous à bord. Ils ont dit qu'ils envoyaient une ambulance, Leon ?

– Oui.

– OK, c'est bien. Je suis sûr que ça va leur prendre seulement deux ou trois jours pour arriver jusqu'ici.

Il fit faire demi-tour au bateau et mit le cap sur le rivage. Il était complètement trempé par son petit bain de minuit. Il tremblait tellement qu'il pouvait à peine tenir le volant.

– Vous n'avez pas appelé la police, n'est-ce pas ?

C'était Brucie. Dans la faible lumière du bateau, je vis qu'il avait la trentaine. Avancée peut-être, avec ses cheveux rasés de près. Il commençait à avoir un peu de ventre mais, à part ça, il avait l'air aussi fort qu'un gorille. Excepté le vomi partout sur sa veste, il semblait prêt à pénétrer sur un terrain de football.

– Les gardes-côtes vont aller sur la zone du Point pour récupérer le bateau, dit Tyler. Et l'ambulance va emmener votre ami. Ils risquent de vouloir tous vous emmener, juste par précaution. Je ne sais pas si la police va venir. C'est important ?

Brucie jeta un coup d'œil à Cap.

– Non, répondit-il. Ça n'est pas important.

Les partenaires du groupe de Leon nous attendaient sur le quai. Nous devions être beaux à regarder ! Tout le monde débarqua et s'enveloppa dans des serviettes. L'homme inconscient fut allongé sur le quai. Dans la faible lueur de la maison, je constatai qu'il était beaucoup plus jeune que les deux autres. Il avait l'air de sortir de l'université. Tyler le recouvrit d'une épaisse couverture de laine et lui appuya un linge blanc propre sur la tête. J'aperçus quelques lésions superficielles sur son cuir chevelu, mais Dieu sait ce qui avait pu se produire à l'intérieur. Les types voulurent rester dehors avec lui. Nous restâmes donc sur le quai à patienter pendant que les feux d'artifice continuaient à éclater dans la brume.

– Cap, dit Brucie. Et s'il s'en sortait pas ?

– Il va s'en sortir, répondit Cap. Arrête de parler.

– Et s'il vit mais qu'il… tu sais… reste ramollo du cerveau. Qu'est-ce qu'on deviendra ?

– Si tu la fermes pas, ajouta Cap en grinçant des dents, c'est toi que je vais rendre ramollo du cerveau ici même sur ce quai. D'accord ?

Après ça, Brucie resta silencieux. Le temps s'étira, jusqu'à ce que l'ambulance arrive enfin dans l'allée de Tyler. Je me portai à la rencontre des infirmiers et les conduisis près de l'eau. Un gendarme du Michigan arriva une minute plus tard. Il prit quelques notes le temps que les gars des premiers secours fassent monter les types dans l'ambulance. Cap et Brucie n'avaient pas l'air bien chauds pour les accompagner. Ils voulaient le faire par leurs propres moyens, même si leur voiture se trouvait à huit cents mètres de là, au casino. Je commençais à me demander si le gendarme n'allait pas être obligé de sortir sa matraque, mais les types finirent par se calmer et grimpèrent dans l'ambulance. Ma dernière image d'eux : entassés l'un contre l'autre sur une banquette et plissant les yeux à cause de la lumière éblouissante, avec leur ami couché devant eux sur la civière. Que de gratitude envers nous qui leur avions sauvé la vie ! Enfin… peut-être nous enverraient-ils une gentille carte le lendemain.

Le gendarme resta encore quelques minutes. C'était le pilote lui-même qui avait été blessé, il ne semblait donc pas devoir être envisagé de poursuites pour un quelconque délit, mis à part le crime d'être assez stupide pour précipiter un bateau de valeur sur la pile d'un ancien pont. Si l'on trouvait assez d'alcool dans son sang, il y aurait de quoi lui sonner les cloches. Mais en dehors de ça, le dossier irait probablement faire un tour sur le bureau du procureur et il ne se passerait pas grand-chose d'autre.

– S'écraser sur ces piles ? dit le gendarme. Par une nuit comme celle-là ? Ces gars ne doivent pas être du coin.

– Ça m'étonne que ça n'arrive pas plus souvent, fit remarquer Tyler.

– C'est vrai. Dites, vous n'auriez pas un peu de café ? On se croirait au mois de novembre.

Je ne vis jamais arriver la grosse vedette orange des gardes-côtes. Je ne la vis pas remorquer ce qu'il restait du bateau. J'étais déjà en train de rentrer chez moi. En faisant le tour de Whitefish Bay, sur la route sombre et solitaire de Paradise. Le panneau dans mes phares. « Bienvenue à Paradise – Nous sommes heureux de vous accueillir ! » Puis l'unique feu clignotant du centre-ville.

Puis le Glasgow Inn sur la droite. C'était encore ouvert, mais je ne m'arrêtai pas. J'étais toujours trop mouillé pour me sentir à l'aise et je n'avais aucune envie d'entendre les commentaires de Jackie. Pourquoi il ne m'avait pas vu de toute la soirée… ce que j'avais fait à la place. Il adorerait l'histoire que j'allais lui raconter, mais ça pouvait attendre jusqu'au lendemain.

En y repensant, certains détails de cette soirée étaient presque comiques. La façon dont ce type nous avait demandé si on les avait heurtés. Comme si on était là à essayer d'éperonner tous les bateaux qui passaient ! Le grand type en train de vomir partout.

Et « Leon et les Léopards ». Rien que ça valait le déplacement. Je me souviendrai toujours de lui disant cela.

J'empruntai mon allée. Il y avait dans l'air un brouillard qui paraissait presque faux, un peu comme dans un film de Frankenstein. Je dépassai la maison de Vinnie. Elle semblait vide. Il devait toujours être au casino, pas encore au courant de ce qui était arrivé sur la baie. Je me dis qu'il allait probablement, lui aussi, prendre son pied en écoutant toute cette histoire.

C'est ce que je me dis. Et continuai à me dire jusqu'au lendemain matin.

Et ensuite… Merde, si j'avais su…

La question semble maintenant superflue, mais qu'étions-nous censés faire cette nuit-là ? Laisser ces trois types se noyer ?

J'arrivai à mon chalet. C'était le premier d'une série de six, tous construits par mon père dans les années soixante et soixante-dix. Le premier était celui que j'avais moi-même aidé à construire, à l'époque où j'avais dix-huit ans et croyais tout savoir, ce qui expliquait l'agencement imparfait des rondins et les courants d'air froids qui passaient en sifflant à travers les murs les nuits de grand vent.

Je descendis de mon pick-up et il me fallut quelques instants pour que mes yeux s'adaptent à l'obscurité. Les pins, les bouleaux, un vieux chemin forestier. Une petite remise à l'écart avec mon chasse-neige entreposé sur des parpaings. Et mon chalet. C'est tout ce qu'il y avait.

Personne pour m'attendre.

Aussitôt entré, je vérifiai le répondeur. Un joli zéro vert sur l'écran. Elle n'avait pas encore appelé.

Je ne voulais pas y penser, me demander où elle se trouvait à ce moment-là ou ce qu'elle était en train de faire. Ça devenait une habitude, toutes ces choses auxquelles j'essayais de ne pas penser. Je commençais même à devenir assez fort. Jusqu'à ce que j'aille enfin me coucher et éteigne la lumière. Elles étaient alors toutes au rendez-vous : les doutes, les inquiétudes et cette mortelle appréhension qui m'envahissaient jusqu'à ce que je parvienne à m'endormir.

Et cette nuit-là, ce rêve. Moi à nouveau sur la rive, debout dans la brume. Encore plus épaisse dans le rêve, tellement épaisse que je ne peux même pas voir mes pieds. Le bruit de quelque chose sur l'eau, quelque chose que je ne distingue pas. Comme quand le bateau approchait, sauf que là, je sais que cette chose est deux fois plus grosse et se déplace deux fois plus vite. Je ne peux pas bouger. Même si je pouvais, je ne saurais pas par où m'enfuir. Je reste donc là à attendre, pendant qu'elle approche de plus en plus. La chose, Dieu sait quoi. La chose qui vient droit sur moi en jaillissant de la brume.

2

Deux mois plus tôt, par une belle journée du mois de mai, la neige s'était enfin arrêtée et le printemps était théoriquement en vue. On le sentait. C'était son dernier jour à Blind River et nous faisions les cartons pour quitter définitivement la vieille maison.

Il n'y avait pas là beaucoup de bons souvenirs, mais c'était la seule maison qu'elle ait jamais connue. Cette même maison vers laquelle je m'étais dirigé par une nuit froide et sans neige du nouvel an, cinq mois auparavant, en traversant le pont International et suivant le côté du North Channel jusqu'à ce que j'arrive dans cette petite ville. Une ancienne ville forestière avec la statue de deux hommes en train de gaffer des rondins dans l'eau. Cette nuit-là, j'étais arrivé la gorge serrée et sans réellement savoir ce que je faisais, ni si cette femme aurait le moindre intérêt à me voir débarquer sur son perron.

Elle s'appelait Natalie. Natalie Reynaud.

Elle était officier de police, membre des forces de l'ordre de la province de l'Ontario. Je l'avais rencontrée en venant dans le nord de l'État avec Vinnie qui cherchait son frère. Le résultat de cette recherche avait été dramatique pour tout le monde, y compris pour Natalie. Elle avait fait la seule chose qu'un flic ne doit jamais faire. Elle avait laissé tomber une enquête, au cours de laquelle on avait enterré son coéquipier.

Peu importent les circonstances. De qui c'est la faute. Ce qu'on aurait pu faire ou pas faire. La vie de son coéquipier est la plus grande responsabilité d'un flic. S'il est tué, on a échoué. C'est aussi simple que ça.

J'avais moi-même connu tout ça. Je ne l'avais connu que trop bien. Dans d'autres forces de police d'un autre pays, à une autre époque. En 1984, à Detroit, juste avant les grands débuts de la cocaïne sous forme de crack, alors que l'industrie automobile était encore en forte récession et l'économie locale en ruines. Les journées d'été étaient trop chaudes et les nuits n'apportaient pas de répit. Mon coéquipier Franklin et moi avions répondu à un simple appel pour nuisance : un homme psychologiquement perturbé qui embêtait tout le monde à l'hôpital en se dissimulant derrière les plantes de la salle des urgences. Nous avions trouvé son appartement dans Woodward Avenue, nous étions assis avec lui à sa table de cuisine et avions essayé de parler avec lui d'homme à homme. Le papier alu partout sur les murs avait été le premier indice du peu de relations qu'il entretenait avec la planète Terre.

Il avait scotché l'arme sous le plateau de la table. Un Uzi automatique avec un kit de conversion en calibre .22, récupéré dans la benne à ordures de son allée. Une minute, peut-être deux, autant dire une éternité à essayer de le raisonner. Répéter dans ma tête le geste de dégainer, encore et encore, attendre le bon moment pour lui tirer dans la poitrine.

Il avait tiré sur Franklin en premier. Puis sur moi. Le ronronnement de l'arme automatique, pas plus fort que celui d'une machine à coudre. Tous les deux à terre, couchés sur le dos. Pas d'alu au plafond. Je me souviens de ça.

Franklin agonisant à côté de moi, et la lumière qui s'éteint dans ses yeux. L'hôpital, la convalescence. Trois balles dans le corps, à l'épaule, en haut du poumon et dans la cavité thoracique, juste derrière le cœur.

Celle derrière le cœur y est toujours. Tenter de l'enlever avait été trop risqué. Y penser, aujourd'hui encore, est un constant rappel de mon échec de ce soir-là. Franklin repose sous terre, laissant derrière lui une femme et une fille. J'avais quitté la police et m'étais réfugié dans l'alcool. Ce n'est pas une histoire terriblement originale, et certainement pas quelque chose dont je suis fier. Par-dessus le marché, j'avais développé une addiction aux antidouleurs. Aujourd'hui encore, j'ai assez tendance à vouloir me défoncer à la codéine. Ah, cette chaude sensation qui donne l'impression que rien ne pourra jamais vous faire mal…

Il m'avait fallu longtemps avant d'être à nouveau moi-même. Ou au moins de ressembler à un être humain. J'étais venu ici à Paradise pour vendre les chalets de mon père, dans cet endroit solitaire à la merci d'une froide mer intérieure. Son aspect désolé m'avait donné l'impression d'être chez moi. Je n'en ai plus jamais bougé depuis.

Les années avaient passé, chacune identique à la précédente. Je louais les chalets à des gens de la région. Des touristes en été, des chasseurs en automne, des adeptes du scooter des neiges en hiver. Je coupais du bois et entretenais les chalets. Ça plus la pension d'invalidité des forces de police de Detroit, voilà qui suffisait à me faire vivre. Je passais mes soirées au Glasgow Inn.

Tout avait changé quand on m'avait proposé de devenir détective privé. En tout cas d'essayer. En tant qu'ex-flic, j'étais qualifié dans l'État du Michigan. J'avais donc essayé, ça m'avait pété à la gueule, et les problèmes, les uns après les autres, n'avaient plus cessé depuis lors.

Jusqu'à Natalie.

La première fois que je l'avais vue, elle était en train de sauter d'un hydravion qui arrivait à quai. Un seul mouvement et j'avais constaté que cette femme était une athlète. Il se trouve qu'elle avait joué au hockey à l'université. Et qu'elle y avait eu tendance à donner à son équipe pas mal de minutes de pénalités – ce qui la résumait parfaitement.

Elle a les yeux verts. Une petite cicatrice sur le menton. Quel hockeyeur n'a pas de cicatrices ? Elle a les cheveux châtains et les attache le plus souvent. Quand elle lève les bras pour les détacher et qu'ils lui tombent sur les épaules… Eh bien, disons que cette image ne me quitte pas pendant un bon moment.

Elle avait été un bon flic jusqu'à la mort de son coéquipier. Alors elle avait pris un congé sans solde. À l'époque, j'avais eu l'impression d'être la seule personne au monde à comprendre exactement ce qu'elle traversait. Ce qui expliquait pourquoi je m'étais pointé chez elle la nuit du nouvel an, une bouteille de champagne à la main.

Il faisait froid dehors. Ni l'un ni l'autre, nous n'avions envie d'être seuls. Ça s'était terminé sur le parquet de sa chambre d'amis. Ç'avait été le début.

Certaines choses s'étaient produites après ça. Son passé l'avait rattrapée, tout comme moi. Quand nous nous en étions finalement sortis, c'était comme si nous avions eu plus que jamais des choses en commun. J'avais commencé à imaginer ce que ce serait que passer le reste de ma vie avec elle. Y songer était déjà un miracle en soi. Mais était arrivé le moment où elle avait dû faire un choix.

Celui de décider si elle allait redevenir flic un jour.

Son commandant s'appelait Henry Moreland. Sergent dans l'unité des forces de police de la province de l'Ontario, stationnée à Hearst. C'était lui qui lui avait accordé son congé, et c'était maintenant lui qui lui demandait de revenir. Il croyait très fort que si elle ne le faisait pas au plus vite, ça n'arriverait jamais. Que si elle attendait trop, elle ne serait plus jamais le genre de personne capable de porter l'insigne.

Le sergent Moreland et moi avions eu quelques différends – il semblait penser que j'étais au moins en partie responsable de toutes les épreuves que Natalie avait traversées. Mais c'était une chose sur laquelle nous étions d'accord. Je savais qu'en l'occurrence il avait raison. En plus, je savais ce que cela coûtait de ne pas reprendre le service. Je ne voulais pas que ça arrive à Natalie. Je ne voulais pas qu'elle perde pour toujours cette partie de sa vie, qu'elle se demande éternellement si elle aurait dû tenter d'être à nouveau flic.

J'avais voulu qu'elle reprenne son travail. Je détestais l'idée de la voir partir, de ne pas savoir combien de temps j'allais devoir attendre avant de la revoir. Je détestais cette idée, mais Dieu m'en garde, je lui avais dit d'y aller. Oui, je lui avais dit d'y aller.

Un voyage de plus à Blind River donc, pour l'aider à fermer définitivement la maison. La propriété avait été vendue. Encore quelques cartons à remplir et elle lui dirait adieu pour toujours.

Nous étions remontés une dernière fois dans la chambre où nous avions passé notre première nuit ensemble. La pièce était maintenant vide, une triste lumière de fin de journée pénétrant par la fenêtre. Nous nous étions allongés par terre, comme la première fois. Mais, ce jour-là, l'air n'était pas froid. Nous ne nous sentions ni désespérés ni perdus, et ne savions pas trop ce que nous étions en train de faire.

Cette fois, ç'avait duré plus longtemps. Deux heures plus tard, nous étions sortis et avions jeté un dernier coup d'œil à la maison. Nous n'étions pas allés dans la grange. Il n'y avait là de bons souvenirs ni pour l'un ni pour l'autre. Inutile de les revivre.

Quand le moment était enfin venu d'y aller, ni l'un ni l'autre n'avait su quoi dire. Toronto n'était pas la porte à côté. C'était là que Moreland l'avait assignée – aussi loin qu'il était possible d'aller en Ontario. Je n'avais pu m'empêcher de me demander si c'était exprès. Bordel, si elle avait fait partie de la police montée, il l'aurait probablement envoyée en Colombie-Britannique ou dans les territoires du Yukon.

Je ne savais pas si ça marcherait. Si je pourrais continuer à faire partie de sa vie, avec elle à huit cents kilomètres de là. Tout ce que je savais, c'est que bien qu'habitué à rester seul, cette fois ce serait différent. Chaque jour, je me demanderais comment elle allait. Comment se passait son travail. Comment elle supportait la ville.

On se parlerait tous les soirs au téléphone. C'était promis. Je lui avais dit au revoir et de prendre bien soin d'elle. De ne pas conduire comme un flic en dehors de son service pendant le trajet jusqu'à Toronto. « Tu conduis toujours trop vite », lui avais-je dit. « Oui, avait-elle répondu. Et c'est toi qui dis ça. »

Je l'avais embrassée et lui avais dit de se mettre en route.

Je l'avais regardée monter dans sa Jeep et démarrer. Elle m'avait contemplé un long moment. Je croyais qu'elle allait ouvrir sa vitre, mais elle avait semblé changer d'avis. Elle avait descendu l'allée et avait pris la grande route.

J'étais monté dans mon pick up et je l'avais suivie. Je ne l'avais jamais rattrapée. Elle roulait trop vite.

C'était une belle journée de mai. Assez belle pour croire que l'été était sur le pas de la porte. Une promesse.

Un espoir.

* * *

Ce soir-là elle m'avait appelé dès son arrivée à Toronto. Elle se sentait déjà seule, avait-elle dit. Elle ne comprenait pas ce qu'elle faisait là-bas. Elle m'avait rappelé le lendemain soir, après s'être présentée à son poste. Les choses étaient complètement différentes. Toronto est une grande ville. Il y a des embouteillages, du bruit et des grands immeubles. Comme dans n'importe quelle ville, il y a des bons et des mauvais côtés, les rues avec de bons restaurants, de la musique et tout ce qu'on peut désirer, et les rues où l'on ne se promène pas seul après la tombée de la nuit. Venant de Blind River, ç'avait dû lui paraître un autre monde.

Elle voulait que je vienne la voir. J'avais dit d'accord. Un jour ou l'autre. Mon sixième sens me disait d'attendre un peu, de la laisser s'installer, trouver ses marques avant d'y aller et de lui compliquer les choses.

Mais Dieu que j'avais envie de la voir.

Je lui avais parlé chaque soir sans exception pendant un mois entier. Elle travaillait à son poste de jour en centre-ville, juste à côté de Chinatown. Le commissariat était dans Queen Street même. Elle faisait des patrouilles à pied afin de se familiariser avec le quartier.

Puis était arrivé le 21 juin, date du passage officiel à l'été. Le soleil n'avait pas encore percé à Paradise. La température n'avait même pas dépassé les quinze degrés. Mais c'était encore tôt. L'été avait encore tout le temps d'arriver. C'était en tout cas ce que l'on ressentait alors.

Non, ce n'était pas le temps qui m'avait miné cette nuit-là. C'était qu'elle n'avait pas appelé pour la première fois depuis son départ pour Toronto.

J'avais fait son numéro. Le téléphone avait sonné plusieurs fois. J'avais raccroché et étais allé me coucher.

Le lendemain, j'avais été surpris de me sentir aussi mal. Je ne voulais pas admettre que ses coups de fil avaient autant d'importance pour moi. Ni me sentir dépendant d'eux. Qu'ils étaient le seul moment de la journée qui comptait vraiment. Je commençais à me dire que le moment était venu de lui rendre visite.

Elle avait appelé le lendemain soir.

– Alex.

– Natalie, qu'est-ce qui se passe ? Est-ce que ça va ?

Les mots étaient sortis trop brutalement, avant que j'aie pu les retenir.

– Ça va, ça va. Je suis désolée pour hier soir. On est allés boire un verre à plusieurs et le temps a passé.

– Je comprends, avais-je répondu. Ça n'a pas d'importance.

Je commençais à me sentir un peu déboussolé. J'avais appuyé fort le téléphone contre mon oreille pour écouter sa voix tranquille à huit cents kilomètres de là.

– On en est venus à bavarder du genre de boulots qu'on a tous faits avant. J'avais bu quelques bières, tu dois comprendre…

– Oui ?

– Normalement je n'en fais pas tout un plat, mais j'ai commencé à raconter à tout le monde l'expérience d'agent infiltré que j'ai eue à Hearst.

– Tu ne m'as jamais dit que tu avais eu une expérience d'agent infiltré.

– Ç'a été la seule fois. C'était il y a des années, quand je faisais encore jeune.

– Oh, arrête, Natalie.

– Je parle sérieusement. Dans cette mission, je devais passer pour une petite motarde.

– Tu plaisantes.

– Pas du tout. Il y avait une bande qu'il fallait que j'approche.

– Une bande de motards canadiens ?

– Oui, pourquoi pas ?

– Je m'imagine les Hell's Angels en version bien élevés.

– Alex…

– Avec des silencieux sur leurs bécanes pour pas faire trop de bruit.

– Et le crystal meth qu'ils fabriquaient dans une baignoire pour la revendre à des ados ? Tu trouves ça bien élevé ? Et massacrer des gens à coups de tuyaux métalliques ?

– Excuse-moi.

– Vous alors, aux USA…

Au moins, elle commençait à redevenir elle-même.

– Continue ton histoire.

– Il y avait une femme, elle montait avec le chef de la bande. On l'appelait « le lapin » ou « la belette », quelque chose comme ça. Un rongeur quelconque. Bref, l'idée était que si j'arrivais à l'approcher… Je veux dire, c'était tellement difficile de conserver la trace de ces mecs. Ils étaient toujours par monts et par vaux. Mais si je pouvais aider à les surprendre en train d'acheter des stupéfiants, tu vois, à endroit et heure fixes. On les coincerait.

– Et qu'est-ce qui s'est passé ?

– Rien. Le mec est mort à moto, décapité. La fille a survécu quelques jours avant de mourir à son tour.

– Donc pas d'arrestation. Ils ne t'ont jamais soupçonnée d'être un flic ?

– Je ne pense pas, non. Je crois que j'ai été assez bonne sur ce coup-là.

C'était le premier soir où j'entendais parler du talent de Natalie pour l'infiltration. Je n'étais pas au courant, mais ça ne m'avait pas étonné plus que ça. S'il y avait bien quelqu'un capable de se faire passer pour une petite motarde…

Oui, j'aurais bien payé pour voir ça.

Sentant qu'elle était fatiguée, je l'avais laissée. Elle m'avait dit que je lui manquais. Je lui avais dit qu'elle aussi. Elle avait ajouté qu'elle devait travailler le lendemain dans le service d'ordre d'un grand festival. La plus ennuyeuse mission qu'on puisse se voir confier – déplacer des hordes d'êtres humains comme du bétail, sauf que le bétail a de meilleures manières. C'est encore pire que de mettre des contraventions.

Elle était loin de se douter que le lendemain, elle allait toucher ce qui, pour un flic, représentait le jackpot.

* * *

À Paradise, c'était le deuxième jour d'un été qui n'était pas encore là. À Toronto, c'était le plus grand jour de la carrière de Natalie. J'avais pensé à elle toute la journée en finissant le toit du chalet. J'étais resté assis au Glasgow à regarder la pendule et je m'étais dit que ça n'était pas une bonne chose. Tu es assis là à attendre que la nuit tombe pour rentrer à la maison et attendre près du téléphone. Ça n'est pas un bon état d'esprit.

Je ne pouvais pas m'en empêcher.

Ce soir-là, elle avait appelé à dix heures. J'avais senti qu'il y avait du nouveau. Il y avait une énergie particulière dans sa voix. Quelque chose que je n'avais pas entendu depuis qu'elle était partie.

– Je t'avais dit que je devais participer à un service d'ordre, avait-elle commencé. Je m'apprêtais à passer la plus longue journée de ma vie.

– Je me souviens.

– Eh bien, j'arrive au boulot et mon commandant me dit qu'il faut que j'aille dans les bureaux de la police montée de Yonge Street. Je me demande : « Qu'est-ce que ça veut dire, bordel ? Qu'est-ce que j'ai fait ? »

– La police montée… Je croyais qu'il y en avait seulement dans les provinces dépourvues de leur propre police.

– Non, ici, il y a un bureau régional. Pour tout ce qui est national. Ou international.

– Qu'est-ce qu'ils te voulaient ?

– J'y viens. J'arrive là-bas et ils m'emmènent à la salle des Opérations. Il y a environ trente personnes dedans, toutes assises sur des chaises. Une estrade au fond avec un écran de projection. Tout le tralala. Les gens sont de toute évidence en plein milieu de quelque chose. Ils projettent des photos d'individus sur un écran. Mais dès que j'entre, tout s'arrête et ils se mettent tous à me regarder.

Elle s'était interrompue un instant. Je n'avais rien dit. J'écoutais le léger bourdonnement de la ligne, révélateur de la distance qui nous séparait, jusqu'à ce qu'elle reprenne.

– Le type sur l'estrade s'appelait Keller. C'est une sorte de commandant en chef des Opérations de la police montée royale. Il s'est présenté, puis s'est adressé à tout le monde et a dit : « Voici Natalie Reynaud des OPP[1]. Elle possède certaines aptitudes qui vont certainement vous intéresser. » Moi, je me dis : « Qu'est-ce

1. Ontario Police Patrol. *(NdT.)*

que c'est que ce bordel ? » J'avais l'impression d'être appelée au bureau du proviseur.

– J'imagine.

– Il me dit : « Racontez-nous donc votre première expérience d'infiltration. »

– Le truc dont tu me parlais hier soir ?

– Oui. Il me dit : « Racontez-nous tout. » Alors j'ai tout raconté depuis le début. Comment j'étais entrée en contact avec ces motards à Hearst. D'abord avec cette femme, puis avec le chef et tous les autres... Comment ça n'avait finalement abouti à rien.

– Parce qu'ils étaient morts.

– Exactement. Mais quelqu'un avec qui j'ai pris un verre hier soir avait dû mettre Keller au courant, parce qu'il a eu au téléphone l'officier qui était en charge des opérations à Hearst à l'époque. Ce type avait dû me recommander chaudement parce que d'un seul coup je suis devenue une taupe-née.

– Ça ne m'étonne pas, Natalie. Je suis sûr que tu avais été formidable.

– Ça, je ne sais pas. Ce que je sais, c'est qu'ils ont fait démarrer le projecteur et qu'il y avait un visage de femme sur l'écran. Super-séduisante. Un vrai canon. D'après eux, elle s'appelait Rhapsody. Ce qui est parfait comme nom, n'est-ce pas ? Tu ne trouves pas que ça fait genre qui répond au téléphone dans un institut de beauté ?

– À mon avis, ça fait plutôt genre strip-teaseuse.

– Oui, tu as peut-être raison. « Ce soir, mesdames et messieurs, nous vous présentons "Rhapsody in Blue". »

– Si je comprends bien, ça n'est pas comme ça qu'elle gagnait sa vie.

– Apparemment pas. D'après Keller, elle fait équipe avec un certain Antoine Laraque. Et c'était pour ce Laraque que tout le monde était là.

– Encore une histoire de drogue ? Comme pour le motard ?

– Non, pas de drogue. D'armes.

– Au Canada ?

– Puisque je te le dis, Alex. Tu ne croirais pas ce qui se passe ici. Cette ville tout entière est en train de devenir folle avec les armes. Tous ces types dans des bandes, surtout à Roxdale, à Scarborough… C'est comme s'ils rattrapaient d'un seul coup leur retard sur les villes américaines. Comme s'ils avaient déplacé Detroit dans l'Ontario.

– Dis donc, c'est de ma ville d'origine dont tu parles.

– Désolée, mais bon, tu vois ce que je veux dire ?

– C'est triste à dire… Mais oui, je vois.

– En fait, il se trouve que la moitié des gens dans la salle étaient américains. C'était pour la grande opération conjointe entre les ATF[1] et la police montée. Parce que tu sais évidemment d'où proviennent les armes.

– Évidemment, avais-je répondu. Mais tout ça m'a l'air d'être du sérieux. Qu'est-ce qu'ils veulent que tu fasses, au juste ? Ne me dis tout de même pas que tous ces gens se sont réunis simplement parce que tu as…

– Non, non. L'opération est rentrée dans sa phase active depuis maintenant deux mois. Il y a un type de la police montée, un certain Don Resnik, un vrai pro de l'infiltration. Ils avaient l'intention d'essayer de lui faire établir quelques contacts.

– Et puis, quoi ? Tu arrives ? Et d'un seul coup ils changent tous leurs plans ?

– Ils pensent que j'ai de meilleures chances d'aboutir. Je suis toute nouvelle en ville. Personne ne me reconnaîtra et pour eux, si je n'ai pas eu de mal à entrer en relation avec une autre femme… Peut-être que si je m'invente le passé qu'il faut… Comme par exemple que je suis venue ici pour essayer de mettre en place une sorte de trafic.

– Natalie, ça ne te semble pas une histoire à dormir debout ? Tu crois vraiment que ces gens vont gober ça ?

– On n'en est pas encore là. Pour l'instant, c'est juste un petit essai, pour voir si j'arrive à établir le contact. Il n'empêche

1. Bureau of Alcohol, Tobacco, Firearms and Explosives : agence américaine dépendant du ministère de la Justice dont la vocation est de lutter entre autres contre le trafic d'armes. *(NdT.)*

que si on y réfléchit… J'ai la parfaite couverture, tu ne trouves pas ?

– Comment ça ?

– Une femme trafiquante d'armes. Qui va la soupçonner d'être un flic ? C'est le summum de la double imposture.

– Les femmes flics ont toutes une couverture. Tout le monde le sait.

– Oui, et en général, ça donne quoi ? La pute qui bosse au coin de la rue, tu es d'accord ?

J'y avais réfléchi deux secondes. Je n'avais pas assisté, de mon temps, à beaucoup de descentes de flics chez les putes mais, bordel, la prostitution était généralement le cadet de nos soucis à Detroit. En tout cas, je savais qu'elle avait raison. Je ne trouvais pas un seul exemple où une femme policier se soit fait passer pour autre chose.

– Bon alors, quand cela doit-il commencer ? Quand dois-tu essayer de contacter cette Rhapsody ?

– Demain.

J'avais senti de l'excitation dans sa voix. Et un certain trac.

– Juste comme ça ? Qu'est-ce que tu vas faire ? Engager la conversation au supermarché ?

– En fait, ce sera dans un café. Elle s'y arrête tous les matins. J'ai un scénario tout prêt. Je ferais bien de le potasser avant d'aller me coucher.

Ce soir-là, j'avais éprouvé des sentiments mitigés. J'étais fier d'elle. Je savais à quel point l'opération devait être importante pour chaque personne concernée. Si autant d'armes étaient vraiment en train d'inonder la ville, je savais ce qu'en seraient les conséquences. Je ne le savais que trop bien. D'un autre côté, j'étais envieux. Elle se lançait dans le genre de travail de police pour lequel j'aurais pu tuer autrefois.

Mais plus que tout, j'avais une peur bleue.

* * *

Encore un jour de froid à Paradise. Jackie commençait à devenir un peu grognon. J'avais eu ma première annulation. Et j'en avais presque fini avec le toit. Je n'étais pas d'une grande utilité pour quiconque, tout ce que j'arrivais à faire se résumant à penser à Natalie en train de s'infiltrer à Toronto et d'essayer d'entrer en contact avec cette Rhapsody, puis, à travers elle, avec un réseau international de trafiquants d'armes. J'avais le plus grand mal à imaginer qu'on puisse traîner avec des êtres humains pires qu'eux.

Je crois bien m'être tapé quatre fois sur les doigts avec mon marteau avant que Vinnie finisse par me demander ce que j'avais. Je lui donnai la version courte. J'étais en haut de l'échelle, en train de finir une rangée de bardeaux en bois. Le soleil essayait de percer à travers les nuages gris, mais finit par renoncer pour la journée. L'été restait une commande en souffrance.

– Tout se passera bien, me dit Vinnie. Tu sais bien qu'ils seront tout près d'elle.

– Oui, je sais, répondis-je. Je le sais.

Comme si je le pensais vraiment. « Tout près d'elle. » Allez donc raconter ça à mon ancien coéquipier.

Après avoir fini, nous dînâmes au Glasgow. Nous étions assis près du feu. Mes mains étaient endolories par le froid, le travail et les coups de ce foutu marteau. Quand il se fit tard, je souhaitai bonne nuit à tout le monde et rentrai chez moi. Le téléphone sonna pendant que j'ouvrais la porte ce qui, au moins, allait m'éviter de rester assis là comme un collégien.

– Alex, dit-elle. Raconte-moi ce que tu as fait aujourd'hui.

– Peu importe. Que se passe-t-il avec ton histoire d'infiltration ?

– S'il te plaît. Toi d'abord. J'ai envie d'avoir de tes nouvelles pour m'éclaircir un peu les idées.

– Qu'est-ce que je peux bien te dire ? J'ai travaillé au chalet avec Vinnie.

– Raconte-moi tout. Qu'est-ce que tu as fait ?

Comme elle n'allait pas céder, je lui racontai donc l'histoire ensorcelante des quelques bardeaux de bois et de leurs clous.

– Il fait encore froid là-bas ?

– C'est incroyable. Je n'ai encore jamais vu ça. On est presque en juillet.

– Il a fait plutôt bon ici. Le jour idéal pour se faire de nouveaux amis.

– Comment ça s'est arrangé ?

– Bien, bien. Je crois. Je ne sais pas trop.

– Raconte-moi.

– J'étais au café. Assise dans un coin avec un ordinateur portable. On avait une voiture garée juste devant avec deux gars en civil. L'un avec un journal, l'autre avec un téléphone mobile. Comme elle a l'habitude de venir tous les jours vers neuf heures-neuf heures et demie, j'étais arrivée à huit heures et demie, pour être sûre.

– Tu étais inquiète ?

– Non, pas du tout. Terrifiée, peut-être. Mais pas inquiète.

– Je vois. Continue.

– Je suis restée assise là une heure. Vers neuf heures et demie, il n'y avait aucune trace d'elle. Je suis restée assise là à attendre encore. Je pensais qu'elle n'allait peut-être pas venir. Ou alors, bordel, ça paraît dingue, mais je me demandais si elle ne nous avait pas repérés avant même d'ouvrir la porte. Tout simplement flairé quelque chose et continué son chemin.

– Je ne vois pas comment.

– Je sais. Je veux dire... c'est le genre de truc qui passe par la tête. Bref, il était presque dix heures et je me disais qu'on allait laisser tomber lorsqu'elle est entrée. Si tu l'avais vue, Alex ! Elle avait une veste blanche, une jupe noire, un chemisier qui avait un peu l'air d'un imprimé Dalmatien. Comme la fille dans le film. Comment elle s'appelle déjà ?

– Quel film ?

– Avec les Dalmatiens. Cruella De Ville. Comme elle. En plus jeune. Et plus belle.

– Si tu le dis.

– Des chaussures noir et blanc. Elle avait même une mèche blanche dans les cheveux. Elle était incroyablement bien... arrangée. C'était presque trop, mais pas vraiment. Je ne sais pas trop pourquoi, mais sur elle, ça faisait bien.

– Comment étais-tu habillée ?

– Oh, j'étais tout en noir. Ils m'ont acheté un joli tailleur noir, avec une jupe courte. Des collants noirs, les chaussures, tout l'attirail.

– J'essaie de t'imaginer, dis-je.

Je la soupçonnais fort d'être superbe habillée ainsi. J'en eus une sensation de vide dans les tripes.

– Ils m'ont aussi acheté un vrai sac de voyage. Noir, bien sûr. L'idée était que je sois un peu tape-à-l'œil, mais bon. À la voir entrer comme ça, je me suis sentie complètement surclassée.

– Aucune femme au monde ne peut te surclasser, Natalie.

Elle ne dit rien pendant un moment. Puis :

– Non, dit-elle enfin. Et donc...

– Continue.

– En général elle ne reste pas là longtemps. Elle boit son café et s'en va. J'ai donc fait comme si je venais en commander un autre. J'étais juste derrière elle. Si tu avais senti ce parfum, Alex ! Ça sentait presque comme Opium, sauf la note de base qui était différente.

– Je ne te suis plus.

– Pardon, c'est juste que... Je veux dire... c'est dingue tout ce qu'on peut remarquer quand on a tous ses sens en alerte, tu ne trouves pas ?

– Si, si.

– J'ai attendu quelques secondes, et puis j'ai dit : « Vous êtes Rhapsody. » Elle s'est retournée et m'a dit : « Je vous connais ? » Elle était assez sèche. Comme si elle n'était pas sûre que je ne lui fasse pas perdre son temps. J'ai dit : « Je suis arrivée à Kingston à l'époque où tu en partais. Je t'ai aperçue pendant quelques jours. »

– Kingston ?

La prison pour femmes. À Kingston, Ontario. Elle est fermée maintenant. Mais le scénario disait que j'y étais arrivée la même semaine qu'elle en était partie. Il y a environ cinq ans.

– Tu y étais pourquoi ?

– L'usage en prison veut qu'on ne pose pas ce genre de questions, même après en être sorti. Mais au cas où, j'y étais pour vol qualifié et agression.

– Ça se voit.

– Oui, merci. Bref, le programme de la journée se limitait à lui dire bonjour et à ce qu'elle sache que je l'avais reconnue. Comme ça, peut-être que le lendemain, si j'étais encore là…

– Tu pourrais engager une autre conversation.

– C'était l'idée. Mais elle a tout de suite enchaîné en me demandant ce que je faisais en ville, si c'était là que je vivais maintenant. Je lui ai répondu que non, que j'étais là seulement pour quelques jours, le temps de conclure un marché.

– Un marché ?

– Oui. Elle m'a demandé dans quelle branche j'étais. J'ai répondu : « Protection individuelle. »

– Très joli.

– Après j'ai dit : « Et toi ? ». Elle m'a répondu : « Oh, je suis dans plein de choses différentes en ce moment. C'est bien d'être éclectique, tu ne trouves pas ? »

– Elle a dit ça ?

– Elle était très à l'aise, Alex. Alors que moi, j'avais les genoux qui jouaient des castagnettes.

– Natalie…

– J'ai quand même eu une bonne réplique finale. Au moment où elle partait, je lui ai dit : « Jolies chaussures. » Tu crois que Resnik aurait pensé à ça ?

– Natalie, tu sais ce que tu fais ? Je veux dire… qu'est-ce qui va se passer maintenant ?

– Au bout du compte, si on y arrive, je serai à Toronto pour tenter de faire passer la frontière à quelques armes. J'aurai un fournisseur dans le Michigan et j'essaierai d'entrer en contact avec la personne qu'il faut pour conclure un marché. Je resterai au Hilton du centre-ville avec mes gardes du corps.

– Tes gardes du corps ?

– Oui. C'est Resnik qui tiendra ce rôle. Il fait un mètre quatre-vingt-dix et donne l'impression de pouvoir terrasser un grizzly. C'est vraiment un brave garçon, il n'empêche. Normalement, on aurait pu s'attendre qu'il m'en veuille de débarquer comme ça et de m'octroyer le rôle principal. Mais ça ne l'a pas dérangé.

– Natalie, je suis désolé, mais tout ça me semble complètement dingue.

– On dirait mon chef.

– Ton chef trouve aussi que c'est dingue ? C'est drôlement bon signe.

– C'est seulement qu'il me protège, Alex. Il y a quelques jours, j'étais la petite nouvelle. Maintenant, je vais être une infiltrée.

– Ça, pour être une infiltrée. Si cette histoire va plus loin, tu vas tellement t'infiltrer qu'on ne pourra plus te récupérer...

– Ils vont occuper un étage entier de l'hôtel, Alex. Il y aura des hommes dans les chambres de chaque côté et dans le couloir. Des caméras, des micros, tout le cirque. Je serai la femme la plus en sécurité de Toronto.

– Oui, jusqu'à ce que les méchants débarquent.

– Il y a encore eu un meurtre aujourd'hui. Dans Regent Park, avec une arme américaine. Ça fait déjà douze cette année. Douze personnes abattues et on n'est même pas encore en juillet.

– J'entends bien ce que tu dis, mais...

– Ils m'ont dit que je pourrai garder les vêtements quand on aura fini. Pas mal, hein ? Qu'est-ce que tu en penses ?

Ce que je pensais était qu'elle plaisantait parce qu'elle n'avait aucune idée d'où elle mettait les pieds. Qu'elle avait encore plus la trouille que moi, si toutefois c'était possible.

– Natalie, pour l'amour de Dieu. Tu seras prudente ?

– Bien sûr que je le serai. Quand tout sera fini ici, tu viendras me rendre une petite visite, d'accord ?

– Bien entendu. Évidemment que je viendrai.

– Il faut que j'aille me coucher, Alex. Demain matin, je dois commencer par retrouver tout le monde, ensuite il faudra que je me prépare pour une nouvelle rencontre au café.

Tu m'appelleras demain soir ?

– Franchement, je ne sais pas. J'essaierai d'appeler si je peux. Mais il pourrait se passer très vite des choses. Dès que je serai dans cet hôtel, on se mettra à travailler non-stop. C'est comme si toute ma vie allait être mise entre parenthèses pendant un certain temps.

– Je comprends. Appelle-moi quand tu pourras.

– Entendu. Mais ne m'attends pas, d'accord ? Ça va être assez dur comme ça.

– Assez dur comme ça… Qu'est-ce que tu veux dire ?

– Excuse-moi. C'est pas très gentil.

– Explique-toi.

– Il faut que je le fasse, Alex. D'accord ? Il faut que je le fasse de la seule façon possible. Je serai incapable de penser à autre chose demain.

– D'accord, dis-je. J'ai compris.

– J'aimerais que tu sois là maintenant, près de moi. Vraiment.

– Moi aussi.

– À plus tard…

Je ne voulais pas clore ainsi la conversation. Mais je ne savais pas quoi dire d'autre. Je ne voulais pas lui mettre encore plus de pression, lui ajouter du poids sur les épaules. Je lui souhaitai bonne nuit et ce fut tout.

* * *

Une semaine plus tard, je ne lui avais toujours pas reparlé. Elle me laissait des messages tous les deux jours. Toujours dans la journée, pas le soir. « Je vais bien, disait-elle. Les choses avancent vite, à bientôt. » Je ne pouvais pas la rappeler, évidemment. À n'importe quel moment, elle était susceptible d'être dans son personnage, avec Rhapsody ou Dieu sait qui d'autre dans la chambre avec elle.

Sept jours, et la seule fois où je n'avais pas pensé à elle avait été pendant ces quelques minutes dans la nuit du 4 juillet, pendant que je sortais ces types de leur bateau qui coulait. En dehors de ça, quoi que je fasse, que je travaille dans le chalet avec Vinnie, que je me trouve au Glasgow ou dans mon lit en train de regarder le plafond…, elle était dans mes pensées et je me demandais si elle était en sécurité.

Sept jours à devenir tranquillement cinglé pendant que Natalie se jetait dans la gueule du loup.

3

Le lendemain du naufrage, je me réveillai tellement ankylosé que c'était comme si je m'étais trouvé moi-même à bord au moment de l'accident. Mes bras me faisaient mal, tout comme mon dos, et j'avais l'impression de m'être claqué les deux tendons. Sortir du lit s'avéra comique. J'entrai sous une douche brûlante et laissai l'eau me masser jusqu'à ce que je me détende un peu. Je m'habillai en regardant dehors et vis les arbres s'incliner. Ça, et aussi une bruine légère qui, avec le vent, je le savais, me donnerait l'impression de recevoir de la chevrotine glacée. « Nous sommes le 5 juillet, me dis-je. Ça n'est pas une hallucination. C'est bel et bien le milieu de ce foutu été. »

Une tasse de café et je fus dehors. J'aurais pu descendre au Glasgow prendre mon petit déjeuner, mais je voulais abattre deux heures de travail avant. Je grimpai dans le pick-up, pris le chemin d'accès, passai devant le deuxième chalet que mon père avait construit, puis devant le troisième, le quatrième et le cinquième. Ils étaient maintenant tous vides. Les gens qui les avaient réservés avaient regardé les journaux, vu une température maximale autour de onze degrés, et une minimale de quatre. Et avaient décidé de rester chez eux à cafarder plutôt que de faire tout le chemin jusqu'ici. Difficile de leur en vouloir.

J'arrivai au dernier chalet, six cents mètres plus bas sur la route. Je le reconstruisais depuis quelques mois. Vinnie m'y aidait quand il pouvait. Une fois, les choses s'étaient passées de façon assez bizarre entre nous deux et voilà comment nous nous étions réconciliés : il avait débarqué un matin pour m'aider, et sans un mot nous nous étions à nouveau sentis bien.

Je descendis du pick-up et passai quelques minutes à jeter un coup d'œil alentour. Les petites rainures que j'avais taillées sur les rondins du bas faisaient leur travail, recueillant l'eau et la laissant s'écouler à l'écart des fondations. Dieu merci, le toit était maintenant en place et ce fut tout ce que je pus dire ce matin-là. Il n'y avait alors pas moyen d'y grimper et de travailler là-haut sans risquer de se tuer.

Je pénétrai dans les lieux. Ça n'était encore qu'une coquille à l'état brut. J'avais essayé de la restaurer telle qu'elle avait été au faîte de sa gloire, d'en faire à nouveau le plus beau chalet de la haute péninsule. C'était le chef-d'œuvre de mon père, après tout. Quand il avait brûlé, le reconstruire était devenu pour moi une véritable obsession.

J'entrai et ôtai mon manteau. Cinq minutes plus tard environ, je compris qu'il fallait ou bien que je le remette ou que je fasse un feu. Je ne savais pas trop ce qui était le plus ridicule, mais je décidai que le feu rendrait au moins l'endroit un plus chaleureux. Je mis du papier et du bois dans le nouveau poêle et l'allumai. C'est à ce moment-là que Vinnie arriva. Vinnie LeBlanc, dans son vieux manteau en jean et son col de fourrure. Ce jour-là il s'était fait une queue-de-cheval.

– Pourquoi tu ne te sers pas de la cheminée ? me demanda-t-il.

C'était le genre de gars qui ne disait jamais bonjour. Ni au revoir.

– Je ne savais pas trop combien de temps j'allais rester.

– Est-ce qu'il y a encore un courant d'air qui descend ? Il faut que tu répares le tuyau.

Il s'agenouilla et regarda par le conduit. Cette cheminée avait toujours été sa partie préférée du chalet. Cette façon qu'avait eue mon père de mettre de côté toutes les pierres qu'il avait déterrées au cours des années, jusqu'à ce qu'il se lance dans ce monumental travail consistant à construire à main nue un âtre à deux étages. Je n'arrivais même pas à comprendre comment il avait pu y arriver tout seul. Et d'ailleurs, bordel, comment il avait bien pu faire quoi que ce soit ici tout seul. Déblayer le terrain, construire ces chalets, chacun mieux que le précédent. Ç'avait dû lui servir de thérapie après la mort de ma mère. Quelque chose à faire au lieu de rester assis devant la fenêtre à regarder dehors.

– Qu'est-ce que tu vas commencer aujourd'hui ? reprit Vinnie. L'escalier ?

– Je me disais qu'on ferait mieux de commencer par monter le plancher. Ensuite, on fera l'escalier.

Il regarda les poutres qui traversaient la pièce au-dessus de nos têtes.

– Tu veux monter le premier étage avant même de construire l'escalier qui y mènera ?

– C'est à ça que servent les échelles. Ce sera plus facile de construire l'escalier quand on aura quelque chose sur quoi l'appuyer.

– Tu veux seulement monter le deuxième étage pour que ça ait l'air presque fini. Je te le dis, moi, c'est pas une bonne décision.

– Qu'est-ce que tu racontes ?

– Tu es trop impulsif. Tu le sais bien. Tu ne fais pas les choses dans le bon ordre.

Je restai là à le regarder.

– Je te trouve un peu brusque, ce matin, lui renvoyai-je. Même venant de toi.

– « Brusque » ? Comment ça, « brusque » ?

– Qu'est-ce qui se passe, Vinnie ?

– Rien, répondit-il sans me regarder en face. Mettons-nous au travail. On n'a qu'à s'y prendre à ta façon, puisque tu y tiens.

J'entendis le petit grognement qu'il poussa en se penchant pour ramasser sa ceinture à outils. Je le vis se redresser avec une certaine raideur.

– Vinnie, qu'est-ce qui t'est arrivé ?

– Rien. Allez, on s'y met.

Arrête.

Je m'approchai de lui et le saisis par les épaules. D'aussi près, je pus voir le bleu sur son visage, juste à côté de son œil gauche.

– Qui t'a fait ça ?

Il regarda ailleurs.

– Ça n'est rien.

– Tu t'es fait mettre un sacré marron. Par qui ?

– Des types au casino. On a eu une petite altercation hier soir.

– Des types ? Combien ?

– Trois. Ils étaient tous à une table, en train de se torcher et de faire du raffut. Je leur ai demandé de la mettre en veilleuse, mais ils n'ont pas été très coopératifs.

– Trois, tu dis ?

– Oui. L'un d'entre eux avait l'air d'être mineur. Les deux autres étaient vraiment des cas graves. J'ai fini par leur demander de partir, et j'ai essayé de les raccompagner moi-même à la sortie. C'est là que les choses ont mal tourné.

– Juste par curiosité... est-ce que l'un d'eux était plutôt grand ?

Il se mit à se frotter le côté du visage, à l'endroit du bleu.

– Oui, l'un d'eux.

– Est-ce que par hasard ils ne seraient pas repartis en bateau ?

Il se figea.

– Oui. C'est vrai. Comment tu le sais ?

– Tu vas me détester, mais je crois que j'ai contribué à leur sauver la vie.

* * *

Nous commençâmes par l'escalier. Je lui dis que c'était uniquement pour lui faire plaisir, mais dans mon for intérieur, je savais qu'il avait raison. C'est généralement le cas. Nous travaillâmes deux heures, mais j'avais l'estomac vide. Nous laissâmes donc tout en plan pendant un moment. Je lui demandai s'il voulait m'accompagner au Glasgow. En dehors de Jackie et de moi, il y passait probablement plus de temps que quiconque, mais cette fois, il déclina l'invitation. Il voulait faire un saut à la réserve pour vérifier que tout allait bien chez sa mère. Depuis la mort de son frère, c'était quelque chose qu'il s'obligeait à faire au minimum tous les un ou deux jours. Je ne pouvais même pas imaginer le nombre de fois où on lui avait demandé pourquoi il ne vivait pas maintenant lui-même à la réserve. Parfois, je me demandais ce qu'il répondait, quand il était seul avec sa famille et qu'elle voulait vraiment savoir pourquoi il vivait ici, à Paradise.

Il me dit qu'il serait de retour après déjeuner et qu'il m'y rejoindrait. Je partis donc au Glasgow tout seul. Je passai à côté de mes chalets vides, avec du bois coupé et empilé à côté de chaque porte d'entrée ; j'espérais que quelqu'un décide que ça valait à nouveau la peine de faire le déplacement. Il y a un endroit, là où on prend la grand-route : on peut y apercevoir le lac à travers un passage dans les arbres. Le vent rabattait des vagues d'un mètre. Le ciel était d'un gris tellement sombre qu'on avait du mal à imaginer que le soleil sorte à nouveau un jour.

Je me garai sur le parking et entrai. Personne. Je restai debout dans l'encadrement de la porte à me demander où était passé Jackie, jusqu'à ce qu'il sorte enfin de la cuisine en portant une caisse de bière.

– C'est toi, déclara-t-il.

Typique comme accueil. Né en Écosse, il était arrivé dans le Michigan adolescent. Une cinquantaine d'années plus tard, on pouvait encore déceler dans sa voix une pointe d'accent.

– Où sont passés les gens ?

– Va savoir. Ceux qui vivent ici doivent être chez eux en train de déprimer. Et ceux qui vivent ailleurs seraient cinglés de venir.

Voilà qui résumait assez bien l'état d'esprit de Jackie à ce moment-là. Il vivait tout cela assez mal. Pas seulement parce qu'il n'y avait pas beaucoup de touristes dans la région. Ça, ça lui était probablement complètement égal. Mais Jackie adorait l'été ici, peut-être plus que n'importe qui à ma connaissance. C'est le genre de gars à arrêter sa voiture pour regarder un coucher de soleil.

C'était peut-être dans son sang, quelque chose à voir avec l'Écosse. Une tendance à mieux apprécier un genre de journées qu'on ne voit pas souvent à Glasgow. Mais peut-être aussi était-il tout simplement un vieux dur à cuire qui avait réussi à passer un autre hiver et espérait un peu de soleil.

– Et où étais-tu hier soir, au fait ? me demanda-t-il.

Il posa la caisse de bière et se mit à ranger les bouteilles dans le réfrigérateur en dessous du bar.

– Y a-t-il une chance que j'aie droit à une omelette ?

– Vas-y. Tu sais où est la cuisine.

– Allez, Jackie…

– La seule soirée où j'aurais apprécié un peu de compagnie ! dit-il en balançant une nouvelle bouteille dans le frigo. Et il y avait pas un chat. Tu te rends compte ? C'est la première fois que je vois ça.

– Jambon-fromage. Avec du poivre vert si tu en as.

Il interrompit ce qu'il était en train de faire, le temps de me lancer un regard furibond.

– Allez, insistai-je. Ça te sortira tes soucis de la tête.

– Prends la petite poêle. Et ne brûle rien. Ça ne prend que deux minutes.

– Jackie…

– Pourquoi tu boites, au fait ? Tu es allé chercher des ennuis quelque part ?

– Tu n'auras qu'à demander plus tard à Vinnie. C'est celui avec les bleus.

– C'est à toi que je demande.

– Jackie, as-tu sérieusement l'intention de ne pas me préparer une omelette ?

– Deux œufs, Alex. C'est tellement simple que, même toi, tu peux le faire.

– Très bien. C'est vrai que tu es bien trop occupé ici avec tous tes clients.

Il jeta le casier par terre, petit signe que j'y étais peut-être allé un peu fort. Je gagnai la cuisine et me mis à fouiller partout. Je trouvai la bonne poêle, sortis deux œufs et les cassai.

Une minute ne s'était pas écoulée qu'il était là, à côté de moi.

– Qu'est-ce que tu fabriques ? Tu n'as jamais appris à casser un œuf ?

– C'est pas si difficile.

– Dégage de là.

Il me poussa sur le côté et se mit à enlever les petits morceaux de coquille de la poêle.

– En plus, tu n'as pas mis le feu assez fort. Je te jure, tu es le type le plus désespérant que j'aie jamais rencontré.

– Oh, j'ai oublié de te dire… Bonjour.

Il se mit à saupoudrer de poivre vert.

– Et il faut que tu attendes pour le fromage. On fait ça au dernier moment. Tu piges ?

– Si je commence à faire tout ça moi-même, tu n'auras plus aucune raison de te lever le matin.

Il prit sa spatule et commença à travailler le pourtour. C'était le moment qui me mettait toujours dedans. Où je laissais tomber et faisais des œufs brouillés.

– Tu lui as parlé ? demanda-t-il.

Je ne répondis pas. J'étais étonné qu'il pose la question. Jackie était le vétéran d'un mauvais mariage et d'un divorce encore pire et, à ce stade de sa vie, je ne le voyais pas changer d'avis sur les relations avec le sexe opposé.

– Pas depuis un moment.

Il hocha la tête.

– C'est difficile. Toronto n'est pas tout prêt.

– Il y a pire que ça. Elle travaille.

– Toronto n'est pas tout prêt, Alex. Il n'y a pas besoin de chercher plus loin.

Je ne savais pas trop quoi répondre à ça. Ou si je pouvais même discuter son point de vue.

Il mit le fromage dans la poêle et plia parfaitement l'omelette.

– Sors de ma cuisine.

– Tu es un prince.

– Oui, c'est ça. Va t'asseoir.

– Je crois que Vinnie va peut-être en vouloir une aussi. Il ne va sûrement pas tarder.

– C'est vrai ?

– Oui. Ton service clientèle a besoin de travailler.

Je sortis de la cuisine avant qu'il ait pu me donner un coup de poêle. Je m'assis dans un des fauteuils rembourrés, mis les pieds en l'air à côté du feu.

Jackie revint avec l'omelette. Déposa l'assiette sur la petite table. Resta là un moment, l'air un peu perdu, comme s'il ne savait pas quoi faire ensuite.

– Tu devrais en profiter, dis-je. Personne d'autre dont te préoccuper pendant quelque temps. Bordel, tu pourrais même fermer et aller quelque part.

Il s'assit dans l'autre fauteuil, proféra un son comme si ma suggestion était la chose la plus ridicule qu'il ait jamais entendue.

– Il fait bizarre, dit-il.

– Par bizarre, tu veux dire… Froid ?

– Non. C'est plus que ça. Tu as vu ce ciel dehors ? On dirait que la fin du monde est proche.

– Pour l'amour du Ciel, tu devrais aller en Floride. Ou bien… où se trouve ton fils déjà ? À Boston ? Tu devrais aller lui rendre visite.

– C'est… anormal, Alex.

Il se renversa dans son fauteuil.

– Quelque chose dans l'air est complètement détraqué.

Telle fut la pensée réconfortante qui resta en suspens pendant l'heure qui suivit ou presque. Jackie ne bougea pas du coin du feu. Je gardai les pieds en l'air. J'aurais pu rentrer et travailler tout seul, mais je n'étais pas pressé. « Attends Vinnie », me dis-je. En espérant qu'il prenne son temps.

Dehors, le vent se levait. Il n'allait pas tarder à pleuvoir. Ce serait une pluie qui tombe en biais et donne plus froid que n'importe quelle tempête de neige hivernale.

« Quelque chose dans l'air », avait dit Jackie. Quelque chose de « complètement détraqué ».

La porte s'ouvrit. Deux hommes entrèrent. Je ne les reconnus pas tout de suite. Je crus qu'il s'agissait de deux inconnus s'arrêtant pour déjeuner ou boire un verre. Et puis je vis les dégâts. Le premier portait un pansement sur le côté gauche du visage, tout le long de la mâchoire. Le grand avait le poignet droit enveloppé d'une bande élastique.

Le troisième… Il n'était pas là, mais c'était le type resté inconscient quand nous les avions trouvés.

Le premier portait le même blouson d'aviateur en cuir. Il était légèrement plus petit que dans mon souvenir. Il regarda autour de lui, puis fonça droit sur moi.

– Vous êtes McKnight, dit-il. Je me souviens de vous.

– Comment connaissez-vous mon nom ?

Je ne me levai pas de mon fauteuil.

– Je suis passé chez votre ami Tyler aujourd'hui. Je voulais savoir qui vous étiez. Et aussi M. Prudell.

– Ah oui ?

– Mon nom est Caplan, au fait. Vous pouvez m'appeler Cap. Voici Bruce, dit-il en indiquant le grand type.

Bruce me fit un signe de tête. Avec son poignet complètement bandé, il ne semblait pas disposé à me serrer la main.

– La raison de notre présence ici, reprit Cap, est qu'on voulait vous remercier. Vous savez, de nous avoir sortis de là.

– Il n'y a pas de quoi, répondis-je. Ça ne valait pas la peine de venir jusqu'ici.

– Non, sérieusement, mec. Le moins qu'on puisse faire est de vous offrir un verre.

– Ça ne sera pas nécessaire.

– Je vous en prie, j'insiste, dit-il, le bras tendu en direction du bar en guise d'invitation.

– Non, vraiment…

– Où est le barman, au fait ?

– Je suis là, dit Jackie en se levant de son fauteuil. Allez, Alex. Fais preuve d'un peu de considération pour ces messieurs. S'ils veulent t'offrir un verre, laisse-les faire.

– C'est vrai, dit Cap. Vous devriez écouter cet homme.

– Ça n'arrive pas tous les jours, ajouta Jackie en passant derrière le bar.

Je me levai lentement, en regrettant amèrement de ne pas lui en avoir dit un peu plus sur ce qui était arrivé la veille au soir. Peut-être alors ne se serait-il pas montré aussi empressé.

– Qu'est-ce que vous prenez ? Puis-je vous appeler Alex ?

– Jackie sait ce que je bois.

Cap prit un tabouret au bar. Le grand type, Bruce, en prit un autre, en laissant un libre pour moi, entre eux deux.

– Eh voilà, dit Jackie en me servant une Canadian glacée. Est-ce que tu vas partager un peu de ta réserve personnelle avec tes amis ici présents ?

Je lui lançai un regard qui aurait dû le faire vieillir de dix ans. Mais avant que j'aie pu prononcer un seul mot, il avait sorti trois autres bières canadiennes et les avait déposées sur le bar.

– Qu'est-ce que c'est que ça ? demanda Cap.

– Alex boit uniquement de la bière mise en bouteille au Canada, répondit Jackie. Voyons si vous pourrez voir la différence.

Je continuai de fixer Jackie des yeux. Je n'arrivais pas à comprendre pourquoi il se comportait d'un seul coup en hôte parfait. Ce n'était assurément pas le cas avec tout le monde. Enfin bordel, quand c'était l'hiver et que quelqu'un s'arrêtait pour s'en jeter un, en général il lui criait dessus à cause de la neige qu'il avait sous les bottes avant même qu'il ait refermé la porte derrière lui.

« Ça doit être le temps, me dis-je. Ce temps étrange, vraiment étrange, et le fait qu'il n'ait pas vu un seul vrai client payant de toute la semaine. Ça devait lui taper sur le système. »

– Elle est formidable, dit Bruce en tenant la bouteille dans son énorme main et en la regardant avec admiration. Absolument formidable.

– Je suis d'accord, dit Cap.

Il y avait quelque chose dans sa façon de parler. Il était trop conscient de lui-même, trop mielleux pour être honnête. Je pensais assez bien le cerner – c'était le genre de type que j'avais croisé toute ma vie, au lycée, au base-ball, puis plus tard des deux côtés de l'insigne. Trop petit d'une dizaine de centimètres et essayant toujours à tout prix de les compenser. Tout dans la voiture et la coupe de cheveux, et pas grand-chose d'autre.

Oui, c'est bien comme ça que je le voyais.

– Alex vous a-t-il dit comment on s'était rencontrés hier soir ? demanda Cap à Jackie.

– Non.

– Eh bien… On était sortis en bateau. Il faisait assez sombre. Et brumeux.

– Hier soir ? Vous étiez en bateau ? Vous plaisantez ?

– Plutôt idiot, je sais. On l'a payé cher, croyez-moi. Oui, monsieur. On était au casino de Bay Mills, et on a fini par rentrer en traversant la baie.

– J'ai deviné, dit Jackie. Les piles du vieux pont…

– C'était ça, ces trucs ? On ne les a même pas vues. La seule chose dont je me souviens, c'est qu'on était complètement coincés et que ce satané bateau était en train de couler.

– Quel genre de bateau c'était ?

– Ah, quelque chose d'ancien, dit Cap. Un bateau en bois.

– Un Chris-Craft, précisai-je. Il donnait l'impression d'avoir été parfaitement entretenu.

– Minute, dit Jackie. Vous avez crashé un vieux Chris-Craft dans ces piles ?

– À qui appartient ce bateau, au fait ? demandai-je.

Cap me regarda.

– Il est à Harry.

– C'est le bateau de son père, dit Bruce.

– *C'était*, rectifia Cap.

– C'est Harry qui pilotait ?

– Oui.

– Combien de verres avait-il bus avant que vous y alliez ?

Cap hésita à nouveau.

– Deux. Peut-être trois. Harry tient bien l'alcool. Croyez-moi, il n'était pas soûl.

– Quel âge a-t-il ?

– Il est majeur, pas de problème. Il fait plus jeune que son âge.

– Et où est-il maintenant ? Toujours à l'hôpital ?

– Oui. À Sault Ste Marie. Je suis sûr que ça va aller.

– Vous le savez avec certitude ?

– Je ne vois pas ce que vous voulez dire, Alex.

– Vous avez parlé au médecin ?

– J'ai parlé à Harry. Ça va aller.

– Il avait l'air plutôt sonné, hier soir. Je suis même étonné qu'il ait repris connaissance dès aujourd'hui.

– Alex, comme je vous l'ai dit, on est simplement venus ici vous faire part de notre gratitude.

– Ça ne semblait pas être votre comportement hier soir, répondis-je. Si je me souviens bien, vous nous avez accusés de vous avoir percutés. Comme si, en réalité, on était dans la baie à attendre que quelqu'un passe pour lui rentrer dedans.

Cap ne répondit pas. Il continua de me regarder, droit dans les yeux. Jackie était de l'autre côté du bar en train de nous observer. Il devait être en train de se demander ce qui se passait.

– Je crois qu'on part du mauvais pied, finit par dire Cap. Tout s'est passé tellement vite hier soir. Je pense qu'on était tous un peu en état de choc ou autre.

– C'est ça. Ou autre.

Il se mit à tapoter la bouteille de bière avec ses doigts.

– OK, dit-il en faisant traîner le mot.

Il avait un petit sourire aux lèvres.

– Avant que vous ne montiez à bord du bateau, demandai-je, auriez-vous par hasard rencontré quelques petits problèmes au casino ?

– Qu'est-ce que vous voulez dire ?

– Au casino de Bay Mills. Est-ce que vous n'auriez pas eu une petite altercation avec quelqu'un qui y travaille ?

– Il y a peut-être eu un petit malentendu. Un Indien qui essayait de jouer les durs.

– Le chef de table, vous voulez dire.

– Oui, peu importe. Sans le casino, il serait probablement en train de vendre des petits totems aux touristes.

– J'en doute un peu. En tout cas, c'est un de mes amis. Vous l'avez bien amoché.

– C'est vraiment une petite ville, fit remarquer Cap. Je te l'avais bien dit, Brucie.

Je ne vis pas la réaction du grand. Je regardais toujours Cap.

– Pourquoi êtes-vous ici en réalité ? demandai-je.

– Je vous l'ai dit.

– Très bien. Vous m'avez offert un verre.

– Il y a peut-être autre chose.

– Quelle surprise !

C'est à ce moment précis que je la perçus dans ses yeux. La petite lueur de colère. Elle survint brutalement, comme si elle ne s'était pas trouvée bien loin dès le début. Pas loin du tout.

– Il y avait un coffret à bord du bateau, dit-il. À peu près grand comme ça.

Il leva les mains à environ un mètre l'une de l'autre.

– Et alors ?

– Il était jaune et noir. Étanche. Vous savez… conçu pour flotter.

– Qu'est-ce qu'il y avait dedans ?

– Des objets de valeur. Des portefeuilles, du liquide, ce genre de choses. C'est juste un coffret pour mettre les choses en sécurité. Comme un coffre-fort.

– Je n'ai jamais entendu parler d'un coffre-fort flottant.

– C'était à bord d'un bateau, dit-il. (Il semblait maintenant doser le ton de sa voix avec précaution.) Tout ce qui se trouve à bord d'un bateau devrait flotter, vous ne trouvez pas ?

– C'est possible. Mais pourquoi me racontez-vous tout ça ?

– Je me demandais juste si par hasard vous ne l'auriez pas vu ?

– Non, je ne l'ai pas vu.

– Il était à l'avant du bateau. À un moment, je me souviens l'avoir vu. J'allais le saisir, mais c'est à ce moment-là que l'autre gars a sauté à bord pour couper le moteur. Et après ça je pense qu'on était tous en train de s'occuper d'Harry. Vous savez, pour s'assurer qu'il était bien vivant et tout. Je n'ai jamais revu le coffre par la suite.

– Je ne l'ai jamais vu du tout. Il a dû partir à la dérive.

– Je n'en suis pas sûr…

– Ou alors il a coulé. Il a peut-être été endommagé et s'est rempli d'eau.

– Vous répondez un peu vite. Vous êtes sûr que vous ne voulez pas y réfléchir ?

Je comptai mentalement jusqu'à trois.

– Je ne l'ai pas vu. Je ne l'ai pas touché. Je ne suis au courant de rien. Je ne peux rien faire pour vous.

Il finit par cligner des yeux. Regarda sa bouteille. Je vis les veines de ses avant-bras saillir tandis qu'il serrait les poings. Si quelque chose devait se passer ici, ce serait moi et Jackie contre eux deux. Et le plus grand type dans la pièce était juste derrière moi.

– Est-ce que vous…, commença-t-il doucement, avez une petite idée…

– Cap, dit Bruce.

– Ta gueule, Brucie. Je parle à ce monsieur. Je pense qu'il faut qu'il comprenne certaines choses.

– Ou pas, dis-je. Je crois que je vais rester dans l'ignorance si vous n'y voyez pas d'inconvénient. Maintenant, j'aimerais que vous partiez tous les deux.

– Il faut qu'il comprenne, Brucie. Ce monsieur a besoin de quelques éclaircissements.

Il y avait une vieille batte de base-ball sous le bar. Jackie l'y gardait depuis des années et n'avait jamais eu à s'en servir. Pas une fois. À ce moment-là, je ne pus m'empêcher de me demander si elle y était toujours.

– Il faut vraiment, vraiment qu'il comprenne…

Il serrait de plus en plus fort les poings. Les ouvrait puis les refermait. L'unique question était maintenant de savoir à quelle vitesse j'allais pouvoir le frapper avec ma bouteille, et ensuite ce que le grand type allait me faire derrière la tête.

C'est alors que la porte s'ouvrit et que Vinnie entra.

4

Huit cents kilomètres. De Paradise, État du Michigan, à Toronto, Ontario. On franchit le pont International, puis on fait le tour du North Channel en passant par Blind River, devant la maison où a grandi Natalie. On se dirige ensuite vers le sud, on fait le tour de Sudbury, descend la côte est du lac Huron et traverse Big Chute, puis Barrie. On arrive enfin en ville, sur la rive nord du lac Ontario.

Ou si l'on est un oiseau, on coupe en survolant toute cette eau. Comme plein d'autres choses dans la vie, ça va nettement plus vite quand on n'est pas obligé de faire le tour de quelque chose d'aussi incroyablement grand.

Ou dans mon cas… c'est quasi instantané. Je suis déjà là-bas, dans mon esprit, mille fois par jour. Quand j'ouvre les yeux le matin, un froid rayon de soleil entre par la fenêtre de mon chalet, et je pense à elle en train d'en faire autant dans son lit. Je ne sais trop comment, j'arrive à sentir qu'elle est réveillée au même moment que moi. À entendre le bruit de la douche quand elle y entre. Je sais combien de temps ça lui prend pour se préparer pour la journée. Une fois les cheveux secs, quelques coups de brosse le long des joues. C'est tout ce qu'il lui faut. C'est dire à quel point elle déteste perdre du temps.

Je sais quand elle est au volant de sa Jeep. La musique qu'elle écoute. Les bruits de la ville qui l'entourent. C'est un miracle que je sache tout ça, minute après minute. Un miracle à la fois merveilleux et terrible. Ressentir ça, après tant d'années.

Je ne sais pas combien de temps ça peut durer. Actuellement, je sens que ça commence parfois à s'atténuer. Comme une lointaine station de radio, perdue sur les ondes. Le matin en particulier, quand elle se rend à la salle des Opérations au lieu d'aller au commissariat. Toutes ses habitudes ont changé. Il faudra que je lui en parle afin de combler les vides. Maintenant qu'elle doit prendre plus de temps le matin pour se préparer. Qu'elle porte déjà les vêtements de son personnage quand elle va en ville en voiture. Qu'elle est encore en réunion avec la commission avant de se rendre au café.

C'est maintenant devenu quelque chose d'habituel. Y voir Rhapsody, passer quelques minutes avec elle à l'une des tables. J'ai du mal à imaginer ce que ce serait d'être en scène chaque jour. D'être quelqu'un de complètement différent de soi. Je ne sais pas combien de temps il lui faudra pour gagner la confiance de Rhapsody, en admettant qu'elle y parvienne jamais. Combien de temps il lui faudra, avec seulement quelques mots échangés chaque matin, pour en arriver à discuter d'un certain type de marchandises qui pourraient passer des États-Unis à Toronto pour le juste prix.

À huit cents kilomètres de moi, les choses se mettent en place, jour après jour. Natalie se rapproche pas à pas de cet homme appelé Antoine Laraque.

* * *

Il fallut environ cinq secondes aux types pour se rappeler où ils avaient déjà vu Vinnie. C'est juste le temps qu'il fallut à Jackie pour attraper sa batte sous le bar, et à moi pour m'esquiver d'entre Cap et son pote Brucie. Maintenant, on était deux contre trois avec en plus une batte de base-ball, et on jouait à domicile.

Cap fit preuve de flegme. Il reprit une longue gorgée de bière comme s'il n'avait jamais eu d'autre intention. Vinnie resta dans l'encadrement de la porte, l'air de sortir d'un vieux western. Brucie regarda juste Jackie et sa batte, comme si le tableau était vaguement amusant.

– J'ai l'impression, dit finalement Cap, qu'on n'est plus vraiment les bienvenus ici.

– Sortez de ce bar, dit Vinnie. Sortez tout de suite.

– Combien pour les bières ?

– Sortez, c'est tout.

Cap posa sa bouteille. Il fit un petit signe de tête à son ami, puis se dirigea vers la porte. Quand il arriva devant Vinnie, il le toisa de haut en bas un moment.

– Il faut qu'on arrête de se voir comme ça, dit-il.

Vinnie ne répondit rien. Il s'écarta lentement et les laissa passer. Ils ouvrirent la porte et sortirent. Par la fenêtre, je les vis monter dans une grosse Cadillac Escalade. Noire avec des finitions argentées.

– Qu'est-ce qu'ils voulaient ? demanda Vinnie.

– M'offrir un verre, répondis-je. Alors Jackie leur a servi un peu de ma bière.

– Comment diable voulais-tu que je sache ? dit Jackie en se débarrassant de la batte. Tu aurais pu prévenir.

– C'est tout ce qu'ils voulaient ? demanda Vinnie. On aurait dit qu'ils s'apprêtaient à tout bousiller.

– Après avoir exprimé leur gratitude, ils ont en quelque sorte changé de sujet. Il y avait apparemment une espèce de coffre flottant à bord du bateau. Ils avaient l'air de penser que je savais quelque chose là-dessus.

– C'était le cas ?

– Franchement, je ne l'ai jamais vu.

– Un coffre flottant… Que diable pouvait-il y avoir là-dedans ?

– Ils ont dit qu'il y avait juste leurs portefeuilles et leur liquide.

– Quand on monte à bord d'un bateau, on sort son portefeuille et on le met dans un coffre ?

– Oui, ça m'a paru un peu louche, à moi aussi.

Vinnie réfléchit un instant.

– Je vais partir un moment, dit-il. On peut se remettre au travail demain, hein ?

– Qu'est-ce que tu vas faire ?

– Je veux juste vérifier quelque chose.

– Vérifier quoi ? Vinnie, pour l'amour du Ciel, tu ne vas pas faire une bêtise, n'est-ce pas ?

– Mais non, je veux juste aller voir quelqu'un, m'assurer qu'elle va bien. Une femme qui travaillait au casino hier soir.

– Tu veux que je vienne avec toi ?

– Non, elle risque de ne pas me parler si tu es là.

– Vinnie, tu ne vas pas leur courir après, n'est-ce pas ? Est-ce qu'il va encore falloir que je te fasse sortir de prison ?

– Une fois, Alex. Une seule fois dans toute ma vie. À t'entendre, on dirait que je me fais mettre en tôle toutes les semaines.

– Je te dis juste une chose. Si tu as l'intention de faire une bêtise, préviens-moi d'abord. Qu'on puisse la faire ensemble.

– D'accord. C'est promis. À plus tard.

Et il partit. Je terminai ma bière en regardant Jackie essayer de se calmer.

– J'aurais frappé le grand type, dit-il. Je te le jure. S'il avait levé la main sur toi, je lui aurais cassé cette batte sur la tête.

– Rien ne vaut une batte en bois, dis-je. Tu ne détestes pas le bruit que font les battes en aluminium ?

– Quoi ?

– Si tu l'avais frappé, ça aurait fait « clang » ! Je déteste ce bruit.

– T'es encore pire que Vinnie.

– Non, je crois qu'on se vaut.

Je me levai, retournai vers le fauteuil à côté du feu et attrapai mon manteau.

– Où vas-tu ?

– Pareil. Il faut aussi que j'aille m'assurer que quelqu'un va bien.

* * *

Tout en conduisant, je repensai à ce qu'avait dit le type : « Il faut qu'il comprenne, Brucie. Ce monsieur a besoin de quelques éclaircissements. » À moins que ç'ait été le bluff le plus vain de toute l'histoire du bluff, ce Cap savait quelque chose d'important. Peut-être était-il lui-même important. Quoique, bordel, je ne connaissais même pas son nom de famille. Je n'avais aucune idée de ce que pouvait être ce type.

Il se mit à pleuvoir. Je pris Lakeshore Drive, la route désertique que j'aimais le plus au monde, mais ce jour-là, le paysage n'était qu'une étude en gris. De l'eau. Le ciel. Toute l'humeur de la journée.

Je pris la route d'une traite jusqu'à Brimley. J'aurais pu m'arrêter à la réserve, essayer de trouver Vinnie, mais je le laissai tranquille. Au lieu de ça, je me rendis chez Tyler. Je me garai devant chez lui, heureux de ne pas y trouver l'Escalade noire. Encore que, d'après ce qu'ils avaient dit, il semblait qu'ils soient déjà venus lui rendre une petite visite. Je frappai à la porte d'entrée.

Une femme m'ouvrit. Elle ne faisait pas plus d'un mètre cinquante et semblait issue de la même culture hippie que Tyler. En tout cas, elle avait un merveilleux sourire. Le genre de sourire qui donne l'impression d'être le bienvenu. Un jour comme celui-là, c'était exactement ce qu'il me fallait.

– Tyler est là ? lui demandai-je.

– Il est au studio. Suivez-moi.

Elle ouvrit la porte et nous fîmes ensemble le tour de la maison jusqu'à l'arrière, là où se trouvait le grand garage.

– Que pensez-vous de ce temps ?

– Je pense qu'on devrait tous se faire rembourser.

– Ça va bientôt se radoucir. C'est toujours comme ça.

– J'espère que vous avez raison.

Je me dis que j'aurais dû rester en compagnie de cette femme le reste de la journée. Peut-être qu'une partie de son optimisme aurait déteint sur moi.

Tyler était dans le studio, le casque sur les oreilles et la cigarette à la bouche. À la lumière du jour, je pus voir à travers la grande baie vitrée. Là, dans l'eau glacée se trouvaient les deux rangées de piles de bois sombre conduisant au Point. Je ne pus voir le bateau, en tout cas pas sur l'eau. Mais il y avait quelque chose sur la berge, quelque chose recouvert par une grande bâche bleue.

– Alex ! dit-il en me voyant. (Il retira le casque.) Est-ce que ces abrutis t'ont rendu visite, à toi aussi ?

– J'en ai peur. Si je comprends bien, ils sont passés ici.

– J'en suis désolé, mon ami. Je t'aurais appelé si j'avais eu ton numéro. Je ne crois même pas connaître ton nom de famille.

– C'est McKnight.

– Voilà Liz, dit-il. La vieille dame.

– La prochaine fois qu'il m'appelle « la vieille dame », dit-elle en me serrant la main, je le balance dans le lac.

– Viens dehors, dit Tyler. Il faut que tu voies ça…

Nous sortîmes dans le jardin, à l'endroit même où nous nous tenions la veille au soir quand tout était arrivé.

– Les gardes-côtes sont finalement arrivés aux alentours de minuit, dit-il en se mettant à enlever les pierres qui maintenaient la bâche en place. Après que tous les autres étaient déjà partis. Ils allaient installer des balises éclairées.

– Même si personne d'autre ne serait assez stupide pour aller là-bas, ajouta Liz.

– Donc je leur ai dit : « Voyez si vous arrivez à remonter l'épave. Je la remorquerai au plus près et la hisserai sur la berge avec mon treuil. » Elle avait coulé si profond… Je n'étais pas sûr qu'ils la dégagent. Mais ils y sont finalement arrivés. Et la voilà…

Il retira la bâche dans un grand geste de la main, comme s'il dévoilait une œuvre d'art. En fait, c'est précisément ce qu'était cette chose – mais c'était une œuvre d'art qui avait été précipitée à toute vitesse sur un pilier en bois. À la lumière du jour, les dégâts étaient spectaculaires. La coque était ouverte à moitié jusqu'à la ligne centrale, les lattes de bois cassées net ou saillant dans toutes les directions. À certains endroits, on pouvait voir le bois d'origine, tel qu'il avait dû être des années auparavant avant d'avoir été verni.

– Tu te rends compte ? dit-il en passant la main sur l'accastillage, là où le bois était toujours lisse et parfait. Tout le travail que ce truc a dû représenter…

– Et l'argent, ajouta Liz.

– Il a fallu que je le recouvre hier soir. C'est vraiment indécent. Ça me fait mal de le regarder.

– Tu te rends compte à quel point ils doivent l'avoir heurté fort ? Je n'arrive pas à croire que ces types aient survécu.

– Je me demande comment va le pilote. Ils ont dit qu'il était à l'hôpital, mais ils ne savaient même pas comment il allait.

– Oui, je ne serais pas vraiment content d'eux si ces gars étaient mes amis, dis-je.

– Moi-même, je ne suis pas trop content d'eux. Ils ont débarqué ici ce matin et voulaient voir le bateau. Je pensais qu'ils voulaient peut-être récupérer le moteur ou quelque chose, mais non, ils ont juste regardé à l'intérieur. Ensuite, ils se sont mis à inspecter la berge. À la fin, nom de Dieu, ils ont dû au moins marcher sur huit cents mètres dans chaque direction en regardant dans l'eau. En traversant les jardins de tout le monde et en allant sur les quais. Ils voulaient même que j'aille chercher le bateau de Phil pour les emmener à l'endroit de l'accident. Je leur ai dit qu'il n'y avait rien à y voir. C'est là qu'ils ont commencé à devenir bizarres avec nous. Tu sais… comme s'ils venaient juste d'arriver ici… nous disant à quel point ils étaient reconnaissants pour notre aide de la veille au soir. Mais ensuite ils se sont mis à nous parler d'un certain coffre qu'ils recherchaient.

– Un coffre-fort flottant, ajouta Liz.

– Ou Dieu sait quoi. Ils n'avaient pas l'air de croire qu'on n'était au courant de rien.

– Ça me rappelle quelque chose, dis-je.

– On leur a dit qu'on ne pouvait rien faire de plus. Mais ils n'ont pas eu l'air d'apprécier. À la fin, on a dû les obliger à quitter la propriété.

– Bon, et comment vous vous y êtes pris ?

J'avais quelque difficulté à imaginer comment ces deux-là avaient pu se montrer aussi persuasifs. À moins que…

– J'ai sorti un de nos fusils de chasse, dit Liz. Je crois bien que c'était le Remington.

Oui, l'automatique, précisa Tyler. Tu aurais dû voir la tête qu'ils ont faite quand elle l'a sorti ! Ils ont vite changé de ton.

Ils souriaient maintenant tous les deux au rappel de ce souvenir. « Dieu les protège, pensai-je. On est bien dans le Michigan. »

– Bon, j'espère que vous allez être prudents, dis-je. Ils pourraient revenir.

– Qu'ils reviennent, dit Liz. Je suis bon tireur.

Je sortis une des cartes que Leon nous avait fait faire et la leur tendis. Je leur dis de m'appeler si jamais ils revoyaient ces types.

– Qu'est-ce que c'est que ça? demanda Tyler. Leon et toi êtes détectives privés?

– Nous l'avons été. Pendant à peu près cinq minutes. Ce qui me fait penser… Oh! non…

– Qu'est-ce qu'il y a?

– S'ils sont venus vous voir et s'ils sont venus me voir, moi…

– Tu as raison, ils se sont probablement arrêtés chez Leon, dit Tyler. C'est un problème?

– Tout dépend de qui s'y trouvait, lui répondis-je.

* * *

De Brimley, je continuai vers l'est sur la Six Mile Road, passai à côté du vieux wagon de chemin de fer abandonné, traversai ce qui reste de la Hiawatha National Forest, puis débouchai sur les vastes champs de blé. Je ne savais pas comment le temps affecterait les moissons cette année, mais je n'imaginais pas que ça puisse être bénéfique.

Je passai au-dessus de l'autoroute et traversai Sault Ste Marie – « le Soo » comme l'appellent les habitants de la région. Jusqu'à Three Mile Island et au parking de la boutique des véhicules customisés. C'était là que travaillait Leon. C'était à mille lieues de son travail de rêve, mais l'homme avait une famille à nourrir. L'endroit avait l'air assez tranquille ce jour-là. Pas étonnant compte tenu du temps pourri. J'entrai, on me dit que Leon était parti tôt. En fait, il avait reçu un coup de téléphone et avait filé en vitesse sans dire un mot.

Exactement ce que je redoutais. Je remontai dans le pick-up et me dirigeai vers le sud. La première petite ville sur la route était Rosedale. C'était là que vivait Leon, dans une petite maison sur une route sans issue, avec dans la cour un pneu pendu au grand chêne qui se balançait.

Je garai la voiture dans l'allée, juste derrière sa petite Chevrolet Nova rouge de merde. Je sonnai à la porte d'entrée.

Sa femme Eleanor m'ouvrit, et son visage me dit tout ce que je voulais savoir.

– Avant que tu dises un mot…

– Bonjour, Alex.

Eleanor Prudell était une femme imposante, pour dire les choses avec modération. C'était aussi probablement la femme la plus costaude que j'aie jamais rencontrée. Je l'avais vue une fois porter Leon hors de son lit, à l'époque où il avait les deux chevilles cassées. Et Leon pesait au moins cent vingt kilos.

Eleanor m'adorait. Je le savais. Elle aurait fait n'importe quoi pour moi. Mais en même temps, elle ne pouvait pas s'empêcher de m'associer à des moments très difficiles de sa vie. Elle connaissait tout du désir de Leon de devenir détective privé. Elle avait essayé de se montrer compréhensive quand il avait ouvert son bureau au Soo, même si elle savait que l'affaire allait presque à coup sûr péricliter. Elle aurait pu vivre avec tout ça, mais les vrais problèmes avaient commencé quand je m'étais mis dans le coup. Même si c'était l'idée de Leon de nous associer, même si au départ je n'avais pas marché dans cette histoire de détective privé, c'était toujours moi qui, d'une manière ou d'une autre, m'arrangeais pour chercher les ennuis. Toujours moi qui appelais Leon au secours. Ce qui en général signifiait quelque chose de dangereux. Le pire de tout avait probablement été quand on nous avait tiré dessus sur le lac. Évidemment, Leon n'était pas vraiment obligé de tout lui raconter. Mais c'est ce qu'il avait fait.

– J'ai cru comprendre que tu as eu de la visite aujourd'hui, lui dis-je.

– Ils étaient deux, répondit-elle. J'étais toute seule.

– Qu'est-ce qu'ils t'ont dit ?

– Les gosses auraient pu être là. Dieu merci, aujourd'hui, ils sont en classe verte.

– Ellie, qu'est-ce qu'ils t'ont dit ?

– Ils voulaient savoir où était Leon. Ils m'ont dit qu'ils avaient quelques questions à lui poser.

– Remarque, ce qui est bien, c'est que tu aurais probablement pu te les faire tous les deux en même temps.

– C'est pas drôle.

– Je sais. Écoute…

C'est alors que Leon apparut derrière elle.

– Alex, dit-il. Qu'est-ce qui se passe ? Ça va ?

– Je passais voir si tu allais bien. Tu as raconté à Ellie ce qui est arrivé hier soir ?

– Oui.

– Notamment que tu m'avais invité à venir au studio de Tyler et, après, l'accident de bateau et comment on a sauvé ces types ?

– Voilà, et que rien n'était de ta faute, pour une fois…

– Ouais, c'est génial. Merci.

Eleanor sortit et me serra dans ses bras. Le truc consiste alors à vite remplir ses poumons pour que ça ne se termine pas par une côte cassée.

– Putain, Alex. J'ai…

Elle regardait ailleurs. Elle était véritablement morte de peur à cause de tout ça et je ne devais sans doute pas lui en vouloir.

– Tout va bien, dis-je. On va s'assurer qu'ils ne reviennent plus ici. Je te le promets.

Elle hocha la tête. Posa sa main sur mon bras, puis se retourna et rentra dans la maison. Après quoi, Leon et moi, nous retrouvâmes sur le perron.

– Je suis désolé, repris-je. Je ne sais pas quoi dire d'autre.

– Ne t'inquiète pas. Vraiment. Elle va s'en remettre.

– Leon, dans quel pétrin est-ce qu'on s'est encore fourrés ? Je voulais juste aider ces types à s'en sortir. On aurait aussi bien pu les laisser où ils étaient…

– J'ai l'impression qu'on aurait mieux fait, hein ? On aurait dû les laisser se noyer.

– Tel que ça se présente, Vinnie a déjà un léger contentieux avec eux.

Je lui racontai tout, y compris le moment où Vinnie les avait fichus à la porte du casino la veille au soir. Puis était tombé sur eux en arrivant au Glasgow.

– Tu crois qu'il va les prendre en chasse ?

– Je suis prêt à le parier.

– Tu veux que je te prête à nouveau une arme ?

– Non, Leon. Arrête.

– Je suis sérieux. Tu pourrais en avoir besoin. Tu ne sais pas qui sont réellement ces types, ni de quoi ils sont capables.

– Garde-la au chaud. Si j'en ai besoin, je t'appellerai.

– Si tu en as besoin, tu n'auras pas le temps de m'appeler.

Un classique des répliques de Leon, s'il en est.

– Merci. Mais non, je n'ai pas besoin d'une arme. À plus tard.

– À ta guise, dit-il. Mais ne me le reproche pas si tu te fais tuer.

* * *

En rentrant chez moi, je ne pus m'empêcher de me demander si Leon n'avait pas raison. Comme il disait, nous n'avions pas idée de qui étaient ces types. Ni de ce qu'ils allaient faire.

Je me demandai ensuite comment allait Natalie. Ce qu'elle faisait à ce moment précis. Et si elle était en sécurité.

Natalie…

Puis, pour la centième fois… Si ça allait marcher entre nous ou si je me faisais des illusions. Leon et Eleanor, ça, c'était une vraie relation. Il faut à peine deux secondes pour se rendre compte à quel point ils comptent l'un pour l'autre.

Taylor et Liz. Ça aussi, c'était du sérieux. Ils passent toutes leurs journées ensemble sans exception. Ils vont se coucher ensemble. Ils se réveillent ensemble. Ils font fuir les sales types avec des fusils de chasse ensemble. Nom de Dieu.

Mais qu'est-ce que je crois ? Que, Natalie et moi, on sera comme ça un jour ? C'est presque impossible à imaginer…

Voilà ce qui me passait par la tête en rentrant à Paradise. J'allais m'arrêter au Glasgow, là où était ma place. Jackie et moi, les deux vieux garçons solitaires.

C'est alors que mon téléphone portable sonna.

Je fouillai partout avant de le trouver, tentai de répondre, le laissai tomber, le ramassai, décrochai finalement et collai cette saloperie à mon oreille. Je n'avais même pas vérifié l'identité de mon correspondant.

– Allô ?

– Alex ? C'est Vinnie.

– Qu'est-ce qui se passe ?

En un instant, j'eus l'image de lui en prison, de moi en train d'essayer de trouver à nouveau un agent de cautionnement. La dernière fois, ç'avait été Leon, mais il ne faisait plus ça.

– Où es-tu ? demanda-t-il. Tu peux venir au Soo ?

– Je viens d'en partir. Je rentrais à Paradise.

– Eh bien, fais demi-tour. Il y a quelqu'un que je voudrais te présenter.

– Qui c'est ? De quoi tu parles ?

– Retrouve-nous simplement au Kewadin. À mon avis, faut que tu entendes ce que cette femme a à dire.

5

Lorsque la Bay Mills Indian Community avait ouvert le King's Club en 1984, premier casino de toute l'Amérique du Nord appartenant à des Indiens, ç'avait été un fiasco complet. L'établissement avait fermé moins de deux mois plus tard. Les Indiens s'étaient alors regroupés et avaient fait une nouvelle tentative, et il y en a aujourd'hui vingt dans le seul État du Michigan, et des centaines d'autres dans tout le pays.

La tribu de Bay Mills avait profité du succès du King's Club pour en faire le Bay Mills Casino and Resort, complété par un hôtel, un théâtre, un spa, un parcours de golf, et tout le bataclan. Pas longtemps après ça, la tribu Sault, une communauté Ojibwa tout récemment formée un peu plus bas sur la route, avait annoncé son intention de construire son propre casino. C'est ainsi qu'était né le Kewadin. Il est beaucoup plus grand que le Bay Mills Casino. Avec sa façade beaucoup plus éclairée, il se rapproche autant d'un vrai établissement de style Las Vegas qu'il est possible dans la région. Il est aussi à l'origine d'une rivalité non officielle entre les deux tribus.

Même le nom pose problème. *Kewadin* est le mot Ojibwa pour dire « nord » – même si dans leur langue, c'est plus qu'un simple point sur une boussole. C'est tout ce que l'on associe avec le nord. L'hiver, le froid, l'esprit même de ce que représente le nord. J'ai entendu le cousin de Vinnie, Buck, s'en plaindre un jour… Quand on donne à quelque chose un vrai nom Ojibwa, cela revient à faire appel au pouvoir qu'il y a derrière ce nom. Pour lui, et pour bien d'autres membres de la Bay Mills, donner un vrai nom Ojibwa à un casino était quasiment impensable.

Je n'avais pas idée de ce pour quoi Vinnie y était, et encore moins pourquoi il voulait que je l'y retrouve. Mais c'est là-bas que je me rendais.

La pluie avait cessé. J'aperçus les lumières de l'établissement longtemps avant d'y arriver. Il était situé à la pointe sud du Soo, avec beaucoup d'arbres et quelques immeubles de taille plus modeste autour. Le casino en lui-même avait une haute toiture formée de plusieurs triangles ressemblant à des tepees. Sa conception m'avait toujours semblé empreinte d'un peu d'autodérision, mais qu'importe. Si ça ne les dérangeait pas, qui étais-je pour m'en plaindre ?

Normalement, l'endroit aurait dû être bourré un soir d'été, mais le parking n'était même pas à moitié plein. J'avais déjà vu plus de voitures ici à minuit à la mi-février. Je me garai non loin de la porte d'entrée, coupai le moteur et sortis. Comme je n'avais pas idée de l'endroit où je devais rejoindre Vinnie et cette mystérieuse femme, j'entrai, tout simplement.

Il y avait deux salles de jeux de chaque côté du couloir central. Les machines à sous résonnaient avec ces notes creuses qui ne ressemblent à rien d'autre au monde, suivies à l'occasion par le tintamarre d'une pluie de pièces sur un plateau métallique. Je pointai mon nez dans la première salle, ne vis nulle part Vinnie. Je traversai le couloir et entrai dans la salle Paradise toute neuve. Exactement identique, et toujours pas de Vinnie.

Je fus tenté d'aller m'asseoir au bar pour l'attendre, mais celui de la salle Paradise est aussi long qu'une piste d'atterrissage, avec des oiseaux et des palmiers et Dieu sait quoi encore, tous éclairés au néon, et bien sûr tout ça entouré de machines à sous. Tout le contraire du bar de Jackie. Au lieu de ça donc, je repassai dans le couloir et me dirigeai vers l'hôtel. Ça fait une trotte, mais quand j'y arrivai enfin, j'aperçus Vinnie assis dans le hall. Une femme était assise en face de lui, les mains croisées sur les genoux. Elle avait dans les trente ans. Cheveux bruns, yeux noirs, pommettes saillantes… Il était évident qu'elle faisait partie d'une tribu indienne.

– Alex, dit-il. À quelle distance de la ville étais-tu ?

– Désolé, je te cherchais. Le bâtiment est grand.

– Je te présente Theresa LaFleur.

Elle fut lente à se lever, et même quand elle me serra la main, j'eus le sentiment qu'elle n'était pas vraiment ravie de me voir. Ou peut-être était-ce mon imagination.

– Pourquoi m'as-tu demandé de venir, Vinnie ? Qu'est-ce qui se passe ?

– Il nous faut un endroit où parler, dit-il. Pas ici. Terry, si on allait au restaurant. Ça t'irait ?

– Oui, très bien, répondit-elle. Allons-y.

Vinnie nous précéda jusqu'au restaurant de l'hôtel. Les murs étaient lambrissés et il y avait une énorme tête d'ours au-dessus de la cheminée. L'hôtesse tenta de nous faire asseoir sur le devant, mais Vinnie réclama un box aussi éloigné que possible de la porte. Je commençai à me demander ce qui pouvait bien se passer, et pourquoi il nous obligeait à nous comporter comme des espions.

Vinnie s'assit à côté de Theresa. Face à moi. Elle attendit que les verres soient commandés. Puis j'eus enfin droit à l'histoire.

– Terry a quelque chose à te raconter, reprit Vinnie. Pour que tu comprennes ce qui se passe.

– D'accord.

– Monsieur McKnight, dit-elle. Avant de commencer, je voudrais que vous compreniez quelque chose. Je ne vais pas vous parler de quelqu'un en particulier. Cela restera purement hypothétique.

– Je ne comprends pas.

– Terry travaille à la clinique en face, dit Vinnie. Peu importe ce qu'elle y fait. Elle a juste quelque chose à nous dire à propos de ce qui pourrait théoriquement arriver là-bas. Mais la déontologie est très stricte sur ce genre de choses…

– D'accord, dis-je, je vois. On ne va pas parler de quelqu'un en particulier. Continuez.

– Très bien, laissez-moi vous prendre comme exemple, si ça ne vous ennuie pas. Disons que vous êtes de la tribu Sault. Vous vivez ici en ville, et vous venez dans cette clinique pour vos soins médicaux. Un jour, vous entrez et vous dites : « Docteur, je me suis vraiment esquinté le dos. J'étais en train de soulever quelque chose et j'ai senti mes muscles se contracter. Depuis, ça me fait terriblement mal. » Le médecin vous ferait passer une radio, mais pourrait très bien ne déceler aucun problème particulier. Pas de hernie discale ou quoi que ce soit. Mais il n'empêche, on peut assez facilement se faire un étirement musculaire et, si c'est assez sérieux, ça peut être vraiment douloureux. Ça vous est déjà arrivé ?

– Pas à ce point, dis-je. Mais assez pour imaginer ce que ça peut donner.

– Vous avez pris des analgésiques ?

– Seulement de l'aspirine.

– OK. Disons que vous vous êtes fait très mal aux muscles. Au point de ne même pas pouvoir bouger. Le médecin vous prescrit donc quelque chose de plus fort. Du Tylenol 3… Peut-être même de la Vicodine… Vous me suivez ?

– Je crois, dis-je en regardant Vinnie.

Il ne dit rien.

– Savez-vous que les membres des tribus indiennes se font délivrer leurs médicaments gratuitement, monsieur McKnight ?

– Je ne savais pas, non.

– Eh bien c'est ainsi. Et donc même quand ils ont le dos coincé et n'arrivent même pas à se tenir droit, au moins peuvent-ils se procurer des médicaments assez forts sans devoir les payer. Si ces médicaments sont efficaces, c'est parfait. Mais s'ils commencent à poser problème…

– Oui ?

– Alors en obtenir beaucoup gratuitement n'est pas nécessairement une bonne chose.

– Non, j'imagine que non.

Je regardai Vinnie. Je n'arrivais pas à croire qu'il lui ait parlé de ma propre histoire, de mon petit problème personnel avec la « Vic » à l'époque où je me remettais de ma blessure. Mais, à ce stade, je ne pouvais pas l'exclure.

– Imaginez donc que vous continuiez à revenir, poursuivit-elle. Que vous continuiez de dire au médecin que votre dos ne va toujours pas mieux. Il n'aurait aucun moyen de savoir à quel point il vous fait réellement mal…

– Il continuerait donc de me prescrire le médicament, dis-je. Mais au bout d'un moment, il commencerait à suspecter quelque chose.

– Au bout d'un moment, oui. Bien sûr. Il trouverait alors un prétexte pour vous faire faire un test sanguin. Et si vous aviez un taux anormalement élevé de cette substance dans le sang, il comprendrait que vous en abusez.

– Je comprends bien ce que vous dites. Croyez-moi. Je ne sais pas de qui nous sommes en train de parler et je suppose que je ne suis pas censé le savoir. Mais qu'est-ce que tout ça a à voir avec moi ? Ou avec Vinnie ?

Elle regarda autour d'elle. Puis elle baissa un petit peu le ton et prononça la phrase choc.

– Et si la prise de sang était parfaitement normale ?

– Comment ça ?

– Test normal. Aucune substance. Pas la moindre trace.

Je réfléchis un instant.

– Je ne prendrais donc pas du tout les médicaments… Tout en continuant à en demander… Alors ou je les donnerais à quelqu'un d'autre, ou bien…

– Arrêtez-vous là. Ça n'est même pas la peine de le dire.

– D'accord. Écoutez… Si c'est ce qui se passe, il faut en parler à quelqu'un. Pas à moi. Ni à Vinnie. Il faut en parler à la direction de la clinique et à la police.

– Je ne peux pas.

– Pourquoi ?

Elle lança un bref coup d'œil à Vinnie.

– J'ai raconté ça à Vinnie parce que je pensais qu'il pourrait faire quelque chose. Il a choisi de vous impliquer. S'il veut vous dire autre chose, ça le regarde. Moi, j'ai fini.

Elle commença à se lever, s'arrêta et se rassit.

– Il faut que vous compreniez quelque chose, reprit-elle. Ces médicaments sont puissants, et quand on en devient dépendant, on fait n'importe quoi pour continuer à se les procurer. Vous comprenez bien ce que je dis ? N'importe quoi.

– Terry, je comprends. J'essaie simplement…

– Si c'était le patient qui avait le problème, on aurait toujours la possibilité de faire quelque chose directement. C'est nous qui subirions la pression pour le résoudre, parce que c'est nous qui fournissons les médicaments. Vous me suivez ? Mais si c'est quelqu'un qui est dans la nature, quelqu'un qu'on ne connaît même pas… Alors c'est hors de notre contrôle. Et la pression s'exerce sur celui qui transmet les cachets. Il se retrouve coincé au beau milieu.

Cette fois, elle se leva pour de bon.

– Au beau milieu, répéta-t-elle. Que Dieu lui vienne en aide.

Puis elle s'en alla.

* * *

Quelques minutes plus tard, nous étions dehors à notre tour. Le pick-up de Vinnie est beaucoup plus récent et plus propre que le mien, mais la vraie raison pour laquelle nous prîmes le sien était qu'il était le seul à savoir où nous allions ensuite. Une fois de plus, je faisais juste partie du voyage.

La journée touchait à sa fin. Du gris foncé au lieu du gris clair, et quelques degrés en moins. Il semblait sur le point de se remettre à pleuvoir d'une seconde à l'autre.

– À un moment ou à un autre, dis-je, tu vas me dire où on va maintenant, non ?

– Tu dois t'en douter.

Il se dirigeait vers le nord, vers le cœur du Soo.

– On va rencontrer l'homme « au beau milieu ». Ou bien s'agit-il d'une femme ? Tu peux me dire ça, au moins ?

– Elle s'appelle Caroline.

– OK. D'où est-ce que tu la connais ?

– Elle travaille à Bay Mills. Elle veut bosser au Black Jack.

– Comment se fait-il qu'elle vive en ville ?

– Elle n'est pas de la tribu Bay Mills. Mais de celle de Sault.

– Attends, si elle est de la tribu Sault…

– Avant, elle travaillait au Kewadin, mais elle y a eu quelques ennuis. Alors elle est venue à Bay Mills.

– « Quelques ennuis » ?

– Elle avait un problème d'alcool. Maintenant elle est clean. Mais elle n'est plus vraiment la bienvenue là-bas, alors on l'a prise avec nous. En fait, ça arrive de temps en temps. Dans les deux sens. Je connais deux ou trois personnes de Bay Mills qui travaillent maintenant au Kewadin.

– Malgré la rivalité ?

– On fait tous partie de la même famille. On prend soin les uns des autres, quoi qu'il arrive.

Je n'avais aucun doute là-dessus. J'en avais eu suffisamment de fois la preuve pour le savoir. Et il semblait que j'étais sur le point de le vérifier à nouveau.

– On va donc voir cette Caroline, dis-je. Mais dis-moi, pour quelle raison suis-je là au juste ? En dehors d'être le brave garçon en tout point idéal avec lequel faire de la route…

– Parce que je te l'ai promis.

Il continua de regarder droit devant lui en roulant dans les rues sombres et tranquilles.

– Tu m'as promis quoi ?

– Que je ne ferais aucune bêtise sans toi.

– C'est bien. Je suis content que tu prennes tout ce que je dis à la lettre.

– Il y a une autre raison.

– Et ce serait ?

– Tu t'y connais dans ce truc.

– Quel truc ?

– Les antalgiques. La Vicodine.

Je le regardai.

– Tu parles sérieusement ?

– Dis-moi quelque chose… Est-ce que tu serais capable de reconnaître quelqu'un de défoncé à la Vicodine ?

« C'est formidable, me dis je. Me voilà d'un seul coup consultant à la clinique Betty Ford. »

– D'abord, on n'est pas vraiment « défoncé » à ça. C'est plutôt comme si on se sentait, disons… au chaud.

– « Au chaud » ?

– C'est le meilleur mot qui me vienne à l'esprit. Ça donne la sensation de se sentir tout le temps bien. Comme quand on est enveloppé dans une couverture de survie.

– Qu'est-ce qui se passe quand ça se dissipe ? Et qu'on n'a plus de cachets ?

– Eh bien, à vrai dire, je n'en suis jamais arrivé à ce point. J'ai juste eu un petit problème avec ça, il y a longtemps. Quand je me suis fait tirer dessus et que j'ai eu l'impression que ma vie partait dans tous les sens.

– D'accord, mais tu peux imaginer…

– Je peux imaginer que ça soit l'enfer. Quand on est vraiment accro, c'est comme si on te retirait ton oxygène.

– Les types du bateau… Penses-tu qu'il y ait une chance pour qu'au moins l'un d'entre eux prenne de ce truc ?

– Je me demandais quand ils finiraient par revenir sur le tapis.

– Ils étaient avec Caroline hier soir. Juste avant que je les foute dehors.

– Tu ne m'avais pas dit ça.

– Je te le dis maintenant. C'est là-dessus que je voulais me renseigner aujourd'hui. Comme je savais que Terry travaillait à la clinique, c'est la première personne que je suis allé voir. Je crois qu'elle attendait de pouvoir en parler à quelqu'un.

Je hochai la tête. Mais je ne dis pas ce que j'en pensais. Je n'y tenais pas vraiment.

– Tu l'as entendue, continua Vinnie. Elle pourrait bien se faire piéger en tant qu'intermédiaire. Ces types sont vraiment capables de lui faire du mal. J'en suis sûr. Tu les as regardés dans les yeux aujourd'hui ?

– Raison de plus pour…

– Pour l'envoyer en prison pour trafic de médicaments ?

– Si ce que tu dis est vrai, ces types se servent d'elle. Elle s'en tirera facilement.

– S'ils ne la tuent pas avant et si le juge ne va pas regarder son casier…

– Tu as dit qu'elle avait eu un problème d'alcool…

– C'en était un. Il y en avait d'autres.

– On dirait fort qu'elle creuse sa propre tombe, Vinnie. Dès qu'une occasion se présente, elle saute dessus.

Il leva le pied de l'accélérateur. Se rangea doucement sur le bas-côté. C'était là une grande différence entre lui et moi – si j'avais été au volant, j'aurais écrasé la pédale de frein et lui aurais fait valdinguer la tête sur le tableau de bord.

– Je peux faire demi-tour, te ramener à ton pick-up et aller lui parler tout seul, dit-il. Ou tu peux venir avec moi. C'est toi qui décides.

– Cette femme sait ce que tu essaies de faire pour elle ?

– Je suppose qu'elle l'apprendra.

– Elle a de la chance. Je le lui dirai moi-même.

* * *

La maison se trouvait dans Seymour Street. Depuis les taches d'humidité sur les panneaux d'aluminium jusqu'aux écailles de peinture sur les boiseries, c'était l'exemple type de ce que le climat du nord Michigan peut faire à une maison si on n'en prend pas soin. Vinnie frappa à la porte. Personne ne répondit.

– Le pick-up d'Eddie est là, dit-il.

Il se trouvait dans l'allée et donnait au mien l'air de sortir de la salle d'exposition.

Vinnie frappa à nouveau. Nous entendîmes quelqu'un crier du fin fond de la maison.

– On dirait bien qu'il a dit « entrez », non ?

– Ça doit être ça.

Il ouvrit la porte et entra. En le suivant, je sentis une odeur de cigarettes et de bière, plus quelque chose qui avait brûlé sur le fourneau. Il n'y avait pas grand-chose dans le salon. Un vieux canapé, une table basse qui aurait mérité d'être dégagée et brûlée dans le poêle à bois, deux chaises pliantes. La télévision était allumée, mais il n'y avait personne pour la regarder.

– Y a quelqu'un ? cria Vinnie.

– Qui est là ?

C'était une voix d'homme, venant de la cuisine.

Vinnie tourna le coin sans répondre. L'homme était assis à la table de cuisine, une bière ouverte dans une main, une cigarette dans l'autre. Un nuage de fumée stagnait sous le plafond.

– Qu'est-ce que tu fous là ?! s'exclama-t-il.

Il portait une vieille robe de chambre bleue, ses jambes nues à peine visibles sous la table. Je ne savais pas s'il était blanc ou indien, ou un peu de chaque. Il avait l'air d'avoir trente ans et d'aller sur la cinquantaine.

– Je cherche Caroline, dit Vinnie.

Il était manifeste qu'il connaissait cet homme, mais je n'eus pas l'impression qu'il allait me présenter à lui.

– Elle est au travail.

– Mais non. C'est son soir de congé, tu te souviens pas ?

– T'es probablement plus au courant que moi, dit l'homme en écrasant son mégot dans le cendrier.

– Tu ne sais pas où elle est ?

– Si elle n'est pas au travail et qu'elle n'est pas avec toi…

– Pourquoi serait-elle avec moi, Eddie ?

Il ne répondit pas. Au lieu de ça, il but une longue gorgée de bière.

– T'en veux une ?

– Tu sais bien que je ne bois pas.

– Excuse-moi. Ça m'était sorti de la tête.

Vinnie resta planté là. Sans dire un mot. Sans bouger un muscle. L'homme était assis à la table et ne le regardait pas dans les yeux.

– Eddie, finit par dire Vinnie, est-ce que tu travailles ?

– Par ce temps ?

– Il y a d'autres boulots.

– Fous le camp.

– Est-ce que tu cherches autre chose, au moins ?

– J'ai dit : « Fous le camp. »

Vinnie continua de le regarder. Je connaissais tout de sa grande patience. Je savais qu'elle avait déjà été mise à rude épreuve la veille au soir, quand on avait fichu ces types à la porte du casino. Je me demandai combien de temps encore il allait réussir à ne pas la perdre. Il finit par lui tourner le dos et se dirigea vers la porte. Je le suivis dehors.

Quand nous nous retrouvâmes à nouveau dans son pick-up, il démarra et engagea une vitesse.

– J'en déduis qu'Eddie et toi avez un passé commun, dis-je.

– Pas vraiment.

– Et toi et Caroline ? Toute cette histoire commence à prendre un peu plus de sens.

– C'était il y a longtemps.

– C'est toi qui lui as trouvé ce boulot à Bay Mills, n'est-ce pas ?

– C'est une bonne amie à moi, Alex. Elle le sera toujours. J'ai juste essayé de la sortir de là.

– Et maintenant quoi ?

– Je veux aller jeter un coup d'œil quelque part.

Il se dirigeait vers le fleuve, vers les écluses et le centre-ville.

– Tu crois savoir où elle est ?

– Oui, j'en suis presque sûr. Il fut un temps où on pouvait toujours la trouver au Palace.

Il y a au moins une douzaine de bars à Sault Ste Marie. Huit d'entre eux se trouvent dans la seule Portage Avenue. Le Palace est à quelques mètres de l'hôtel Ojibway. Vinnie gara la voiture dans la rue.

Juste derrière une Cadillac Escalade noire.

Ça n'était pas une surprise. Pas du tout. J'avais la sensation depuis un moment déjà que nous allions retomber sur ces types. Si nous avions sauté dans un avion pour Anchorage, ils auraient été garés devant le premier bar où nous serions entrés.

– Avant qu'on entre, dis-je, dis-moi juste une chose.

– Quoi ?

– Qui sont ces types ? Je ne les ai jamais vus auparavant. Et toi ?

– Non.

– Alors qu'est-ce qu'ils font là ? On n'a pas besoin de faire tout ce chemin jusqu'à la haute péninsule juste pour acheter des pilules.

– Je ne sais pas pourquoi ils sont ici, Alex. Je m'en fous.

Nous descendîmes du pick-up. Derrière le café, un grand cargo avançait lentement vers l'écluse. Je n'eus pas l'occasion d'y regarder à deux fois, parce que Vinnie était déjà en train d'ouvrir la porte. Quand nous fûmes à l'intérieur, il ne nous fallut pas longtemps pour les trouver. Il y avait une table de six dans le coin au fond, entre le juke-box et le billard. Et trois hommes à la table – les deux que nous connaissions déjà si bien, et un troisième, la tête enveloppée de tellement de pansements qu'on aurait dit qu'il portait un turban blanc. Ce devait être le pilote du bateau. Sain et sauf – en tout cas sauf. Et sorti de l'hôpital.

Il y avait aussi trois femmes à la table. Elles se ressemblaient suffisamment pour pouvoir être sœurs. Une seule d'entre elles remarqua notre présence. Elle commença par sourire, probablement par réflexe. Puis elle blêmit.

– Vinnie, dit-elle. Qu'est-ce que tu fais là ?

Vinnie lui dit deux mots. Lentement.

– Sors. Maintenant.

Elle entraîna les deux autres femmes avec elle. La plupart des autres consommateurs sortirent, eux aussi. Il s'avéra que c'était une très bonne idée. Parce que Vinnie venait juste d'arriver à bout de patience.

6

Je peux dresser une longue liste de toutes les tuiles qui me sont arrivées dans la vie. L'agonie de ma mère quand j'étais gosse, la mort d'un coéquipier, une balle à côté du cœur, un mariage raté. Tels seraient les points à placer en tête de liste. Un peu plus bas se trouveraient de n'avoir jamais pu taper une balle en première division, de n'avoir jamais dit à mon père que je l'aimais et… ah oui, qu'on m'ait parlé de devenir détective privé. Je ne sais pas exactement où figurerait d'avoir passé une nuit en prison, mais probablement parmi les vingt premiers points.

Il y a trois cellules de rétention au sous-sol du City-County. Quand Vinnie et moi y fûmes conduits, il y avait déjà quelqu'un en cellule. Il dormait sur un des trois lits, et le grand bruit métallique de la porte en fer ne le réveilla pas. Une odeur pestilentielle d'alcool flottait autour de lui, ce qui ne faisait donc pas grand mystère.

Mes mains me faisaient un mal de chien, mais celles de Vinnie avaient l'air encore pires. Il s'assit sur un des lits inoccupés et s'adossa au mur de béton, les mains coincées sous les aisselles. Il ne dit pas grand-chose de toute la nuit. Sachant qu'il était inutile d'essayer de lui parler, il ne me restait plus qu'à compter les heures jusqu'à l'aube. Finalement, je m'allongeai et tentai de dormir. Une fois les yeux fermés, je revis Vinnie se débattant avec le type répondant au nom de Cap. Il s'en était pris à lui comme je ne l'avais jamais vu faire auparavant, comme s'il voulait sérieusement que ce type ne s'en sorte pas vivant.

J'avais eu moi-même fort à faire avec le grand gaillard appelé Bruce. S'il avait disposé de ses deux mains, il m'aurait probablement mis en charpie. Mais son poignet droit foulé et bandé ne lui avait pas été d'une grande utilité, surtout après que je lui avais attrapé le pouce et l'avais retourné. Marrant comme une bonne dose de souffrance peut ôter net à certains gars l'envie de se battre.

L'ivrogne dormait. Vinnie regardait droit devant lui dans le vague, perdu dans ses pensées. Je restai assis à me demander comment ç'allait être présenté dans les journaux. Il y a un vieux journaliste du *Soo Evening News* qui adore se montrer disert à la rubrique des faits divers. Dans le cas présent, il allait probablement décrire une « violente altercation » dans un « troquet local ». Peut-être même une « mêlée spectaculaire » dans un « débit de boissons after-hours. » Quels que soient les mots employés, il continuerait en disant que Vincent LeBlanc et Alex McKnight, tous deux résidant à Paradise, avaient été appréhendés et passé la nuit à la prison du comté de Chippewa. Et que les autres combattants avaient tous été relaxés.

Le temps passa. Il n'y avait aucun moyen de savoir si le soleil était déjà levé. Mais je savais que c'était le matin. Le gardien n'étant visible nulle part, je n'eus pas d'autre choix qu'utiliser les toilettes au milieu de la cellule. Un revers de plus dans ma vie – mais qui devait être surpassé une minute plus tard quand l'ivrogne finit par se réveiller et me vomit sur les chaussures. Après, ce fut encore pire.

Chef Maven arriva.

Le chef et moi avions déjà évidemment un passé commun assez pittoresque. Pour une raison quelconque, nous avions éprouvé une antipathie physique presque immédiate l'un envers l'autre. Le seul argument en ma faveur était que tout le monde semblait aussi le détester.

Il se planta derrière les barreaux et se mit à nous regarder tous les deux.

– Bonjour, chef, dis-je.

– Qu'est-il arrivé à vos chaussures ?

– Est-ce que vous allez nous laisser sortir, maintenant ?

– Je vous ai déjà vu une fois dans cette même cellule, vous vous souvenez ?

– Chef…

– Je ne pensais pas avoir l'occasion de vous y revoir.

– Si vous n'avez pas l'intention de nous laisser sortir, alors…

– Mais si, dit-il. Bientôt. Mais laissez-moi le temps d'enregistrer cette image dans mon esprit. Elle me tiendra chaud tout l'hiver.

Parfois, j'arrivais presque à comprendre pourquoi il en voulait tant à tout le monde. Il était le chef de la police de la plus grande ville de la haute péninsule, mais devait partager un bâtiment avec les flics du comté. Il n'avait même pas sa propre prison. La police d'État en bas de la rue récupérait la plupart des affaires sérieuses, sans parler du bureau des Douanes des États-Unis sur le pont et des gardes-côtes à l'écluse. Il se trouvait tout en bas de l'échelle, et cette idée devait le ronger chaque fois qu'il pénétrait dans le petit blockhaus qui lui servait de bureau.

Oui, certains jours, il m'arrivait de ressentir un rien d'empathie pour le bonhomme. Mais ce n'était pas le cas ce jour-là.

Il glissa la clé dans la serrure et ouvrit la porte. Vinnie et moi sortîmes dans un même élan. Je fus surpris de constater à quel point il était bon d'être dehors, même si c'était grâce à Maven. Tandis qu'il nous entraînait avec lui dans le couloir, je me retournai vers l'ivrogne. Il s'était recouché, et rendormi aussitôt.

– Par ici, dit Maven en nous précédant dans l'escalier jusqu'à son bureau.

Je ne connaissais cet endroit que trop bien, en particulier la petite salle d'attente bien crasseuse à côté, avec sa chaise en plastique dur et ses magazines périmés depuis dix ans.

Il ouvrit la porte et nous fit signe d'entrer. Il y avait deux chaises en plastique supplémentaires qui nous attendaient, face à son bureau.

– Messieurs, prenez place, dit-il. Je reviens tout de suite.

– Allez, chef, dis-je. Vous n'allez tout de même pas nous faire le coup de l'attente aujourd'hui ?

– Je peux vous faire redescendre en cellule si vous préférez attendre en bas.

Nous nous assîmes. Il referma la porte et nous laissa.

Chef Maven ne s'était jamais beaucoup foulé pour décorer son bureau. Ses quatre murs étaient en ciment gris. Sans une seule image. Ni même une fenêtre. Comment cet homme pouvait passer du temps dans cette pièce, je ne voyais pas.

– Je t'ai entraîné là-dedans, dit Vinnie.

– Tiens, il parle.

– Je tenais à m'excuser.

– Ne t'inquiète pas. Sérieusement. Je crois que je te devais bien ça.

– Je ne suis pas en position de te demander quoi que ce soit, dit-il. Mais je vais le faire quand même.

– Vas-y.

– Si on lui raconte tout, ça va mettre Caroline dans une situation délicate.

– Possible.

– Tu le sais bien.

– Alors qu'est-ce que tu veux que je dise ?

– Mets-moi ça sur le dos. Dis que c'est ma faute.

– Vinnie, cette femme a-t-elle tant d'importance pour toi ?

– Je te l'ai déjà dit. C'est une amie.

– Laisse-moi deviner. Il fut un temps où elle était plus que ça.

– On peut dire ça comme ça.

– Quand était-ce ?

– Il y a longtemps. Avant ton arrivée dans la région.

– Vous n'étiez que des gosses, alors.

– Plus ou moins, oui. Mais je n'avais pas cette impression. C'est devenu du sérieux entre nous pendant un temps. Je crois pouvoir dire qu'on était fiancés.

– Que s'est-il passé ?

– On buvait tous les deux. Sans arrêt. J'ai décidé d'arrêter, mais pas elle. Je veux dire… elle a peut-être essayé, mais…

– Tu as dû y mettre un terme.

– J'ai essayé de l'aider.

– J'en suis sûr. Mais si elle continuait à boire…

– J'ai le sentiment de l'avoir laissée tomber, Alex. C'est comme si je n'avais pu sauver que moi. J'ai dû la laisser derrière.

– Donc encore maintenant, quand elle se met toute seule dans cette situation…

– Je pense que tu en ferais autant. Je le sais.

Je n'essayai pas de discuter. Sur ce coup-là, il avait visé juste.

Nous ne dîmes plus rien jusqu'au retour de chef Maven quelques minutes plus tard. Il s'assit derrière son bureau comme s'il s'agissait d'un désagrément extrêmement pénible.

– Pourquoi nous a-t-on gardés toute la nuit ? demandai-je.

– Parce que vous avez démoli un bar. J'appellerais ça un manque de cervelle.

– Aucun de nous deux n'était ivre.

Maven nous regarda l'un après l'autre.

– C'est ce que j'ai cru comprendre. Monsieur LeBlanc, vous étiez sobre vous aussi, c'est bien ça ?

– Oui.

Je me dis que Vinnie n'avait probablement jamais eu jusque-là le plaisir de se trouver dans le bureau du légendaire chef Roy Maven. D'après le son de sa voix, ça paraissait lui plaire à peu près autant qu'à moi la première fois.

– On a passé la nuit en cellule, repris-je. Les autres ont été relâchés sur place.

– Le barman a déclaré que vous étiez entrés et les aviez agressés. Qu'est-ce qu'ils étaient censés faire ?

– C'est plus compliqué que ça.

Je m'en doutais un peu, McKnight. C'est bien pour ça que vous êtes assis là.

J'hésitai.

– Je suis tout ouïe, dit-il.

– Ils agressaient des gens au casino, dit Vinnie.

Je fus surpris qu'il intervienne, mais à présent il n'y avait plus moyen de l'arrêter.

– Avant-hier soir. J'ai dû les foutre dehors. Hier, ils sont venus à Paradise et ont essayé de déclencher une bagarre avec Alex. Alors qu'il avait aidé à leur sauver la peau la veille, quand ils ont démoli leur bateau.

– C'était les types de Waishkey Bay ? Là où passe l'ancien pont ?

– Les vieilles piles, oui.

– Alors pourquoi ont-ils essayé de déclencher une bagarre ?

– Allez savoir ? Ils croyaient qu'Alex avait pris quelque chose de valeur dans l'épave. Une espèce de coffre qui se trouvait à bord. Ce qui n'était pas vrai, bien sûr. Mais au lieu de se montrer reconnaissants, ils se sont mis à le menacer. Je suis arrivé au Glasgow Inn juste à temps.

– Est-ce exact, McKnight ? Cet homme vous a tiré de là ? Ça n'est probablement pas la première fois, n'est-ce pas ?

Je ne savais pas trop quoi dire.

Maven n'attendit pas ma réponse.

– Et comment toute cette histoire s'est-elle terminée ici, dans ma ville ?

– Comme je l'ai dit, je les ai fichus à la porte du Bay Mills. Ils ont dû finir au Kewadin. J'ai reconnu leur véhicule devant le Palace…

– Et alors vous êtes entré et les avez attaqués.

– Je les ai affrontés, c'est vrai. Ils allaient revenir, chef. Ça n'était qu'une question de temps. Vous auriez dû voir ces types. Entendre ce qu'ils disaient à Alex. Je n'ai fait qu'essayer de protéger mon ami. Je porte seul l'entière responsabilité de ce qui s'est passé.

– Hé, minute…, dis-je.

– Vous devriez avoir honte, me dit Maven. Vous ne méritez pas d'avoir un tel ami.

– Attendez un peu…

« Compte jusqu'à trois, me dis-je. Ne saute pas sur le bureau pour l'étrangler. »

– Je vous accorde un truc, reprit Maven. Il y a quelque chose de pas complètement casher chez ces garçons. En dehors du fait d'être assez stupides pour rentrer dans un vieux pont avec un bateau.

– Qui sont-ils ? demanda Vinnie. D'où sortent-ils ?

– Ils sont tous les trois du sud de l'État, de la région de Detroit. Je serais tenté de penser qu'ils sont ici pour les vacances, mais bordel, avec le temps qu'il fait ?

– Ils sont de Detroit ? Où est-ce qu'ils résident ici ?

– Pas si vite, monsieur LeBlanc, dit Maven en le regardant. C'est le genre d'entourloupe à la McKnight. Il faut que vous le compreniez, toute cette histoire doit s'arrêter là. Quelqu'un va finir par se faire grièvement blesser, voire tuer.

– Tout ce qu'on leur demande, c'est de s'en aller, répondit Vinnie. De rentrer chez eux.

– C'est peut-être ce qu'ils feront. Je le souhaite. Mais en même temps, je dois vous prévenir. Si vous les provoquez à nouveau, je jetterai la clé. Est-ce que je me fais bien comprendre ?

– Vous ne nous inculpez pas ?

– Je pourrais le faire. Vos amis n'avaient pas intérêt à porter plainte pour agression, mais je pourrais tout de même vous poursuivre pour trouble de l'ordre public, vandalisme… Ce qui me fait penser… le Palace a une liste des dégâts matériels. Je compte sur vous pour vous en occuper ?

– Oui, dis-je. Bien sûr.

– Bon. Sommes-nous bien d'accord sur ce que vous n'allez pas faire maintenant ?

– Oui.

– Monsieur LeBlanc ?

Vinnie réfléchit.

– Oui, chef.

– Je ne cesse de me le dire : la prochaine fois que McKnight se retrouve dans mon bureau, je prends ma retraite.

– Vous devriez peut-être, dis-je. Aller quelque part où il y a de vrais étés.

– Vous seriez ravi, n'est-ce pas… de me voir partir ?

– Je pense que je vous manquerais.

– C'est toujours un plaisir, McKnight, dit-il en se levant et nous ouvrant la porte. Maintenant fichez-moi le camp d'ici.

C'est ce que nous fîmes. Nous sortîmes en prenant chacun une bonne goulée d'air frais. Il ne pleuvait pas, mais un vent froid venait du lac. Le Palace était suffisamment proche pour s'y rendre à pied. Nous grimpâmes dans le pick-up de Vinnie, toujours garé dans la rue depuis la veille, et il m'emmena au Kewadin.

– Tu as besoin de te mettre de la glace sur les mains, dis-je.

Pendant qu'il conduisait, je pus constater à quel point elles étaient coupées et tuméfiées. Toutes les deux.

– Je vais m'en occuper.

– Tu m'as étonné sur ce coup-là. Tu as roulé Maven dans la farine.

– C'était pas dur. Il te déteste tellement ! Tout ce qui pourrait te faire du tort, il serait preneur.

– Oui, bien vu.

Je hochai la tête et regardai par la fenêtre le temps sinistre qu'il faisait.

Quand nous arrivâmes au Kewadin, il se gara à côté de mon pick-up. Le parking était toujours à moitié vide.

– Qu'est-ce que tu vas faire maintenant ? demandai-je.

– Je ne sais pas trop. Peut-être aller voir si Caroline va bien.

– Tu ne vas pas aller les trouver, n'est-ce pas ?

– Comment veux-tu ? Je ne sais pas où ils sont.

– Vinnie…

– À plus tard. Si tu es dans le coin, on pourra peut-être abattre un peu de travail.

– J'y serai, dis-je en descendant du pick-up. S'il te plaît, tiens-toi tranquille.

– À plus tard au Glasgow.

Je refermai la porte et le regardai s'éloigner. Il ne me restait plus qu'à me demander quand je le reverrais et s'il serait entier.

* * *

En retournant à Paradise, je fus tenté de faire halte au Glasgow. J'aurais tué pour une omelette préparée par Jackie. Mais je regagnai d'abord mon chalet et ne le regrettai pas. Il y avait un message sur mon répondeur. De Natalie.

– Alex… Tu n'es pas là… Je voulais juste savoir comment tu allais. Tu avais demandé que je t'appelle ce soir. Je suppose que tu es sorti. En tout cas, ça commence à chauffer ici. On va peut-être bientôt passer à l'action. Enfin. J'essaierai de t'appeler demain. Bonne nuit. Au revoir.

Elle avait l'air un peu perdue. Peut-être un peu fâchée que je ne sois pas là après que j'ai autant insisté pour qu'elle m'appelle la dernière fois que je lui avais parlé. Je ne pouvais pas lui en vouloir. Elle avait dû se dire que j'étais au Glasgow en train de boire de la bière pendant que mon téléphone sonnait. Si elle avait su !

Je pris de la glace, l'enveloppai dans une serviette et déposai le tout sur les phalanges de ma main droite. Et m'allongeai sur le lit. J'entendis le vent souffler. Je crus entendre à nouveau la pluie, mais je n'en fus pas sûr. J'étais content de rester là, à ruminer.

On dort mal en prison. Voilà une chose que j'avais apprise. J'eus l'impression que j'aurais pu rester sur mon lit pendant une semaine.

Mais non…

Il fallait que je fasse quelque chose…

« Quoi ? Qu'est-ce qu'il fallait que je fasse ? Qu'est-ce que… ? »

Quand je me réveillai, la glace avait fondu. Je tenais une serviette mouillée. Ma main me faisait encore mal et j'avais maintenant une faim de tous les diables. Je regardai la pendule. J'avais dormi plus de trois heures.

Je pris une douche et enfilai des vêtements propres. Cherchai quelque chose de mangeable qui aurait pu se trouver dans mon réfrigérateur.

« Tu gagnes du temps, pensai-je. Tu cherches une excuse pour rester ici au cas où Natalie appellerait. »

J'avais le choix entre une boîte de haricots blancs et des spaghettis nature. Je vais aller au Glasgow, décidai-je. Passer chez Vinnie en chemin, voir s'il est déjà rentré. Manger quelque chose, puis rentrer. Elle ne rappellera probablement pas avant ce soir de toute façon.

J'étais sur le point de franchir la porte lorsque le téléphone sonna.

C'était elle.

– Alex, tu es là.

– Oui. Désolé de t'avoir ratée hier soir. Il s'en est passé de belles…

– J'aimerais bien que tu aies un meilleur portable. Ça faciliterait beaucoup les choses.

– Je te l'ai dit, les portables marchent de façon merdique par ici.

– Les mauvais, oui. Je te préviens, la prochaine fois que je te vois, on va t'en acheter un neuf.

– La prochaine fois que tu me vois ? Voilà qui me plaît bien.

– Je n'ai pas beaucoup de temps pour parler aujourd'hui. En fait je pensais juste te laisser encore un message, pour te dire que ça y est, on passe à l'action. On est sur le point de les piéger et je ne sais pas trop quand tu auras à nouveau de mes nouvelles.

– Ça fait combien de temps que vous préparez ça ? Je n'ai jamais fait d'infiltration mais, d'après ce que j'ai entendu dire, plus la préparation est longue, et plus les chances de se compromettre…

– On dirait encore mon commandant.

– Natalie…

– Je sais, je sais. Ce n'était pas prévu comme ça. Mais on y est presque. On ne peut plus faire machine arrière après tout ce travail.

– Il va se passer des trucs aujourd'hui même ?

– Peut-être. Je ne sais pas. Il faut que je voie Rhapsody. C'est elle qui saura ce que sera la prochaine étape.

Je fermai les yeux. Je ne voulais pas lui dire que je pensais que tout ça était de la folie. Ni semer le doute dans son esprit alors qu'elle était si proche du but.

– Sois prudente, dis-je. Si quelque chose ne te semble pas coller…

– Je sais, Alex. J'arrête tout.

– Mais tout va bien se passer. Ne t'en fais pas. Ça va aller.

Il y eut un long silence. Je n'arrivais pas à savoir à quoi elle pensait. J'attendis qu'elle dise autre chose.

– Alors, qu'est-ce que tu as fait hier soir ? finit-elle par demander. Tu as traîné avec Vinnie et Jackie ?

– Heu… Avec Vinnie, en tout cas.

– Je parie que vous avez travaillé au chalet.

– Non, en fait on était en prison.

– Pardon ?

– Écoute, c'est une longue histoire. Je te raconterai tout quand on se verra, d'accord ?

– Tu me dis d'être prudente en ce moment et c'est toi qui te fais jeter en prison ?

– D'accord, j'admets que sur le papier, ça craint.

– Quoi ? Tu t'es soûlé, tu t'es battu... Mon Dieu, Alex.

– J'étais pas soûl. Arrête.

– C'est presque drôle en un sens. Je devrais être en train de rigoler.

– Oui, c'est tordant.

– Est-ce que tu vas être inculpé de quelque chose ?

– Non. Chef Maven nous a laissés sortir ce matin.

– Chef Maven... Formidable. Tu l'as salué de ma part ?

– On n'a pas parlé de toi, non.

– Bon, il faut que je raccroche, maintenant.

– Natalie. S'il te plaît. Tu veux que je te raconte tout maintenant ?

– Il faut vraiment que je raccroche. Don est là. Il faut qu'on se prépare.

– OK, d'accord. Appelle-moi plus tard, s'il te plaît. Dis-moi ce que tu fais.

– J'essaierai. À moins que ça tourne au vinaigre. Accorde-moi juste une faveur, tu veux ?

– Quoi ?

– Essaie de ne pas aller en prison cette nuit.

* * *

Je me dirigeai enfin vers le Glasgow et cherchai le pick-up de Vinnie en passant devant chez lui. Il n'y était pas. Le soleil se couchait. Cette fois le moment était venu de commencer à m'inquiéter.

J'espérais qu'il se trouverait au Glasgow. Pas de chance. Jackie m'informa qu'il ne l'avait pas vu de la journée.

– Tu n'étais à nouveau pas là hier soir, ajouta-t-il. Ça fait deux soirs de suite. Un nouveau record.

– Ça pourrait bien même aller jusqu'à trois. Il faut que j'aille le chercher avant qu'il fasse vraiment une bêtise.

Il faisait presque nuit au moment où j'arrivai à la réserve. Je descendis lentement la rue principale et passai à côté de chez la mère de Vinnie. Aucune trace de son pick-up. J'allai voir aux deux casinos. Rien.

« Salaud de Vinnie. S'il te plaît, dis-moi que tu n'es pas en train de pourchasser ces mecs. »

Il ne restait plus qu'un seul endroit où aller. Je pris vers l'est, en direction du Soo. Je n'avais qu'une chose à quoi réfléchir : la façon dont Natalie m'avait parlé au téléphone et dans quoi elle allait mettre les pieds. Peut-être même tout de suite, alors même que je roulais sur cette route déserte. Peut-être qu'à ce moment précis, à huit cents kilomètres de là, dans les sombres recoins d'une grande ville, elle était en train de risquer sa vie.

À force de penser à Natalie et à Toronto… Arriver à Sault Ste Marie me fit un drôle d'effet. Je pense à cet endroit comme à une ville, mais ce n'en est pas une. Loin s'en faut. C'est un petit village au bord de l'eau, le dernier arrêt avant de quitter le pays. Une vraie ville frontière, rendue minuscule par sa jumelle homonyme sise de l'autre côté du fleuve. Sault Ste Marie, Ontario, est facilement quatre fois plus grande. Toutes les boîtes de nuit s'y trouvent. Avec musique et danseuses. On sait qu'on fait partie des minus quand on doit passer au Canada pour y trouver la vraie vie nocturne.

Les seules lumières de la ville se trouvaient comme d'habitude au Kewadin. Je n'y vis pas le pick-up de Vinnie. Je remontai Seymour Street, passai devant la maison de Caroline. Elle semblait complètement plongée dans la pénombre, comme si personne n'y vivait plus depuis des années. Si je n'y étais pas moi-même passé la veille au soir, si je ne m'étais pas trouvé dans la cuisine et n'avais pas vu le mari de Caroline en train de fumer sa cigarette et de boire sa bière, j'aurais juré que cette maison était abandonnée.

Je garai mon pick-up dans la rue, en descendis et frappai à la porte au cas où. Pas de réponse.

« Allez, Vinnie. Où est-ce que tu peux bien avoir filé ? »

Je remontai dans le pick-up et descendis Portage Street. Ralentis devant les huit bars. Puis revins en coupant et passai devant les Antlers. J'étais à court de possibilités.

« Bon, j'ai fini, Vinnie. Si tu tiens autant à faire ça, je ne peux rien pour toi. »

Je pris la route du retour. Je me sentais à nouveau fatigué. Je passai par Brimley et traversai la réserve. Fis le tour de la baie par le bord de l'eau qui, dans mes phares, paraissait sombre et glacée. Si j'espérais qu'il serait au Glasgow, j'allais être déçu. Si j'espérais trouver son pick-up garé devant son chalet… Des clous ! Il était toujours quelque part dans la nature, à faire Dieu sait quoi.

Et Natalie… Je ne peux pas t'appeler. Je ne peux même pas appeler le poste pour demander si tout va bien. Je n'ai pas idée de ce qui est en train de t'arriver.

« Oui, c'est formidable, pensai-je. Je vais passer toute la nuit à être bringuebalé d'un petit sujet d'inquiétude à l'autre. »

Pas de répit. Pas de sommeil.

Juste moi tout seul dans un chalet glacé muni d'un téléphone muet, à devenir tranquillement cinglé.

7

Je ne connaissais pas tous les détails, mais cette soirée était celle où Natalie Reynaud devait rencontrer pour la première fois Antoine Laraque. C'est un nom presque romanesque, quelque chose qui pourrait convenir à un écrivain ou à un danseur. Je me représente bien la voiture descendant une rue sombre de Toronto. Elle doit être noire. Le chauffeur doit être bien payé pour faire ça. Les lumières au loin, Chinatown, puis le port. La plupart des grands hôtels se trouvent autour du palais des congrès. Le Hilton est à trois rues du fleuve. Les ascenseurs sont en verre et grimpent le long de la façade de l'immeuble. On peut contempler toute la ville au fur et à mesure qu'on monte. Le stade. La CN Tower. Au-delà de la ville, l'immensité du lac.

Deux personnes prennent l'ascenseur pendant que le chauffeur attend en bas. Antoine Laraque et Rhapsody Rowan. Je ne sais pas si l'un d'eux apprécie la vue pendant la montée, ou la remarque seulement. Dieu sait pourquoi j'imagine qu'ils portent tous les deux des lunettes de soleil, bien qu'il fasse nuit.

Je ne sais pas ce qu'il leur a pris de s'amener tous les deux ce soir-là au quinzième étage du Hilton. Si on y réfléchit, la manœuvre est assez risquée en soi. Se retrouver loin de son territoire, dans un espace restreint, éloigné de son véhicule quinze étages plus bas. Pareille manœuvre exige une certaine dose de confiance, surtout quand la personne qu'on rejoint est quelqu'un qu'on ne connaissait même pas un mois auparavant. Cela exige de la confiance, ou si la confiance ne suffit pas, c'est que ça doit laisser présager beaucoup d'argent, de pouvoir, ou mieux encore les deux.

Ou alors, bordel… Simplement du sang-froid. Peut-être est-ce là tout ce que cela exige.

Je n'arrive pas à imaginer ce qu'a pu ressentir Natalie. Un acteur monte sur scène et joue un rôle. S'il n'est pas convaincant, les spectateurs commencent à décrocher. S'il est vraiment mauvais, ils peuvent même se lever et le huer. En général, ils ne sortent pas d'arme et ne se mettent pas à lui tirer dessus. Ils ne lui passent pas les bras autour du cou et ne lui posent pas leur revolver sur la tempe pour se servir de lui comme d'un bouclier humain. Le Syndicat des acteurs ne marcherait sûrement pas.

Natalie Reynaud et son coéquipier Don Resnik se trouvent dans une chambre au quinzième étage. La pièce est placée sur écoute et filmée. Les renforts sont installés dans les deux chambres voisines. Le reste de l'étage est vide, hormis un homme en peignoir censé être un client allant chercher de la glace au bout du couloir. Il est là pour que ce couloir ne paraisse pas trop vide. Son arme de service est dissimulée sous son peignoir.

Tout l'intérêt de l'opération, bien sûr, est de prendre Laraque sur le fait, là, en train de proposer une certaine somme en dollars canadiens, un nombre bien précis de *loonies*, pour utiliser l'argot local, en échange d'une grande quantité de pistolets automatiques qui devront par la suite faire l'objet d'une livraison. La double imposture, comme l'appelle Natalie, étant de faire tenir à une femme le rôle du contact. C'est tellement inhabituel que ça n'en est que plus convaincant.

L'autre aspect important de l'opération – « la taille du filet », comme on dit. Un grand au lieu d'un petit. Quand la police effectuera sa descente, l'idée est de les embarquer tous les quatre, Natalie y compris. On agit ainsi pour avoir une chance de conserver intacte l'identité de l'agent, libérer le personnage fictif, sous caution ou suite à un vice de procédure ou que sais-je encore, le remettre en scène et tendre un nouveau piège. C'est alors que commencera la vraie comédie, quand Natalie tiendra le rôle d'une criminelle professionnelle qui sera « tombée ». Si elle parvient à leur faire avaler ça, elle méritera vraiment un Oscar.

Si tout se passe bien, personne ne sera blessé. Ils obtiendront l'enregistrement d'une offre claire et irrécusable. Se retrouvant coincée, Rhapsody paniquera peut-être et aidera à envoyer Laraque en prison jusqu'à la fin de ses jours. Rhapsody, la femme aux vies plus nombreuses qu'une douzaine de chats de gouttières réunis.

Tel est le plan. Tendre le piège, attraper la grosse souris. Ôter quelques centaines d'armes des rues de Toronto. Sauver des vies. Peut-être même bâtir la carrière de quelques-uns des policiers impliqués.

Évidemment, je ne sus rien sur le moment. Je devais tout apprendre beaucoup plus tard, avec nombre de détails saisissants.

Comment la souris était tombée dans le piège tête la première, et comment elle s'en était échappée.

La soirée de Vinnie, d'autre part… Il était beaucoup plus près de la maison et j'allais entendre toute l'histoire dès que j'ouvrirais les yeux.

* * *

Je tombai de ma chaise. Il me fallut un moment pour comprendre ce qui s'était passé, où je me trouvais. J'avais fini par m'assoupir, ou m'étais au moins glissé dans ce type de demi-sommeil fait de semblants de rêves sur les évènements réels de notre vie. Moi en prison, sauf qu'à la place de Maven, il y avait Natalie. Pour une quelconque raison, elle me souriait. Vinnie était dans la cellule voisine de la mienne, une rangée de barreaux entre nous. Il m'appelait. Puis je tombai.

Je regardai autour de moi. Pourquoi étais-je étendu par terre ?

Mon Dieu, Vinnie…

Comme j'étais resté habillé, je me retrouvai dehors en dix secondes. Le soleil était juste en train de se lever, pour démarrer un nouveau combat perdu d'avance contre la froide brume du matin. Il était trop tôt pour être dehors. Trop tôt pour faire quoi que ce soit, mais il fallait que je voie s'il était chez lui.

Sa maison n'était qu'à quatre cents mètres environ en bas de la route, mais l'époque où j'aurais été capable de courir cette distance en moins d'une minute appartenant à l'histoire ancienne, je grimpai dans mon pick-up, le mis en route et roulai comme un fou jusque chez lui.

Le pick-up de Vinnie était dans son allée. Ça, c'était la bonne nouvelle.

La portière côté conducteur était ouverte, mais je ne voyais nulle part Vinnie. Ça, c'était la mauvaise. Probablement très mauvaise.

Je me garai derrière lui, fis grincer le levier des vitesses en position parking et descendis. Allai jusqu'à la porte, ouvris sans frapper.

– Vinnie.

Pas de réponse.

– Où es-tu ?

Un bruit étouffé, quelque part. Je cherchai partout, sans le trouver.

Jusqu'à ce que j'aille dans la salle de bains. Il était là, par terre, la tête au-dessus des toilettes.

– Vinnie. Qu'est-ce qui se passe ?

Je m'accroupis à côté de lui. Au moment de poser ma main sur son dos, l'odeur caractéristique de l'alcool me sauta au nez. Ce qui aurait été clair concernant n'importe qui d'autre. Mais avant que j'aie pu trouver une explication, il me regarda.

– Oh, mon Dieu, dis-je en voyant son visage. Mais qu'est-ce qui t'est arrivé ?

Son œil gauche tuméfié était complètement fermé, et le droit ne valait guère mieux. Je ne pouvais pas dire dans quel état se trouvait sa lèvre inférieure tant elle était pleine de sang. Au lieu de me répondre, il se mit à en cracher dans les toilettes. L'eau était rose.

– Parle. Qu'est-ce qu'ils t'ont fait ?

– D'après toi, Alekf ?

Il avait du mal à parler.

– Je veux dire, jusqu'où sont-ils allés ? Ils t'ont cassé quelque chose ? Tu as perdu des dents ?

– Quand ve fentirai quelque fôve, ve te répondrai.

– Je vais te chercher de la glace.

Je gagnai son congélateur et en sortis les deux bacs à glaçons. Quand je revins, il était assis par terre, le dos appuyé à la baignoire.

– On va diminuer l'inflammation, dis-je. C'est la première chose.

J'étais sur le point d'envelopper la glace dans une serviette, mais quand je le regardai à nouveau, je me dis que, bordel, je ne saurais même pas par où commencer. À la place, je versai la glace dans le lavabo et le remplis d'eau froide.

– Tu peux te lever ?

Il haussa les épaules.

– Allez. Je vais t'aider.

Je le mis sur ses pieds. Il vacilla plusieurs fois d'avant en arrière comme s'il allait s'évanouir, jusqu'à ce qu'il se retrouve finalement sur ses jambes et qu'on aille jusqu'au lavabo.

– Tu es prêt ?

Il plongea son visage dans l'eau glacée. Il y resta bien plus longtemps que je ne l'aurais fait. J'étais sur le point de lui tirer la tête hors de l'eau quand il en ressortit enfin pour respirer. Il y avait du sang dans l'eau, il y en avait qui dégoulinait sur les bords du lavabo, et il y en avait aussi par terre. Il prit plusieurs inspirations inégales et replongea son visage dans l'eau.

Je le laissai un moment et retournai à la cuisine chercher le rouleau d'essuie-tout. Il remontait à nouveau à la surface pour respirer quand je revins. Je l'arrêtai un instant afin de regarder son visage d'un peu plus près. Il était difficile de dire d'où il saignait.

– Ouvre la bouche.

Il s'exécuta.

– Je ne vois aucune dent qui manque. Mais je crois par contre que tes gencives sont ouvertes. Tiens…

Je fis couler de l'eau fraîche sur un épais tas d'essuie-tout et le lui tendis. Il l'introduisit avec précaution dans sa bouche et le tint ainsi. Quand il le retira, il était rouge.

– Continue, dis-je en lui redonnant de l'essuie-tout. Quand ça se sera arrêté, on commencera à mettre de la glace sur tes yeux.

Il cracha encore du sang dans les toilettes, puis il remit du papier absorbant dans sa bouche.

– Vinnie, tu n'es pas obligé de répondre tout de suite si tu ne veux pas, mais comment se fait-il que tu sentes comme une distillerie ?

Il me regarda de son unique œil encore en service.

– Ils m'en ont verfé deffus.

– Quoi ?

Il hocha la tête et me fit signe de laisser tomber. « J'aurais les détails plus tard, me dis-je. Pour le moment, j'ai autre chose à faire. » Je retournai dans la cuisine et décrochai son téléphone sans fil.

– Qu'est-fe que tu fais ? demanda-t-il en sortant de la salle de bains.

– J'appelle la police.

– Non. Pas la polife.

– Si.

Je commençai à composer le numéro. Au lieu de me prendre le récepteur des mains, il se dirigea vers la base et la débrancha.

– Vinnie, ne sois pas stupide.

– Qu'est-ce que la police va faire ? dit-il après avoir retiré le papier absorbant de sa bouche.

– Les arrêter. Les inculper pour agression.

– C'est moi qui les ai attaqués. Ils se sont défendus. Ils ont fait du bien meilleur boulot cette fois, c'est tout.

– Mais pourquoi tu as fait ça tout seul ? Qu'est-ce qui t'a pris ?

– C'était pas prévu, Alex. Mais même si ça l'avait été… Bordel, je t'ai déjà assez attiré d'ennuis comme ça.

– Oh, arrête tes conneries. C'est vraiment pas malin. Si tu avais l'intention d'aller les trouver, il fallait m'emmener. Point final.

– Je te l'ai dit : je ne suis pas allé les trouver. C'est eux qui se sont pointés chez Caroline.

– Quand ça ?

– Je ne sais plus. Tard.

Je repensai à la nuit précédente, à quel point la maison avait l'air déserte quand je m'étais arrêté pour frapper.

– Ça devait être après minuit, dis-je. J'y suis passé quand je te cherchais.

– Pourquoi t'as fait ça ?

– D'après toi ? Qu'est-ce que tu fichais là, d'ailleurs ?

– J'essayais de la convaincre d'arrêter de faire ce qu'elle fait.

– Tu sais ce qu'il faut qu'elle fasse maintenant ?

– Non.

– Je ne comprends pas. Jusqu'où comptes-tu encore aller pour la protéger ?

Il enleva encore un peu de sang de sa bouche.

– Ils m'en ont versé dessus.

– Pardon ?

– Tu m'as demandé pourquoi cette odeur d'alcool. J'essayais de te dire qu'ils m'en ont versé dessus. Je pue comme si je m'étais baigné dedans.

Je n'eus pas besoin de demander des détails. Je pouvais tout imaginer, toute l'horreur de la scène. Au moins, m'en faire une idée générale. Le passage à tabac de l'Indien avant de verser de l'eau de feu sur lui.

Je remis le récepteur en place. Je ne pris pas la peine de rebrancher le truc. Au lieu de ça, je pris le reste de glace et l'enveloppai dans un torchon.

– Tu as déjà pris quelque chose ?

– Non.

J'allai lui chercher quatre Ibuprofène dans la salle de bains.

– Tiens, dis-je. Prends ça et continue de te mettre de la glace sur les yeux.

– Où est-ce que tu vas ?

– Je reviens tout de suite.

– Alex, n'appelle pas la police.

– D'accord.

– Sérieusement.

– Je n'appellerai pas la police. Je te le promets.

– Et ne va pas les trouver. On ne sait pas où ils sont, de toute façon.

– Vinnie, assieds toi et mets-toi la glace sur la figure, d'accord ? Quand je reviendrai, on discutera pour savoir où ils sont et qui ira trouver quoi.

– Trouver qui.

Je m'arrêtai à la porte.

– Tu as de la chance de t'être déjà fait tabasser.

– Oui, j'ai de la chance.

– La glace, dis-je.

Une fois dehors, j'allai vers son pick-up et fermai la portière côté conducteur. Le bruit fut aussi net que la décision que je venais de prendre.

Une fois de plus, pour la millième de ma chienne de vie, le moment était venu de faire une bêtise.

8

Voilà à quoi je pensais… Après tout ce temps passé à attendre que Natalie appelle, que Vinnie rentre à la maison… Avec tous les risques que prenaient ces deux êtres – la femme que j'aimais et l'homme qui était aussi proche de moi qu'un frère…

Voilà enfin quelque chose que je pouvais faire. Pour l'un d'entre eux, en tout cas.

Je retournai au chalet, pris une douche et passai des vêtements propres. Je savais qu'il n'y avait pas urgence. Aucune raison de se presser. Rester calme, faire un peu descendre la pression. Manger quelque chose pour se donner des forces. Se concentrer afin de pouvoir faire ça bien.

Je regagnai le chalet de Vinnie. Il était assis à l'endroit même où je l'avais laissé, le torchon plein de glace appuyé sur le visage.

– Tu vas avoir l'air chouette pendant quelques jours, lui dis-je.

– On va voir l'air qu'on va pouvoir donner à notre ami Cap.

– Il n'en est pas question.

Il ne répondit pas. Il faisait passer la glace d'un œil sur l'autre.

– As-tu une idée de l'endroit où je peux trouver ces types ?

– Non.

– Vinnie…

– Je ne sais vraiment pas, Alex. Si tu attends ce soir, ils vont sûrement se pointer quelque part en ville. Dans un des casinos, ou à nouveau chez Caroline.

– Pourquoi sont-ils allés là-bas ? Elle les avait invités ?

– Je ne sais pas. Dès que je les ai vus s'arrêter… Enfin, tu imagines bien que les choses ont dégénéré assez vite.

– Et son mari, comment s'appelle-t-il déjà ? Eddie ? Il était là ?

– Oui.

– J'imagine qu'il n'a pas essayé de te défendre.

– Je ne me souviens pas vraiment de ça, non.

Je réfléchis une minute. Je pouvais faire ce qu'il disait, simplement attendre le soir, en espérant les trouver quelque part en ville. Ou alors…

– Attends un peu…, dis-je. Caroline ne saurait-elle pas où ils sont ?

Il me regarda, autant que son unique œil le lui permettait.

– Tu ne vas pas aller les trouver tout seul.

– C'est toi qui dis ça ?

– Je suis sérieux.

– Je ne vais pas y aller maintenant. Pas vraiment. Pas dans le sens où tu l'entends, en tout cas…

C'était suffisamment près de la vérité pour que j'arrive à le dire en restant impassible.

– Qu'est-ce que tu vas faire ?

– Je te le dirai quand ce sera fait. C'est promis.

– Je viens avec toi.

Il éloigna la glace de son visage. Son visage en loque.

– Espèce d'idiot… Mais qu'est-ce qui t'a pris ?

– Je n'ai jamais eu envie de tuer. Je crois que là je pourrais le faire, Alex. Je crois sincèrement que je pourrais.

– Je te crois. C'est bien pour ça que tu vas rester ici.

Quelques minutes plus tard, j'étais dehors. Il avait de la glace. De l'eau. De la soupe. Et le flacon d'Ibuprofène.

Et moi, j'avais les clés de son pick-up.

Avant de partir, je les lui avais piquées. Je ne voulais pas qu'il me suive. Puis je me dis qu'il en avait peut-être un double, aussi j'ouvris son capot et débranchai les cosses de sa batterie.

Mais ensuite je me dis : « Ouais, sauf que comme ça, ça va pas le ralentir plus de deux minutes. » Je retournai dans mon pick-up, pris une grosse pince coupante et sectionnai les deux connecteurs.

« Maintenant, t'es cloué au sol », pensai-je.

Je gagnai la grand-route alors que le soleil baignait les arbres. Bordel, la température allait peut-être atteindre les quinze degrés. Il y avait toujours de l'espoir. Je repris encore une fois la direction de l'est, empruntant la même vieille route du Soo. Une route vide, aussi droite que si elle avait été dessinée à la règle. Je conduisis encore plus vite que d'habitude, ce qui n'est pas peu dire. Je ne suis pas seulement un ex-flic, mais un ex-flic qui a pris trois balles en service commandé, et par conséquent il n'y a pas un seul gendarme, un seul shérif adjoint du comté ou un seul officier de la police locale dans tout l'État du Michigan susceptible de me mettre une contravention pour excès de vitesse.

D'accord, il y avait peut-être un certain chef de la police qui aurait été ravi de m'arrêter, mais pour autant que je sache, il ne se postait jamais là avec un radar.

Il était un peu plus de dix heures quand j'arrivai à Sault Ste Marie. Je gagnai la maison de Caroline dans Seymour Street. Cette fois, je vis le vieux pick-up tout déglingué d'Eddie dans l'allée. Je me garai derrière.

Personne ne répondit quand je frappai à la porte. Je frappai à nouveau, plus fort. Finalement, j'entendis du mouvement quelque part dans la maison. Quand la porte intérieure s'ouvrit, je vis Eddie avec une mine comme s'il avait passé les dernières heures allongé sur une table à la morgue.

– Qu'est-ce tu veux, mec ?

Il était en pantalon de jogging et torse nu. La dernière chose que j'avais envie de voir à cette heure-ci. Ou à n'importe quelle heure.

– Tu te souviens de moi ?

– T'es le pote à Vinnie.

Sa voix était légèrement assourdie par la porte vitrée.

– Bravo. Où est Caroline ?

– Elle dort.

– Réveille-la.

– Pas question.

J'agrippai la poignée de la porte vitrée une fraction de seconde avant lui. Une brève lutte s'ensuivit, chacun tirant de son côté, jusqu'à ce que je parvienne à ouvrir et entre. J'étais prêt à utiliser la force s'il le fallait, mais il était déjà en train de reculer.

– Qu'est-ce tu fous ? dit-il. Qu'est-ce qui te prend ?

– Que s'est-il passé ici hier soir ?

– C'est à cause de Vinnie, mec. Il aurait pas dû se trouver là.

– Il essayait de protéger ta femme. Parce que c'est sûrement pas toi qui vas t'en charger.

– Je te permets pas de débarquer ici et de me parler comme ça.

– C'est pourtant ce que je suis en train de faire. Va réveiller ta femme.

– J'appelle la police.

– Ne te gêne pas. On aura plein de choses à lui raconter.

– Qu'est-ce qui se passe ici ? s'écria Caroline en entrant dans la pièce vêtue d'une vieille robe de chambre bleue.

Ses yeux étaient encore gonflés de sommeil, ses cheveux noirs tout ébouriffés.

– C'est machin, dit Eddie. Le pote à Vinnie. Je lui ai dit que tu dormais.

– Mon nom est Alex. Je crois qu'on s'est brièvement rencontrés au bar.

– Ouais, répondit-elle, juste avant que vous vous mettiez à tout casser.

– Ça n'était pas précisément mon idée. Mais à propos de Vinnie…

– Je vais m'habiller, dit Eddie. Si ça vous dérange pas.

– Vas-y. J'ai deux ou trois petites choses à demander à ta femme.

Quand il eut quitté la pièce, Caroline resta sans bouger. Elle ne m'invita pas à la suivre à la cuisine pour boire un café. Ni à m'asseoir. Elle regarda le tapis et se frotta la nuque.

– Où sont-ils ? demandai-je.

– Qui ça ?

– Vous savez de qui je veux parler.

– Non, je ne sais pas.

– Je pense que si.

– Allez-vous-en, s'il vous plaît.

Dans une autre pièce, j'entendis Eddie ouvrir et fermer violemment des tiroirs. Comme s'il était en train de s'habiller en vitesse.

– Je m'en irai quand vous m'aurez dit où les trouver.

– Pourquoi voulez-vous le savoir ?

– Vous savez pourquoi. Ils ont tabassé Vinnie.

– Vous voulez qu'ils vous en fassent autant ?

– Ça n'est pas mon intention.

J'entendis une porte claquer. Puis des bruits de pas dehors.

– Vous feriez mieux d'éviter ces gars, dit-elle.

– Vous aussi.

Elle hocha la tête. Elle ne m'avait toujours pas regardé en face.

– Je sais ce que vous faites, dis-je. Avec ces médicaments.

Je ne voulais pas balancer Theresa, la femme de la clinique, mais je l'aurais fait si c'était nécessaire.

– Vous ne savez rien du tout.

– Combien gagnez-vous ?

– Ça n'est pas vos oignons.

– Je ne peux pas imaginer que ça en vaille la peine.

– Comme si j'avais le choix !

Je réfléchis une minute. Puis j'entendis Eddie qui faisait démarrer son pick-up. « Qu'est-ce qu'il fout ? me dis-je. Je suis garé juste derrière lui. »

J'allai regarder par la fenêtre, juste à temps pour le voir reculer de quelques centimètres, emboutir mon pare-chocs, et démarrer sur les chapeaux de roue en effectuant un virage serré juste devant sa porte d'entrée. Une fois sur la route, il disparut en deux secondes.

– Où va-t-il ? demandai-je.

– Je crois que vous le rendez nerveux.

Je me retournai et la regardai. Cette fois, je la vis réellement pour la première fois. Ce n'était pas le sommeil qui lui avait autant gonflé les yeux. En m'approchant plus près d'elle, je vis distinctement les bleus. Je n'avais jamais vu autant de bleus sur autant de gens depuis une semaine.

C'est Eddie qui vous a fait ça ?

– S'il vous plaît, maintenant, allez-vous-en.

– C'est lui qui vous fait faire tout ça, n'est-ce pas ?

S'il avait été encore là, je l'aurais volontiers envoyé valdinguer sur tous les murs de la maison.

– Il vous force à vous procurer les médicaments puis à les revendre. Je me trompe ?

– Je ne veux pas en parler. Je ne vous connais même pas.

– Rien ne vous y oblige. Ni à faire quoi que ce soit. Vous pourriez partir d'ici tout de suite.

– Sortez.

– Je parle sérieusement. Vinnie vous aidera. Moi aussi.

– J'ai dit : « Sortez. »

– D'accord. Si vous ne voulez pas qu'on vous aide… Très bien. Dites-moi seulement où ils sont et je m'en irai.

– Je n'ai rien à vous dire.

– Je sais que Vinnie ne dira rien à la police sur ce que vous faites, Caroline, mais moi si. Vous me comprenez ? Je vais appeler chef Maven tout de suite.

– Pourquoi vous me faites ça ?

– Je n'ai pas le choix. La prochaine fois que Vinnie va tomber sur ces types, ou bien ils le tuent ou c'est lui qui va en tuer un. Dans un cas comme dans l'autre, sa vie sera fichue. Ça ne vous pose pas de problème ?

Elle ne répondit pas. Elle commença à se balancer d'avant en arrière.

– Allons, dites-moi où ils sont et je vous fiche la paix.

– Vous êtes un salaud.

– Oui, ça m'arrive. Quand il le faut. Où sont-ils ?

– Ils sont à Hessel.

– À Hessel ? Vous parlez sérieusement ?

– Ce gamin, Harry… son père y possède une résidence d'été.

– À quel endroit ?

– C'est un vrai labyrinthe. Avec toutes ces petites îles.

– Je sais. La maison est sur une des îles ?

– Non, sur une route qui descend du centre-ville. Elle bifurque deux fois.

– Faites-moi un plan.

Elle poussa un long soupir comme si elle était la personne la plus fatiguée et la plus abattue qui ait jamais existé.

– Vous voulez un plan ? Pourquoi est-ce que je ne vous y conduirais pas moi-même.

– Non, merci. Le plan suffira.

Elle alla dans la cuisine et fit un dessin au dos d'un menu de pizzas. Elle me le tendit sans me regarder, puis s'assit à la table de la cuisine.

– Merci. Je reviendrai bientôt, si vous le souhaitez.

– Pourquoi le souhaiterais-je ?

– Je vous l'ai dit. Je peux vous aider.

– Non, vous ne pouvez pas.

Sa voix était neutre, comme si elle énonçait un simple constat que n'importe quelle personne de bon sens pouvait saisir.

– Je peux essayer. Je vais commencer par donner quelques bonnes fessées à votre mari.

Ça réussit presque à la faire sourire.

– Vous n'avez qu'un mot à dire, ajoutai-je. Laissez-moi juste aller d'abord régler cet autre problème.

Elle hocha la tête. C'était tout ce que j'obtiendrais d'elle. Je la laissai assise à la table et sortis pour récupérer mon pick-up. Eddie avait laissé des traces de pneus dans l'herbe rase et, debout devant mon pick-up, je vis où il avait cabossé mon pare-chocs.

– Oh oui, dis-je à haute voix. Je vais commencer à te surveiller, Eddie, et sérieusement.

* * *

Avant d'aller à Hessel, je devais encore m'arrêter quelque part. Je me rendis à la boutique des véhicules customisés, mais Leon n'y était pas. Harlow, son patron, me dit que les affaires étaient tellement mauvaises qu'ils avaient dû le débaucher pendant quelques jours. Par ce temps de chien, qui s'achèterait un bateau ? Je faillis lui dire que je connaissais des types qui en cherchaient un neuf, mais comme je n'avais pas envie d'expliquer ma plaisanterie, je me contentai de le remercier et de partir.

« Exactement ce que je craignais, pensai-je. Il faut encore que je retourne chez lui. »

C'est Eleanor qui m'ouvrit. Une ombre, toujours la même, assombrit son visage dès qu'elle me vit. Je me demandai combien de simples visites de courtoisie j'allais devoir lui rendre pour l'en débarrasser. Quel qu'en soit le nombre, ça n'était pas pour aujourd'hui. J'étais là pour emprunter une arme.

Je demandai à Leon d'être discret, de ne pas parader dans la maison l'arme à la main. Il me l'apporta dans une boîte à chaussures, mais je ne pense pas qu'Ellie ait été dupe. Ce n'était pas comme si j'avais l'habitude de lui emprunter ses chaussures.

Je déteste les armes, c'est tout le problème. Je déteste tout ce qui s'y rapporte, même si j'en ai porté une tous les jours pendant huit ans. Quand j'ai balancé ma dernière arme dans le lac, je n'étais pas pressé de la remplacer. Et voila qu'à présent j'en empruntais une à mon ancien associé. J'avais ouvert ma vitre en espérant qu'il me passerait simplement la boîte et que je pourrais filer. Au lieu de ça, il ouvrit la portière côté passager et grimpa à côté de moi.

– Qu'est-ce que tu fais ? lui demandai-je.

– Je ne te donne pas ça avant qu'on ait parlé.

– Leon, arrête.

– Explique-moi la situation.

– Leon…

– Ça concerne les hommes du bateau, dit-il. Ça, je m'en doute. La dernière fois que je les ai vus, ils couraient dans tous les sens à la recherche de leur coffre. Qu'est-ce qui s'est passé depuis pour que tu aies besoin d'une arme ?

Je lui donnai la version résumée. Comment ils se procuraient les médicaments auprès de Caroline. À quel point Vinnie avait été proche d'elle dans le passé. Et comment il s'était fait tabasser la veille au soir.

– C'est moche ?

– Ils l'ont bien esquinté. Mais il vivra.

Leon hocha la tête.

– Et tu vas donc aller faire la même erreur.

– J'ose espérer qu'une arme à la main produira une légère différence.

– Réfléchis-y bien, Alex. Tu es en train de surenchérir.

– Et alors ?

– Tu vas leur brandir un canon à la figure, leur dire de ficher la paix à Vinnie, ainsi qu'à cette femme à la réserve… Que penses-tu qu'il va se produire ?

– Eh bien, mais…

– Je les ai vus, ces types. Dieu sait que toi aussi. Tu ne crois pas que ça revient à donner un coup de bâton dans un nid de guêpes ?

– D'accord, Leon. Alors qu'est-ce que tu suggères ?

Il réfléchit une minute.

– La première solution qui me vient à l'esprit…

– Oui ?

– C'est de leur faire du mal, Alex. Je veux dire… leur faire du mal au point de pénétrer leur âme…

– C'est assez tentant, ça. Si tu voyais Vinnie…

– Non, je veux dire qu'il faudrait que tu leur tapes dessus quasiment au point de les tuer. Que, pour eux, tu deviennes le diable en personne. Qu'ils se mettent à trembler chaque fois qu'ils penseront à toi.

– Là, je ne suis pas sûr.

– Tu ne pourras pas faire ça, Alex. Tu ne pourras pas aller aussi loin. Je sais que moi, je ne pourrais pas.

– Qu'est-ce qu'il me reste à faire, alors ?

– Eh bien, il y a une autre solution à laquelle je pense… Tu te souviens de mon petit principe de maximaliser une menace perçue.

– Oh non. Ne recommence pas avec ça. Pas ce truc… C'est quoi déjà ?

– L'illusion d'une force immense.

– Chaque fois qu'on essaie ce truc, ça nous pète à la gueule. Tu te rappelles ?

– On n'a pas eu de chance avec ça, je le reconnais. Quelque chose a rompu le charme chaque fois. Mais le principe en lui-même est sûr.

– Je n'arrive pas à croire que je ne te pose pas la question : mais comment s'y prendrait-on cette fois-ci ?

– C'est simple. Il faudrait que tu arrives à leur faire croire que tout leur intérêt est de rester le plus loin possible d'ici. Que t'embêter, toi, Vinnie ou n'importe qui d'autre que tu prendras la peine de nommer serait la plus grande erreur de leur vie.

– C'était bien que je pensais faire.

– En tant que quoi ? En tant que mec qui loue des chalets ?

– Plus que ça. En tant qu'ex-flic, pour une part…

– Ça ne prendra pas, Alex. Ce sont de sales types. Il faut y aller beaucoup plus fort que ça, tu vois ce que je veux dire ? Il faut aller jusqu'à leur faire croire que tu fais ça tous les jours et deux fois le dimanche.

« Du Leonisme pur jus », pensai-je. Il aurait fallu que quelqu'un prenne ça en note.

– Ce serait peut-être pas mal que je vienne avec toi, ajouta-t-il. Ça pourrait doubler les effets.

– Pas question.

– Je pense vraiment que ce serait bien.

– Leon. Je te remercie. Vraiment. Tu m'as tiré d'affaire plus souvent que je ne pourrais le dire. Mais je ne peux pas continuer à te mêler à mes histoires, d'accord ? Je ne peux pas continuer à imposer ça à ta femme.

– Je lui dirai qu'on va à la pêche.

– Elle te connaît comme si elle t'avait fait, Leon. Et moi aussi. Je vais m'en occuper tout seul.

Il regarda dans la maison par la fenêtre. Il était sur le point de dire quelque chose, mais il s'arrêta avant d'émettre un son.

– Merci pour le revolver, lui dis-je. Je te le rapporte dès que j'ai fini.

– D'accord, dit-il en déposant la boîte à chaussures sur le siège. Sois prudent, d'accord ?

– Tu peux y compter.

Il ouvrit sa portière. Sur le point de descendre, il se retourna vers moi.

– Tu sais ce qu'il y avait dans ce coffre, n'est-ce pas ?

– S'il fallait deviner, je dirais… De l'argent.

– Pour acheter quoi ?
– Plus de médicaments. Des tonnes.
– Où ça ?
– Pas à la réserve…
– Bien sûr que non. Ce trafic avec cette femme… Ça ne peut pas représenter plus d'un flacon ou deux à la fois, non ? Je parie qu'ils les prennent eux-mêmes, ces pilules…
– Tu as sûrement raison, dis-je. Plus, ça n'échapperait pas aux médecins de la réserve. Alors, bordel, combien d'argent pourrait-il y avoir en jeu là-dedans ?
– Pas grand-chose. Mais si tu avais vraiment beaucoup d'argent et que tu voies les choses en grand, où est-ce que tu irais ?
Je hochai la tête.
– En admettant qu'il s'agisse du même genre de came… Des antalgiques… De la Vicodine… Bordel, enfin pratiquement n'importe quoi par les temps qui courent.
– Au Canada, répondis-je.
– Exactement. Ils en ont des tonnes là-bas. Et des dollars américains en achèteraient encore beaucoup plus.
Je commençais à y voir plus clair. C'était une frontière ouverte, avec un millier d'endroits différents par où se faufiler sans se faire remarquer. Même histoire que ce dont s'occupait Natalie, mais complètement autre chose. Marchandise différente, sens inverse, mais même principe de base. Bordel, même son propre grand-père y avait pris part du temps où l'alcool passait la frontière et arrivait de l'Ontario pendant la prohibition.
– C'est pour ça qu'ils étaient en bateau, dis-je. L'ironie, c'est que ces vieux Chris-Craft en bois étaient autrefois ce qu'utilisaient les trafiquants, à l'époque lointaine où c'était ce qu'il y avait de plus rapide sur l'eau.
– Un soir de brouillard. Peut-être n'avaient-ils pas encore pu traverser, alors ils attendaient… En tuant le temps au casino, en récupérant quelques pilules, juste pour eux…
– Mais maintenant que leur coffre plein d'argent est au fond du lac…
– Ils sont coincés. Ils ne savent probablement pas du tout quoi faire. Peut-être ont-ils peur de revenir les mains vides.

– Alors je peux peut-être les encourager un peu…

– Exactement, répondit Leon en descendant du pick-up. Donne-leur un peu le mal du pays.

– Merci encore.

– Encore un truc… Je ne devrais probablement pas avoir besoin de te dire ça, mais pense à charger le revolver.

– Ils ne le sauront pas s'il n'est pas chargé.

– Oui, mais toi, tu le sauras. Ça changera beaucoup la donne, crois-moi.

Il avait raison une fois de plus. Il avait presque toujours raison. Je pris l'arme et le laissai là, debout dans son allée. En regardant dans le rétroviseur, je le vis continuer à me regarder jusqu'à ce que je sois hors de vue.

9

Je laissai l'arme dans la boîte pendant tout le trajet. Hessel se trouve à environ quatre-vingts kilomètres au sud, ça ne prit donc pas longtemps. Mais une fois sur place, je dus sortir le plan de Caroline pour trouver la maison. Les îles Les Cheneaux sont disséminées tout le long du littoral du lac Huron – j'avais un jour entendu dire qu'il y a trente-six îles principales et presque autant de petites péninsules qui avancent depuis le continent. En tout, il y a des centaines de chenaux parcourant toute la région, certains larges et hospitaliers, d'autres rocheux et peu profonds. C'est une belle partie de l'État, mais où l'on peut aisément se perdre complètement.

Je quittai la rue principale de Hessel, passai près du port de plaisance où se tenait chaque mois d'août le Salon des Bateaux anciens en bois. Il restait encore un mois, mais je me demandai quand même ce qu'ils allaient faire cette année si le temps ne s'arrangeait pas. Si l'été n'arrivait jamais vraiment.

Il était midi passé. Je savais que j'étais tout prêt de la maison. La route secondaire suivait une de ces péninsules étroites, avec plein d'arbres de chaque côté de la chaussée, des voies privées, et des panneaux avec des noms pompeux. Le Refuge de Gaston. La Retraite de Ratlingburg. Que des résidences d'été et, d'après leur allure, des résidences d'été de gens ayant beaucoup d'argent. Je savais que cet endroit était en plein essor, mais je n'étais jamais descendu jusqu'au bord de l'eau, n'avais jamais constaté par moi-même leur standing.

Je surveillai les numéros sur les boîtes aux lettres, jusqu'à ce que j'estime me trouver à environ quatre cents mètres de la maison que je cherchais. Comme je ne voulais pas prendre le risque de m'en approcher en voiture, je m'enfilai dans une allée privée et m'éloignai suffisamment pour qu'on ne puisse pas apercevoir mon pick-up depuis la route. Et je le laissai dans les hautes herbes afin que le propriétaire des lieux ait la place de passer si besoin était. Dans ce cas, je lui raconterais une histoire comme quoi j'étais tombé en panne sur la route et en étais sorti.

Évidemment, s'il s'agissait bien d'une résidence d'été, le propriétaire n'était de toute façon probablement pas là. Fuir la chaleur de la banlieue de Detroit est une chose. Se rendre là où on se croirait en plein dans les froides journées de mars en est une autre.

Je sortis l'arme de la boîte à chaussures. Le Ruger P95 automatique de Leon. Le moment de vérité. J'en sortis une balle et la soupesai dans ma main. Et me remémorai les propos de Leon. Il n'y avait aucun intérêt à prendre cet engin si je ne pouvais pas m'en servir en cas de besoin.

C'est alors que j'eus un moment de lucidité. Je suis assis là, dans mon pick-up, une arme à la main.

– Tu vas vraiment faire ça ? dis-je à haute voix.

Je me représente le visage tout sanguinolent de Vinnie.

– Et comment que je vais le faire ! m'écriai-je.

Je glissai la balle dans le chargeur et descendis du pick-up.

Je portais une veste légère, en partie pour dissimuler l'arme quand je la mettrais à la ceinture. Je retournai à pied jusqu'à la route principale, pris à droite et continuai à marcher jusqu'à la maison. Je tendais soigneusement l'oreille au moindre bruit de véhicule. S'il le fallait, je pourrais toujours me cacher dans les fourrés avant que quelqu'un m'aperçoive. Mais il n'y avait pas de circulation ce matin-là. Tout le coin semblait désert. Encore une fois, pas vraiment étonnant compte tenu du temps qu'il faisait.

La maison se trouvait un peu plus loin que prévu. Je devais me montrer encore plus prudent maintenant que j'empruntais l'allée. J'étais à peu près à mi-chemin quand j'aperçus la maison. C'était un grand chalet en bois stylisé, peut-être un peu trop avec toutes ces fenêtres et ce toit tarabiscoté. Mais il avait à coup sûr coûté cher à quelqu'un.

Je m'approchai et découvris trois voitures – une Viper rouge, une Mercedes gris métallisé et l'Escalade noire que je connaissais déjà si bien. Je m'arrêtai et attendis de déceler un quelconque signe de vie dans la maison. Il y avait bien quelques lumières allumées à l'intérieur, mais bon. Les économies d'énergie devaient être le cadet de leurs soucis. Je m'efforçai d'attendre encore quelques minutes, puis je m'approchai de la maison. En jetant un coup d'œil par la première fenêtre venue, je découvris un grand salon ouvert, avec de nombreuses bouteilles vides sur la table et plein de détritus partout. Je continuai à faire le tour en regardant par chaque fenêtre. Encore des lumières allumées, encore des saletés. Mais personne.

Derrière la maison, il y avait une terrasse et un jardin tout délabré avec un terrain de jeu de fer à cheval, encore quelques dizaines de bouteilles de bière vides éparpillées à chaque bout. Puis plus loin, un quai donnant sur le chenal. J'étais sûr que le bateau en bois y avait été amarré. Le quai était maintenant vide. J'aperçus les toits de deux autres maisons de l'autre côté du chenal, mais j'étais presque sûr que personne ne pouvait ni me voir, ni savoir ce que je m'apprêtais à faire.

Jusque-là tout allait bien.

Je montai sur la terrasse, passai à côté d'un barbecue ayant sérieusement besoin d'être nettoyé et tentai d'ouvrir la porte de derrière. Elle n'était pas verrouillée.

Je l'ouvris doucement. Sortis le revolver de ma ceinture. Tout ça commençait à devenir sérieux. Je traversai le salon jusqu'au grand escalier en colimaçon à côté de la cheminée. Celui qui avait construit cet endroit n'avait pas regardé à la dépense, mais d'une certaine manière, tout ça n'allait pas vraiment ensemble. L'escalier était trop grand, trop exagéré, et pas au bon endroit. Il était trop loin de là où se faisait naturellement le passage. Quant aux briques choisies pour la cheminée…

« Ça suffit, me dis-je. Tu n'es pas là pour ça. »

Je montai l'escalier et jetai un œil dans chacune des trois chambres. Trois lits vides, tous défaits. Il y avait plein d'autres bouteilles, quelques lectures douteuses, et dans une chambre l'odeur persistante caractéristique de la marijuana. « La bonne nouvelle, pensai-je, est que ces types n'ont jamais essayé de me louer un chalet. » Une fois sûr que la maison était vide, je redescendis et examinai tout plus attentivement. Sur le plan de travail de la cuisine, je trouvai une clé de bateau attachée à un bouchon. Ce devait être un double de celle du bateau qui ressemblait maintenant à une œuvre d'art moderne. Je trouvai d'autres cigarettes et un cendrier archiplein. D'autres bouteilles de bière vides. De la bière américaine nulle, évidemment.

Puis je découvris trois flacons de pilules. Tous étiquetés « Vicodine », avec les mises en garde habituelles sur l'absorption d'alcool et la conduite de véhicules ou d'engins motorisés pendant le traitement. Deux des flacons avaient bien été prescrits à Caroline. Ceux-là étaient vides. Le troisième l'avait été à une certaine Roseanne Felise. Il était encore à moitié plein. Ou à moitié vide, selon qu'on y était plus ou moins accro.

Je fourrai le flacon dans ma poche en me disant que je pourrais le passer à Vinnie. Ce qui lui donnerait une bonne entrée en matière s'il décidait de rendre visite à Mme Felise.

Je découvris quelque chose d'encore plus intéressant sur la table de la cuisine. Quelqu'un y avait étalé une grande carte de toutes les voies navigables entre le Michigan et l'Ontario. Les îles Les Cheneaux, le haut du lac Huron, depuis l'île Mackinac jusqu'à l'île St Joseph au Canada. Ste Marys River, en remontant les écluses jusqu'à Whitefish Bay. Tout y était, avec des informations détaillées sur la profondeur de l'eau et les zones dangereuses.

J'y regardai de plus près et vis les piles du vieux pont clairement indiquées dans Waishkey Bay. C'est une bonne carte, les mecs, mais elle ne sert à rien si on ne la lit pas.

– Où êtes-vous en ce moment, au fait ? demandai-je à haute voix.

Ma voix résonna bizarrement dans la maison vide.

– Et plus important, combien de temps vais-je devoir rester assis là à vous attendre ?

S'ils étaient partis pour la journée, je me dis que j'allais être coincé là pendant des heures. Je sortis mon téléphone portable et regardai l'écran. Il oscillait entre un signal numérique faible et une légère itinérance analogique. Je ne savais même pas si Natalie arriverait à me joindre. En admettant qu'elle appelle.

Nom de Dieu, je voulais tellement faire quelque chose. N'importe quoi. Mais pour le moment j'allais devoir attendre. Ça allait me rendre dingue.

À moins que je m'en aille et revienne plus tard. Tire-toi et reviens dans la soirée.

Bon Dieu.

Heureusement, je n'eus pas besoin de tergiverser longtemps sur les différentes options qui se présentaient à moi. J'entendis des bruits de pas sur le perron.

– Vous voilà, dis-je. Pour une fois, vous me rendez service.

Je vérifiai le revolver. Et me préparai. Place au spectacle.

Je me dis qu'il fallait d'abord laisser les types rentrer tous les trois. Les rassembler dans un espace restreint. Donc aller se cacher une minute… Mais où ?

L'escalier en colimaçon, décidai-je. Juste à côté. C'est assez grand pour s'y dissimuler, et c'est à l'écart. Parfait.

Je me cachai derrière et attendis. Mon cœur battait la chamade.

Respire, mec. Respire. Doucement et calmement. T'as froid. T'es un foutu glaçon.

Je les entendis se disputer dehors.

– Combien de temps il va encore falloir qu'on reste ici, hein ? Je deviens dingue.

Voix grave. Je devinai que c'était Brucie, le grand type.

– Je supporte pas cette putain de maison.

– Je veux même pas le savoir, compris ? Ferme ta gueule.

Je sortis la tête, jetai un coup d'œil et ne vis entrer personne. Où étaient-ils passés ?

L'un d'eux franchit la porte. C'était Cap. Il ouvrit une seconde la porte du réfrigérateur, puis la referma. Ensuite, il entra dans la pièce principale. Il venait droit vers moi. Toujours aucune trace de qui que ce soit à sa suite.

Ce n'était pas comme ça que j'aurais voulu que ça se passe, mais au diable. C'était le moment d'improviser, et le simple fait de revoir la gueule de ce type… Lui en balancer une en pleine figure allait me combler d'aise.

J'attendis qu'il soit sur le point de monter la première marche. Il n'y avait toujours personne d'autre dans la maison. Je pris le revolver dans la main gauche, sortis de derrière la cage d'escalier et vis l'effet de surprise sur son visage pendant environ une demi-seconde. J'étais déjà en train d'armer mon coup, un crochet du droit qui le cueillit au menton. Assez puissant pour me faire vibrer les dents – je n'osai pas imaginer ce que lui avait pu ressentir.

Sur n'importe qui d'autre au monde, n'importe qui, c'eût été un coup minable. Mais pour ce type, j'étais prêt à me pardonner. Il s'écroula lourdement et resta sur le dos, les yeux grands ouverts. Je le laissai et me rendis à la cuisine pour attendre ses amis.

J'attrapai une des bouteilles de bière et attendis à côté de la porte. Je les entendis entrer tous les deux ensemble. Le gamin en premier. Il avait toujours ses pansements autour de la tête, comme un turban. Il portait une glacière en polystyrène blanc. Le grand type, Brucie, entra juste derrière lui.

– La prochaine fois qu'il me dit de la fermer..., l'entendis-je dire.

Il n'eut pas l'occasion de finir sa phrase, car je lui fracassai la bouteille de bière derrière la tête. Un coup tout droit sorti d'un vieux western, mais qui parut efficace. Il s'accroupit et resta ainsi un moment, la tête entre les genoux. Je le poussai d'un bon coup de pied et le fis s'affaler sur le sol de la cuisine. Le gamin n'avait pas bougé et tenait toujours sa glacière à la main.

– Je te conseille de rester tranquille, lui ordonnai-je.

Il hocha la tête. C'est tout.

– Bien. Va t'asseoir sur le canapé.

Il s'exécuta. Brucie commençant à se mettre à quatre pattes, je lui posai le canon du revolver derrière la tête. Tout ce que m'avait dit Leon me revint d'un seul coup. Les bêtises classiques à la Leon, mais pour l'heure, c'était quelque chose à prendre en considération. Faire comme si je faisais ça tous les jours, avait-il dit, et deux fois le dimanche.

– Tu vas aller comme ça jusqu'au canapé, continuai-je. Bien gentiment.

– Mais bordel de merde…

– Avance. À moins que tu préfères que je te descende ?

Comme il faisait mine de se relever, je lui balançai un nouveau coup de pied. Il se mit à avancer à quatre pattes.

– C'est mieux. Sur le canapé avec Harry.

Je jetai un coup d'œil au gamin. Il s'était assis sur le canapé, la glacière sur les genoux.

– C'est bien ton nom, n'est-ce pas ?

Il fit oui de la tête. Il regardait droit devant lui. Il n'avait toujours pas dit un mot.

– Tu peux poser ta glacière.

Il la déposa à ses pieds et se redressa. Son corps était tellement raide qu'il ressemblait à la statue d'un jeune homme portant un turban.

Bruce finit par atteindre le canapé et s'assit à côté de lui. Cap commençait à se relever. Il se frottait la mâchoire.

– Toi aussi, lui lançai-je. Sur le canapé.

– Tu es mort. Tu es un homme mort.

– C'est ça. Mais tu vas t'asseoir sur le canapé.

Il se remit d'aplomb et traversa la pièce.

– C'est un peu intime, dis-je quand ils se retrouvèrent tous les trois sur le divan, serrés comme des sardines. Mais ça ne prendra pas longtemps.

J'ai vu pas mal d'hommes tenir un revolver dans ma vie – celui qui impressionne vraiment n'est pas celui qui le tient serré à deux mains et le brandit dans tous les sens comme si c'était lui qui en avait le plus peur. Non, le type qui vous glace le sang est celui qui tient son revolver comme s'il s'agissait d'une partie de lui-même, comme s'il n'était pas plus insolite de vous pointer une arme mortelle sur la poitrine que de tenir un cigare ou un stylo. Voilà l'effet que je recherchais. J'étais sur le point de vérifier si ça marchait

– Qu'est-ce que tu veux, bordel de merde ? demanda Cap en continuant à se frotter la mâchoire.

J'attrapai un des fauteuils et m'assis sur un accoudoir. Et ôtai une peluche du canon du revolver.

– C'est la maison de ton père, Harry, c'est bien ça ?

Le gamin sursauta en entendant son nom.

– Sa résidence d'été ?

Il fit oui de la tête.

– Tu n'en prends pas bien soin.

Il avala bruyamment sa salive. S'il lui était possible d'avoir l'air encore plus misérable, il faisait son maximum pour y arriver.

– C'est pour ça que t'es venu ici ? me demanda Cap, les joues tellement en feu qu'on aurait presque dit qu'il irradiait. Pour nous donner des conseils de ménage ?

– Bonne réplique, lui rétorquai-je. Tu es assez doué.

Il ne répondit pas. Ne sourcilla même pas.

– Tu t'es déjà fait descendre ?

Silence.

– Ça m'est arrivé une fois. Tu veux savoir comment ça fait ?

Il hocha la tête de haut en bas, très lentement.

– D'accord. Tu seras le premier. S'il y en a un qui fait une bêtise, c'est toi qui prends.

Il me sourit. Je fis de mon mieux pour lui rendre illico son sourire.

– Qu'est-ce que vous faites dans le coin, les gars ? À part acheter des médicaments et tabasser les gens ?

– Ton pote nous a sauté dessus, dit Brucie. Qu'est-ce que tu voulais qu'on fasse ?

– Ta gueule, Brucie ! aboya Cap.

– Je répondais, c'est tout.

– N'essaie même pas. C'est moi qui parle.

– Bon, dis-je, essayons de nous concentrer, les gars. Il faut qu'on se mette bien d'accord, maintenant. La prochaine fois que l'idée vous prend de venir dans l'une des réserves, ou à Sault Ste Marie, ou disons n'importe où dans le comté de Chippewa…

– Tu te trompes complètement sur notre compte, dit Cap. On est juste en vacances.

Je pointai l'arme sur lui.

– Écoute bien, Cap. La prochaine fois que tu dis ça, je te tire dans la figure. Tu veux me donner un bon prétexte ? Parce que je le ferais avec grand plaisir, crois-moi.

Il me regarda pendant un long, long moment. Brucie fixait le revolver dans ma main. Harry semblait être sur le point de vomir.

– Bon, que je t'explique ton problème, dit Cap. (Il s'assit au fond de son siège et joignit les mains.) Tu n'es pas du tout convaincant. Je veux dire… écoute-toi juste…

Il se mit à prendre un accent yooper[1] exagéré.

– « Un geste de travers et je vous descends, hein ? »… Ça ne fonctionne pas.

Je fus sur le point de lui dire que je ne parlais pas comme ça, que j'étais de Detroit tout comme lui. Et puis je compris que la dernière chose à faire était de me mettre à discuter. Tout ça ne se passait pas comme je l'aurais souhaité.

– En tout cas, on ne dit pas « descendre », poursuivit-il. C'est complètement ringard. Ça donne l'impression que tu refuses d'admettre ce que fait réellement une arme, c'est-à-dire tuer quelqu'un. Tu vois où je veux en venir ? C'est Alex, c'est ça ? C'est bien ton nom ? Si c'était pas du bidon, Alex, tu pointerais l'arme sur moi en disant : « Je vais te tuer. » Ça ne te paraît pas beaucoup plus crédible ?

Je lui souris. Je sentis mes mains devenir moites. Nous avions déjà atteint le stade où j'allais peut-être devoir faire quelque chose de radical, comme tirer dans le tas et entamer la viande de l'un d'entre eux. Mais ça déclencherait tout un merdier et je me retrouverais avec une situation vraiment grave sur les bras.

Avant que je parvienne à me décider, je vis quelque chose changer dans le regard de Brucie. Il regardait par-dessus mon épaule.

Je m'apprêtais à me retourner quand je sentis le froid de l'acier contre ma tempe.

– Lâchez ça, dit une voix derrière moi, ou je vous fais sauter la cervelle.

Je laissai choir le revolver. Il y avait une peau d'ours par terre. L'arme fit un bruit sourd en tombant dessus.

1. Accent et patois des habitants de la haute péninsule du Michigan. *(NdT.)*

– Ramasse-le, Cap.

Ce dernier s'extirpa du canapé.

– Bonjour, monsieur Gray, dit-il.

Il se déplaça lentement, se pencha pour ramasser le revolver en me regardant dans les yeux. Quand il fut certain que j'étais désarmé, le type écarta son arme de ma tête et se mit à faire les cent pas autour de moi.

Il était grand. Massif. Il portait un costume gris. Comme ses cheveux. Comme ses yeux gris. Qu'il s'appelle « Gray » était un peu plus que ce que mon cerveau pouvait enregistrer à ce moment-là. Je n'avais pas idée du genre d'ennuis dans lesquels je venais de me fourrer.

M. Gray baissa les yeux sur moi comme si j'étais quelque chose collé sous la semelle de sa chaussure.

– Par quoi je commence ? demanda-t-il.

Je m'attendais à quelques questions de sa part, mais il s'éloigna de moi et se planta devant les trois hommes assis sur le canapé. Il avait rangé son arme quelque part dans les profonds replis de sa veste.

– Et d'un, qu'est-ce qui t'est arrivé à la tête ?

– Un petit accident, papa.

– « Un petit accident. »

Il se retourna vers moi, comme si j'étais devenu d'un seul coup un témoin compréhensif.

– De bateau.

– Tu as eu un accident de bateau ?

– Oui.

– De quel bateau est-ce que tu parles ?

Harry garda le silence.

M. Gray me regarda à nouveau.

– Quelque chose me dit que ça ne va pas me plaire.

– Le bateau en bois.

Il hocha la tête.

– Mon ancien Chris-Craft. Celui dont j'ai refait moi-même les finitions à la main.

– Je suis désolé. Il y avait des piles dans l'eau…

– J'ai appelé tes camarades de chambrée hier soir. Quand j'ai réussi à obtenir une réponse claire, imagine ma surprise de te savoir ici.

– J'en pouvais plus. Je suis désolé.

– Tu es parti de l'école ?

– Oui.

– Comment vous appelez-vous ? me demanda-t-il.

– Alex.

– Vous avez des enfants ?

– Non.

Il hocha la tête.

– Bravo.

– J'allais t'en parler, poursuivit Harry.

– Oh ! ça, je suis sûr que tu en avais l'intention. Ça ne fait aucun doute. Je me demande juste si tu l'aurais effectivement fait avant de venir ici te faire tuer.

Harry ne répondit pas.

– Laisse-moi deviner, reprit son père. Tu voulais connaître la vraie vie. Traîner avec deux durs. Boire de la bière. Jouer au black-jack dans les casinos indiens.

Harry garda le silence. Et regarda par terre.

– Et les putes ? Tu n'es pas encore allé aux putes par ici ?

– Monsieur Gray, dit Cap.

– Je ne t'ai pas encore adressé la parole !

Il n'y avait pas une once de colère dans sa voix. Il avait presque l'air de trouver ça drôle. Cap ferma sa gueule et la garda fermée.

Oui, c'était ça, l'effet que je cherchais moi-même à produire. Il était là, en personne, celui qui n'était pas bidon.

Et moi, j'étais complètement foutu.

– Harold, dit M. Gray, j'aimerais que tu sortes et que tu ailles m'attendre dans la voiture.

– Je ne peux pas me lever, répondit-il.

– Pour quelle raison ?

– Je me suis un peu pissé dessus.

– Tu voulais connaître la vraie vie, Harold. La voilà. Maintenant va dans la voiture.

– Mais la mienne est ici.

– Laisse-la là pour le moment.

– J'en ai besoin.

– Je t'ai dit de la laisser là pour le moment.

– Je peux monter me changer au moins ?

– Non, je pense que le voyage de retour en voiture jusqu'à Detroit dans un pantalon mouillé te sera une bonne leçon.

Il me regarda à nouveau.

– Vous n'êtes pas d'accord ?

Je ne répondis pas.

Harry se leva. La tache sombre sur son pantalon était sans équivoque. Il adressa un bref signe de tête à Cap et à Brucie et quitta la pièce. J'entendis la porte d'entrée s'ouvrir et se refermer. Il n'y avait maintenant plus que nous quatre dans la pièce, laquelle pièce venait de se refroidir on ne sait trop comment d'une dizaine de degrés.

– Caplan, dit M. Gray. Bruce.

Caplan leva la tête vers lui. Bruce n'osa pas. M. Gray s'approcha de Bruce en deux enjambées et le saisit par le col. Maintenant qu'il me tournait le dos, je ne voyais plus ce qui se passait entre eux. Quelques secondes plus tard, il se déplaça vers Cap. Il resta devant lui un moment, mais ne le toucha pas.

– Avant qu'on parle de ce que vous avez fait à ma maison, finit-il par dire, et à mon bateau, et de l'étrange raison pour laquelle vous avez laissé mon fils venir jusqu'ici sans me prévenir immédiatement…

Il se tourna vers moi une fois encore et, là, on aurait vraiment dit qu'il me voyait pour la première fois.

– Dites-moi, s'il vous plaît, qui est ce monsieur et pourquoi il tenait une arme pointée sur la tête de mon fils.

– En fait, je n'ai rien à reprocher à votre fils, dis-je en me décidant enfin à parler. Si vous me laissez vous expliquer.

– Ça ne sera pas nécessaire. Alex, c'est bien ça ? Quel est votre nom de famille ?

– McKnight.

Il réfléchit une seconde.

– Non, je n'ai jamais entendu ce nom. Qu'est-ce que vous faites dans la vie ?

– J'ai été flic à une époque. Puis détective privé.

– Vraiment ?

– Mon associé sait que je suis ici en ce moment même.

Le moment était venu de trouver un moyen de me sortir de là.

– Il attend que je l'appelle d'un moment à l'autre.

– Je n'en doute pas.

– Je parle sérieusement, monsieur Gray…

Il leva la main pour me faire signe de me taire, d'un simple geste, comme celui d'un type repoussant quelqu'un qui veut lui remplir son verre d'eau.

– Je crois que ce serait une bonne idée de me retirer de cette situation aussi vite que possible, dit-il à Cap et à Brucie. Sinon, je crains sincèrement de finir par vous tuer tous les deux. Occupez-vous de notre invité, revenez ici faire le ménage, et appelez-moi quand ce sera fait. À ce moment-là, je vous dirai ce qu'on fera ensuite. Est-ce que vous pensez être capable de faire ça sans tout foirer, les gars ?

« Occupez-vous de notre invité », avait-il dit. Ça ne sentait pas bon du tout. Le moment était venu de commencer à chercher une solution de repli rapide, peu importe ce qu'il me faudrait faire.

M. Gray sortit sans me jeter un autre coup d'œil. Sitôt la porte refermée derrière lui, Brucie recommença à respirer.

– On est morts, dit-il.

– Du calme, dit Cap.

– On est complètement, totalement morts.

Cap regarda le revolver de Leon.

– Cette merde est chargée ?

Vu la façon dont il sortit la balle, il était clair que ce n'était pas la première fois qu'il manipulait une arme.

– Qu'est-ce qu'on va faire de lui ? demanda Bruce en hochant la tête dans ma direction.

– Tu l'as entendu, répondit Cap en remettant la balle en place dans le revolver. Allons nous occuper de lui.

10

Brucie conduisit la voiture. L'Escalade noire. Je n'eus pas le loisir de profiter beaucoup du confort. Cap était assis à côté de moi à l'arrière, l'arme de Leon à la main. Je n'avais pas idée de l'endroit où nous allions.

Brucie non plus, même s'il était au volant.

– Où est-ce qu'on va ? demanda-t-il.

Il parlait tranquillement, avec un calme parfait, à la limite de la résignation.

– Je sais où, répondit Cap en se frottant le menton de sa main libre.

– Tu veux pas me le dire ?

– Conduis. Je te dirai.

– Il nous faut un endroit au bord de l'eau, dit Brucie. Avec personne aux alentours sur des kilomètres.

– C'est le cas dans toute cette satanée haute péninsule.

Brucie ne réagit pas. Il continua de conduire.

Je tentai d'observer Cap sans que ça se voie. Le revolver dans la main droite. À disons… un mètre de moi, et beaucoup de place à l'arrière de ce spacieux véhicule. S'il était distrait une seconde, est-ce que je parviendrais à lui arracher l'arme ?

Quel autre choix avais-je, bordel ? Il fallait que j'attende le bon moment, peut-être quand il parlerait à Brucie, ou quand il ferait attention à son chemin. Il fallait que je tente quelque chose.

Mais non, il continuait à me surveiller de près. Aucune expression sur le visage. Brucie, lui, continuait de conduire. La vitesse maximum autorisée sur cette route était de 90. Il roulait à 85.

Cela m'apparaissait maintenant parfaitement évident. J'avais été flic. J'avais vu beaucoup de criminels. Assez de malfrats de moyenne envergure pour toute une vie. Mais je n'avais rencontré des hommes comme eux qu'une seule fois bien longtemps auparavant.

C'était des professionnels. Si l'un d'eux avait jamais eu le moindre problème d'éthique, ce problème avait été soigneusement balayé jusqu'à ce qu'il n'en reste rien. Ils m'emmenaient dans un endroit bien tranquille et loin de toute présence humaine afin de pouvoir me tuer avec l'arme que j'avais empruntée et laisser pourrir mon corps dans l'eau. Ils s'y rendaient comme s'ils allaient faire une course à la quincaillerie. Comment avais-je pu ne pas remarquer ça chez eux dès le tout début ?

Nous nous dirigions vers l'est par la M-134. C'était une autoroute déserte, avec seulement des arbres et de temps à autre une vue sur le lac Huron. Le ciel devenait plus nuageux, comme si encore une fois il allait bientôt pleuvoir. Nous arrivâmes à Port Dolomite, en passant par la grande carrière de calcaire et ses hauts remparts de roches blanches. « C'est là, pensai-je. C'est parfaitement logique : on trouve un coin abandonné de la carrière, on y abat le bonhomme et on y abandonne son corps. »

On y abandonne son corps.

Je commençais à avoir le vertige. Je n'arrivais pas à respirer.

Réfléchis, Alex, réfléchis. Il doit bien y avoir un moyen de te sortir de là.

Nous passâmes à côté d'une entrée de la carrière, puis d'une autre. Il y avait des portiques de sécurité partout. Brucie continua de rouler jusqu'à ce qu'il n'y ait plus à nouveau que les arbres, l'eau et le bruit du moteur.

– Ce tronçon de route…, dit Brucie. L'autre jour, quand on était sorti faire un tour ?

– C'est à ça que je pensais, répondit Cap.

J'attendais toujours le moment où il me quitterait des yeux. Juste un instant. Je pourrais me jeter sur le revolver, tenter de tordre sa main blessée, saisir son arme et l'abattre en vitesse. Ensuite, ou bien obliger Brucie à s'arrêter ou lui tirer dans la tête et tenter ma chance.

En même temps, pendant que je guettais et attendais, les secondes passaient et une autre partie de mon esprit pensait à Natalie, revoyant tout ce que nous avions vécu ensemble. Depuis le moment où j'avais pour la première fois levé les yeux sur elle. Sur ce lac du nord de l'Ontario, quand je l'avais vue sauter de l'hydravion sur le quai. La façon dont elle bougeait. L'allure qu'elle avait dans cette vieille ferme, quand j'avais fait tout ce trajet pour la retrouver et partager avec elle une bouteille de champagne pendant cette veillée solitaire de nouvel an.

Elle n'était pas avec moi maintenant. J'en ressentis tout d'abord de la tristesse, puis de la solitude et finalement une étrange sérénité quand je compris à quel point c'était une bonne chose. Elle n'était pas là pour faire cette dernière balade avec moi et ne serait pas auprès de moi quand les balles allaient commencer à siffler. Elle était à huit cents kilomètres de là et pour la première fois cette distance me fut d'un grand réconfort.

« Tout ira bien pour elle, pensai-je. Elle sera triste d'apprendre ce qui m'est arrivé. Puis elle s'en remettra et sa vie continuera. Cette chose à laquelle nous tentions de nous tenir, cette chose impossible, irréalisable… ce ne sera alors plus qu'un vieux souvenir. »

Les arbres devenaient plus nombreux tandis qu'on s'enfonçait au cœur de la forêt. Tout en semblait plus froid. Le peu de soleil qui avait brillé avait disparu. Nous traversions le Detours State Park.

– Hé, Cap ! lança Brucie.

– Qu'est-ce qu'il y a ?

Il ne m'avait pas lâché des yeux. Le canon du revolver toujours à moins d'un mètre, la main solide comme un roc. Si je tentais le coup, je n'aurais aucune chance. Mes possibilités étaient en train de s'épuiser.

– Il est pour moi.

– Qu'est-ce que tu veux dire ?

– Je veux dire que je veux me le faire.

– Qu'est-ce que tu racontes ?

– C'est toujours toi qui te charges de ça. Et moi qui attends dans la voiture. Cette fois-ci, je veux qu'on change.

– C'est mon truc. Tu ne l'as jamais fait. Pas une seule fois.

– C'est bien ce que je dis. Il est temps. Tu te rappelles au bar ?

– Eh ben ?

– Quand ils nous ont sauté dessus. Tu t'es occupé de l'Indien, tu te souviens ?

– Oui, et alors ?

– Alors ce type a attrapé mon bras blessé et a essayé de me le tordre. Je le sens encore. Sans parler de son coup de bouteille de bière derrière la tête. Tu vois ce que je veux dire ? J'ai une motivation personnelle, là.

– Et d'un, il me semble me rappeler en avoir moi-même pris une bonne aujourd'hui, lui renvoya Cap. Tu ne penses pas que j'ai, moi aussi, une motivation toute personnelle ? Et de deux…

– Quoi ?

– Dès que tu commences à parler de motivation personnelle, je sais que tu n'es pas prêt. On n'est pas au collège, Brucie.

Brucie réfléchit quelques secondes. Puis il commença à ralentir. Il y avait un embranchement en vue.

– Il est pour moi, finit-il par dire. Pour une fois, ce sera ton tour d'attendre dans la voiture. C'est comme ça que ça va se passer. T'es pas content ?

– Il n'y a pas de raison de parler comme ça. Si tu y tiens à ce point-là, vas-y. Fais-toi plaisir, mon pote.

Brucie tourna à gauche. C'était une route étroite qui descendait vers le lac.

– Laisse le revolver là-bas quand tu auras fini, dit Cap. C'est le sien, ça ne peut donc pas revenir jusqu'à nous.

– Ah oui, sans blague.

– Efface quand même tes empreintes.

– Ça alors, j'y aurais jamais pensé.

Cap hocha la tête et me sourit.

– Ce garçon a toujours été trop susceptible, dit-il comme si je devais être concerné par sa plaisanterie.

– Je vais descendre par là, aussi loin que possible, dit Brucie.

La route était envahie par les branches des arbres. Je les entendais frotter sur les ailes de la voiture.

– On est assez loin, dit Cap.

Il jeta un coup d'œil derrière nous, puis vers l'avant, pour vérifier que le chemin d'accès était bien désert. J'avais eu une fraction de seconde, mais elle était passée avant que j'aie pu bouger.

Cap resserra son étreinte sur la crosse du revolver, comme s'il avait lu dans mes pensées.

– Tu devrais te sentir honoré, me dit-il. Brucie va se dépuceler avec toi.

Natalie et moi dans la chambre d'amis. La première fois.

Natalie et moi en train de dîner à l'hôtel Ojibway.

Natalie et moi sur l'île. Quand j'avais failli la perdre.

La route devint encore plus étroite. Une grosse branche heurta le pare-brise.

– Tu peux t'arrêter avant d'esquinter la voiture, dit Cap.

– Il faut que je quitte la route, malin.

– Plus personne ne peut te voir.

– Mon œil.

– La voiture est noire. Personne ne peut te voir.

Brucie écrasa la pédale de freins. S'il avait roulé un peu plus vite, Cap aurait été projeté sur les sièges avant et les choses seraient devenues intéressantes.

– Qu'est-ce qui te prend, nom de Dieu ! jura Cap.

– C'est le moment de faire échange. C'est toi le chauffeur maintenant.

– Oui, c'est le moment, comme ça, c'est moi qui vais reculer pour sortir de là.

Brucie ouvrit sa portière et fit le tour jusqu'à nous.

– Allez, me dit Cap. Descends de mon côté. Bien gentiment.

Il ouvrit sa portière et descendit. Il me la tint ouverte et attendit que je sorte en passant l'arme à Brucie.

Quand je fus à sa hauteur, Cap me regarda dans les yeux.

– Fais de beaux rêves.

J'eus à nouveau envie de le cogner. Ou mieux, d'attraper mes clés et de lui ratisser le cou avec.

– Dépêche-toi, aboya Brucie en reculant dans les fourrés pour que je ne me retrouve pas trop près de lui quand on se mettrait en route.

Cap fit le tour côté conducteur. Brucie me fit signe de m'éloigner de la voiture et ferma la portière.

– Avance par là, m'ordonna-t-il en désignant le lac du doigt.

Je me mis en marche. Il resta derrière moi. Tel que je l'envisageais, il me restait encore une chance d'improviser quelque chose. Créer une distraction quelconque, me retourner et me jeter sur son arme. Ou bien la lui prendre des mains et l'envoyer valdinguer suffisamment loin pour en être débarrassé.

En tout cas, il n'y avait maintenant plus qu'un homme de qui se préoccuper. Mes chances s'en trouvaient améliorées d'autant.

C'est ça, oui. Quelles illusions je me faisais ! Je le savais bien. C'était les derniers pas que je faisais de ma vie. Les dernières fois que je respirais.

Je trébuchai et faillis tomber. À cause du mouvement brusque, je fus convaincu que ç'allait avoir lieu maintenant, directement dans le dos. Mais rien ne se passa. Je retrouvai mon équilibre et continuai à marcher. J'apercevais maintenant les bords de l'eau. Le lac Huron, frère du lac Supérieur. Jamais je n'aurais imaginé que ce serait le dernier lac que je verrais de ma vie.

Natalie au téléphone avec moi. Le son de sa voix si lointaine. L'entendre encore une fois…

Non, Alex, pas ça. Ça n'est pas le bon moyen de t'en sortir.

– Tu ne dis rien ? me lança Brucie.

– Si tu crois que je vais t'implorer, répondis-je, tu te trompes.

Je ne me retournai pas vers lui. Je continuai de marcher.

– Tu prends ça comme un homme. Je te l'accorde.

Je me demandai comment ça allait se passer. Combien de secondes il me restait. Il faisait maintenant sombre au milieu des arbres.

– Tu n'aurais pas dû venir dans cette maison, dit-il.

– Sans blague.

– Tu as fait ça pour ton ami indien ?

– Oui.

Quelques secondes passèrent.

– J'ai eu un ami comme ça un jour, reprit-il.

– Si c'est vrai, tu ne le méritais probablement pas.

Un rire bref fusa derrière moi.

– Dur jusqu'au bout, hein ?

– J'aimerais voir jusqu'à quel point tu serais un dur sans ton arme, dis-je.

À ce stade c'était un coup d'épée dans l'eau. Mais qu'importe. Ça valait la peine d'essayer.

– Ça, je m'en doute, dit-il en riant à nouveau.

Les aiguilles de pin sous mes pieds. L'odeur de l'eau fraîche. L'air frais dans mes poumons. Ma tête commençait à tourner.

– Arrête-toi là.

Je m'arrêtai. Nous nous trouvions maintenant en surplomb au-dessus de l'eau, sur un petit escarpement à environ six mètres au-dessus du littoral. Les vagues faisaient un mètre de haut, peut-être deux. Comparé au Supérieur, c'était un lac bien tranquille. De plus petites vagues, une eau plus chaude. J'aperçus un voilier au loin. Voile jaune clair sous un ciel gris.

Des nuages. Pas de soleil.

Je ne reverrais jamais le soleil.

– C'est pas vraiment une falaise, mais on trouvera pas mieux par ici, hein ?

– Si tu dois le faire, fais-le, dis-je en me tournant vers lui.

– Tu ne veux pas savoir pourquoi j'ai dit à Cap que je voulais le faire ?

– Tu lui as donné tes raisons.

– Il y avait autre chose.

– Quoi ?

– Je savais ce qu'il te ferait si c'était lui. La chose qu'il ne faut pas que t'oublies sur Cap… Eh merde, mec…

Il hocha la tête, regarda au loin comme s'il tentait de chasser un mauvais souvenir. C'était l'occasion, mais j'étais bien trop loin de lui pour tenter quelque chose. J'avais, et définitivement, perdu tout espoir.

– Il aurait fait ça lentement, continua-t-il. Il aurait vidé son chargeur, même si c'est le truc le plus bête qu'on puisse faire. Il t'aurait fait mettre à genoux, toutes ces conneries. Crois-moi, j'y ai assisté. Plus d'une fois. Et chaque fois c'est pire.

Le visage de Natalie. Une dernière fois. Il fallait que je le voie. Je fermai les yeux et fis tout pour la faire apparaître dans mon esprit.

Pour l'amour du Ciel, une dernière fois. Par pitié.

– Tu as probablement sauvé la vie d'Harry. Et bordel, pour autant que je sache, tu m'as sauvé la vie, à moi aussi. Malgré tout le reste…

Ses yeux. Ses cheveux. La cicatrice sur son menton.

– Ce que je veux dire… c'est que j'ai décidé que ça devait se passer proprement. Tu mérites bien ça.

Il leva le revolver et le braqua sur ma poitrine. J'attendis la détonation. Je me demandai ce que j'allais ressentir. Si même j'allais ressentir quoi que ce soit. Je ne savais pas combien de temps j'allais durer, combien de secondes mes yeux resteraient ouverts avant que tout devienne noir. Si j'allais tomber en arrière de cet escarpement, sentir les rochers pendant ma chute ou l'eau froide à l'arrivée.

Il me visa au cœur. Je vis l'arme trembler dans sa main. Je retins mon souffle.

– Putain de merde ! cria-t-il en levant le revolver armé jusqu'à hauteur de son oreille.

Il resta ainsi à regarder la cime des arbres.

– Fils de pute ! Regarde-moi !

Il se retourna, regarda derrière lui, puis à nouveau la cime des arbres, et à nouveau moi.

– Cap aime bien faire cette saloperie, reprit-il. Vraiment. Quelle sorte d'homme faut-il être pour aimer faire un truc pareil ?

Il tourna encore une fois sur lui-même. Abaissa lentement le revolver, de son oreille à la position de tir.

– Peut-être que tu ne veux pas faire ça, dis-je.

– Ta gueule.

– Je suis sûr que tu ne veux pas.

– Ferme ta putain de gueule.

– Tu n'es pas comme Cap.

Une autre goulée d'air. Les secondes qui passent. Il avait un œil fermé et tenait l'arme fermement.

– Eh merde ! finit-il par s'écrier. Couvre-toi les oreilles.

– Quoi ?

– Je te dis de te couvrir les oreilles !

J'obéis. Il jeta un rapide coup d'œil derrière lui, puis dirigea le revolver vers le ciel et tira à deux reprises.

Il hocha la tête comme si quelqu'un venait juste de lui saisir le menton.

– Nom de Dieu, quel boucan !

– Je comprends pas, dis-je.

– Je peux pas. Je sais pas comment j'ai pu croire que je pourrais.

– Et alors, qu'est-ce qui se passe, maintenant ?

– Ce qui se passe maintenant, c'est que tu es mort. Pour Cap, pour M. Gray, tu es mort et enterré. Tu m'as compris ? Tu rentres chez toi, tu te tiens à l'écart de nous tous. Et tu tiens aussi à l'écart ton copain.

– Si je fais ça, il faudra que vous vous teniez à l'écart des réserves.

Il hocha la tête. Me sourit presque.

– Tu parles comme quelqu'un qui serait en position de négocier.

– Il faut que ça marche dans les deux sens.

– Ne t'inquiète pas. On sera bientôt partis. Moi, pour ma part, je ne foutrai plus jamais les pieds dans votre haute péninsule de merde. Tu sais quand même que l'été est censé être un peu plus chaud que ça, non ?

Il baissa les yeux sur le revolver. L'essuya avec le pan de sa chemise en regardant à côté de moi en direction de l'eau. Quand il eut fini, il le laissa tomber par terre.

– Donne-nous un peu de temps, dit-il. Je ne sais pas si Cap va continuer à rouler pendant un moment ou faire demi-tour ici même. À l'évidence, s'il te voit sur la route, on aura tous les deux de gros ennuis.

– Compris.

– C'est comme a dit M. Gray. Je ne peux rien faire correctement.

– Qui c'est ?

Il était sur le point de me tourner le dos. Mais ma question le coupa dans son élan.

– Tu n'as pas à le savoir. Tu n'as pas à le savoir et tu n'as pas à le demander. Et comme à partir de maintenant, tu n'existes plus pour lui, tu te souviens ? Alors oublie que tu l'as vu là-bas.

– Il a l'air difficile à oublier.

Il hocha la tête.

– Là-dessus, tu as bigrement raison, dit-il. Mais fais-le quand même.

Puis il partit. Il marcha jusqu'à la route sans se retourner vers moi. Une minute plus tard, j'entendis le bruit du moteur qui s'emballait, puis les pneus qui projetaient du gravier. Quand cela s'estompa il ne resta rien d'autre que les vagues sur le lac et la pluie qui tombait doucement sur les feuilles. Je ne l'avais même pas entendue commencer, n'avais pris conscience ni de la pluie, ni de l'air froid, ni de quoi que ce soit d'autre jusqu'à ce moment précis. J'étais là, seul avec un revolver posé par terre et ma vie qui, je ne sais trop pourquoi, m'avait été rendue. Quel que soit le temps qui me restait.

Je m'assis sur l'escarpement rocheux au-dessus du lac. Je regardai le voilier progresser lentement vers l'est. La pluie filtrait entre les feuilles et me tombait dessus en une fine bruine, lentement. Je n'avais nulle part où aller et aucune bonne raison de ne pas bouger, c'est ce que je fis.

À un moment donné, je sortis mon portable et regardai l'écran. Il n'y avait aucun signal de réception. Ni signal numérique, ni signal d'itinérance analogique, ni signaux de fumée. J'étais à nouveau seul, comme c'était mon destin. Je tenais le revolver dans la main droite. Je dus beaucoup résister à l'envie impérieuse de balancer le téléphone et l'arme dans l'eau au-dessous de moi.

Je restai là un long moment, peut-être plus longtemps que je n'étais jamais resté assis où que ce soit. Je continuai à contempler le voilier jusqu'à ce qu'il disparaisse, puis je regardai passer les nuages et les vagues s'abattre l'une après l'autre sur le rivage. La pluie continua jusqu'à ce que je sente les gouttes me couler sur le visage. Je commençai à avoir froid, mais j'avais connu pire.

Je ne voulais pas bouger, parce que bouger voulait dire rentrer chez moi. Et rentrer chez moi voulait dire appeler Natalie pour lui dire que c'était fini entre nous.

* * *

J'avais compris ça si clairement pendant que j'attendais la mort. Les choses n'avaient pas changé d'un iota juste parce que j'avais réussi à m'en sortir. Je m'étais accroché à elle en essayant de la convaincre qu'on parviendrait à faire fonctionner ce truc malgré la distance. Fantasme. Jeu de dupes entre deux êtres profondément seuls. Natalie qui se donne tant de mal pour faire redémarrer sa carrière dans une nouvelle ville. Moi de retour dans le Michigan, à nettoyer mes chalets, attendre près du téléphone…

Les vrais couples se réveillent ensemble, prennent leur petit déjeuner ensemble, font des projets ensemble et se marchent sur les pieds. Ils peuvent parfois être séparés quelques heures de suite, mais ils se retrouvent toujours, le soir venu. Natalie et moi n'avions jamais connu une journée comme ça. Pas une fois, pas une seule, et assis là sur cet escarpement à me faire tremper jusqu'aux os, j'avais compris que cela ne nous arriverait probablement jamais.

Comment as-tu pu penser un seul instant que ce truc pourrait marcher ?

J'étais donc assis là sur ce rocher à me faire lentement tremper jusqu'aux os en espérant trouver un moyen de voir les choses différemment. Ou seulement éviter le problème un peu plus longtemps. Finalement, j'avais bien été obligé de me lever. Toutes les anciennes douleurs de mon corps s'étaient réveillées, accompagnées de quelques nouvelles.

Alors je marchai lentement le long du sentier, jusqu'à la route. En y arrivant, j'eus un nouveau problème car j'étais maintenant trempé, transi et à des kilomètres de ma voiture, et sur une des autoroutes les moins fréquentées de l'État du Michigan.

Je me mis en marche vers l'ouest, le revolver glissé à la ceinture. Je continuai vingt-trente minutes avant d'entendre enfin une voiture. Elle arrivait derrière moi. Je me retournai et vis une berline noire et, pendant une seconde, je fus persuadé qu'il s'agissait de l'Escalade de Cap et que j'étais décidément un homme mort. Mais il s'avéra que c'était une Lincoln Navigator. Je m'arrêtai et attendis qu'elle ralentisse et s'immobilise à côté de moi. Je n'avais même pas eu besoin de lever le pouce. Nous étions dans la haute péninsule, après tout. Ici, les gens sont comme ça.

La vitre s'abaissa.

– Tout va bien, monsieur ?

C'était un homme d'environ soixante-dix ans. Sa femme était assise à côté de lui.

– Vous pourriez me déposer ?

– Grimpez.

Je montai à l'arrière. La femme se retourna et remarqua mes vêtements mouillés.

– Que vous est-il arrivé, vous êtes tombé dans le lac ?

– Quelque chose comme ça.

L'homme me demanda où j'allais. Je me dis que si j'étais malin, je retournerais chez Leon pour qu'il me raccompagne jusqu'à mon pick-up en pleine nuit. Mais je n'avais pas envie de lui expliquer tout de suite les choses, et être malin n'était de toute façon pas le problème. Tout ce que je voulais, c'était récupérer mon véhicule le plus rapidement possible et rentrer enfin chez moi. Je lui demandai donc de me déposer à Hessel.

Ce qui ne lui posa pas de problème. Il démarra et sa femme me sourit et me demanda si j'avais besoin d'une serviette. Dans ce cas, elle pouvait en sortir une d'une valise dans le coffre. Je lui répondis que non, merci. Puis je lui demandai depuis combien de temps ils étaient mariés. Elle me répondit cinquante et un ans, avec trois enfants et cinq petits-enfants.

Le truc fou était qu'elle ressemblait un peu à Natalie. En tout cas à ce à quoi Natalie aurait l'air quand elle aurait dans les soixante-dix ans.

– Vous jouiez ? me demanda l'homme.

– Au base-ball ?

– Oui, vous y jouiez, n'est-ce pas ?

– Comment le savez-vous ?

– Je devine toujours. Moi, j'étais attrapeur. Il y a bien longtemps.

– Moi aussi.

– Eh bien ! dit-il. En voilà une coïncidence.

Si ce couple s'était soudain transformé en deux extraterrestres, je ne pense pas qu'à ce stade ça m'aurait surpris plus que ça. C'était un jour où tout pouvait arriver.

Vraiment tout.

Quand nous arrivâmes à Hessel, je lui demandai de me déposer là où commençait la route conduisant chez M. Gray. Il insista pour me conduire à destination, que ce soit ou non sur son chemin. Preuve supplémentaire du comportement des habitants du nord du Michigan. Je le laissai donc m'accompagner jusqu'à l'endroit où j'avais dissimulé mon pick-up le matin même. Je continuai à chercher des yeux l'Escalade de Cap, mais ne la vis pas.

– Vous avez une maison par ici ? me demanda l'homme.

– Non, je suis de passage.

Je lui indiquai la voie privée quand nous y arrivâmes. Il s'y engagea et la descendait tout du long jusqu'à la maison quand je lui dis de s'arrêter. Mon pick-up était toujours là, à l'écart dans les fourrés. S'ils trouvèrent bizarre de me laisser là, ils n'en montrèrent rien. Je les remerciai tous les deux à plusieurs reprises. Leur dis de passer me voir à Paradise, si c'était sur leur chemin. Qu'ils n'avaient qu'à s'arrêter au Glasgow Inn.

L'homme repartit en marche arrière. Je me retrouvai à nouveau seul, cette fois non loin de la maison où tout avait mal tourné ce jour-là. J'avais toujours le revolver à la ceinture. Je ressentis l'envie impérieuse d'y retourner et de tout recommencer depuis le début, mais je savais que M. Gray devait être parti. Et je me dis que je devais tenir la promesse faite à Brucie, au moins une journée.

Je montai dans le pick-up, le fis démarrer, me frayai tant bien que mal un chemin au travers des épaisses broussailles en effectuant un demi-tour en trois manœuvres et regagnai la route. Et vérifiai à nouveau mon portable. Même si j'arrivais à obtenir un signal, ça ne servirait pas à grand-chose parce que la batterie était à plat.

Je roulai vers la maison. En grelottant, malgré le chauffage que j'avais allumé. Impossible de m'en empêcher.

Je me demandai si j'allais trouver un message de Natalie en arrivant et ce que j'allais lui raconter quand je la rappellerais. Quels mots me viendraient, s'il m'en venait aucun.

Je roulai vite en prenant par la route de Rudyard et de Trout Lake, par Eckerman Corner, jusqu'à Whitefish Bay où je savais qu'il ferait encore plus froid. Où je serais seul tout le reste de la nuit. Et le lendemain.

Seul. Je serais toujours seul.

Le soleil était en train de se coucher. La journée était finie. Encore une route, puis le panneau à l'entrée de Paradise. « Bienvenue à Paradise – Nous sommes heureux de vous accueillir ! »

Oui, et moi je suis heureux d'être arrivé. Je vais passer chez Vinnie, voir s'il a les deux yeux ouverts. Puis j'irai embêter Jackie jusqu'à ce qu'il me prépare à dîner.

J'allumai mes phares en arrivant à la vieille route forestière et la pénombre soudaine des arbres. Je passai à côté de chez Vinnie, constatai que son pick-up était toujours là. D'abord filer au chalet et y passer des vêtements secs.

Mes phares balayèrent la Jeep garée devant chez moi. J'aperçus la plaque canadienne. Il me fallut quelques secondes pour croire ce que je voyais.

Je descendis et fonçai jusqu'à ma porte. Je l'ouvris et la vis à l'intérieur en train de m'attendre. Elle portait un de mes sweatshirts.

– Qu'est-ce que tu fais là ? lui demandai-je.

– D'après toi ? répondit-elle, les bras serrés autour d'elle. Je me pèle le cul.

11

Tout ce que je m'étais dit, tout ce raisonnement selon lequel ma relation avec Natalie était sans espoir, et que rompre maintenant était la meilleure solution pour tout le monde… Tout disparut en deux secondes environ. La voir là, dans mon chalet à m'attendre, résolut instantanément une bonne partie du problème.

– Natalie…, dis-je sans y croire encore vraiment. Je ne comprends pas.

– As-tu l'intention de me dire bonjour ou pas ?

Elle se leva et s'approcha de moi. Mon sweat-shirt était de trois tailles trop grand pour elle. Elle avait l'air fatiguée. Je mis mes mains sur ses épaules, la tins ainsi face à moi.

– Bonjour, nom de Dieu.

Puis je l'attirai vers moi. Je l'embrassai, lui caressai les cheveux et retrouvai, alors, et son odeur et l'effet qu'elle me faisait.

– Pourquoi es-tu ici ? lui demandai-je enfin.

Elle posa son doigt sur mes lèvres et me conduisit vers mon lit sans un mot de plus. Elle eut un moment d'hésitation pendant que nous commencions à nous déshabiller. J'avais la tremblote.

– Pourquoi es-tu tout mouillé ? me demanda-t-elle en touchant ma chemise.

– Il a plu.

– Laisse-moi deviner… tu étais en train de travailler au chalet.

– Heu, non. En fait…

Ça ne fait rien. Tu me raconteras ça plus tard.

Elle se laissa tomber en arrière sur mon lit et m'attira contre elle.

– Désolé pour le désordre.

– Vas-tu finir par te taire ?

Elle m'embrassa à nouveau et la conversation prit fin. En tout cas, pendant un moment.

J'étais peut-être rentré à la maison gelé et minable, mais elle se chargea d'y remédier en vitesse.

– Allez, raconte, dis-je plus tard.

Elle était dans mes bras et me tournait le dos. J'avais ses cheveux dans la figure, sa peau touchait la mienne, son dos posé contre ma poitrine.

– Te raconter quoi ?

– Pourquoi tu es ici. Le coup de filet a eu lieu ?

– En fait, non.

– Non ?

– Pas encore.

– Pas encore ? Mais alors comment se fait-il que tu ne sois pas toujours en mission ?

– Qui te dit que je ne le suis pas ?

– Je pige pas.

– On a fait une pause. On a dû se décider à faire marche arrière pendant deux jours.

– Pourquoi ? Qu'est-ce qui s'est passé ?

Elle respira un grand coup.

– Mon Dieu, Alex, tu ne vas pas me croire. Après tout ce travail de préparation avec Rhapsody, tout ce temps passé ensemble au café chaque matin… On a fini par organiser le grand rendez-vous. Antoine Laraque dans une chambre d'hôtel, disposé à acheter des armes. Enfin… c'est ce qu'on croyait.

– Ce que vous croyiez ?

– On n'a jamais réussi à le lui faire dire. On n'est jamais arrivé à la phrase clé. Rhapsody et lui sont arrivés dans la chambre… Don et moi étions là…

– Don Resnik, ton coéquipier ?

– Oui. Mon supposé garde du corps. Il était en costume, avec des lunettes noires, tout le cirque. Je suis donc censée être la femme qui a un contact dans le Michigan, quelqu'un qui veut faire passer la frontière à des armes. Beaucoup d'armes. On avait tout mis en place et finalement, ils arrivent tous les deux dans la chambre. Rhapsody entre en premier. Elle porte un tailleur à rayures zèbre extravagant. Des chaussures assorties, tout l'attirail. Et puis c'est Laraque qui entre. En personne…

– Alors ?

Elle ne répondit pas.

– Lui aussi portait un costume zèbre ?

– Non. Laraque ne portait pas de costume zèbre.

– Dis-moi comment il était.

– Je ne sais pas comment dire. Ça va sembler ridicule.

– Continue.

– D'abord, il n'est pas bien grand. Don fait à peu près un mètre quatre-vingt-dix, si tu te souviens. Laraque, lui, ne doit même pas faire un mètre quatre-vingts. Soixante-quinze au grand maximum. Il n'est pas non plus vraiment baraqué. Je veux dire… il n'a pas l'air très costaud. Je suis sûre que Don aurait pu le balancer par la fenêtre sans aucun problème.

– D'accord…

– Il a les cheveux courts. Un très grand front. Il portait des lunettes. Bordel, je le décris comme un expert-comptable.

– Jusqu'à présent, oui.

– C'est tout, Alex. Je ne peux pas vraiment te décrire comment il était. Il faudrait que tu le voies en personne entrer dans une pièce et te serrer la main. Et puis s'asseoir en face de toi et te regarder… Je veux dire… tu te souviens qu'il y avait des flics dans les deux chambres à côté. Et un flic dans le couloir. Et un autre bâti comme un rugbyman dans la chambre avec moi. Tous armés. Même Don, juste à côté de moi. J'étais la femme la mieux protégée de Toronto… Et pourtant je ne me suis jamais sentie aussi terrifiée de toute ma vie.

– Pourquoi ?

– Je ne sais pas. Parce qu'il était là. Cet homme. Il avait cette… une impression de pouvoir qui se dégageait de lui. Je ne peux pas l'expliquer. Mais je l'ai ressentie.

Je réfléchis un instant.

– Bon, et qu'est-ce qui s'est passé pour le coup de filet ?

Je ne voyais toujours pas son visage. Je n'avais que sa voix et cette tension dans son corps.

– J'ai tenté de lui faire dire la fameuse phrase. J'avais même des échantillons avec moi. Quelques pistolets, deux petites mitraillettes. Je les ai posés sur la table, lui ai dit que j'avais un fournisseur dans le Michigan, lui ai demandé si ça l'intéressait de faire du business. Il m'a répondu qu'il souhaitait savoir comment j'en étais arrivée à le considérer pour une pareille entreprise. C'est comme ça qu'il a appelé ça. Une « entreprise ». Je lui ai donc raconté que j'étais tombée sur Rhapsody par hasard, que j'avais entendu parler d'elle en prison. Toute l'histoire. Rhapsody était présente, mais elle n'a pas dit un mot. Elle s'est simplement adossée à sa chaise et a sorti une cigarette. Comme je commençais à perdre un peu mon sang-froid, je lui ai fait remarquer qu'on était dans une chambre non-fumeur, histoire de voir si j'arrivais à reprendre le dessus.

– Qu'est-ce qu'elle a répondu à ça ?

– Rien. Elle a sorti son briquet et elle a allumé sa cigarette.

– Après quoi elle t'a recraché la fumée au visage ?

– Les femmes ne font pas ça. Elle l'a recrachée en l'air. Avec un petit sourire.

– Très cool.

– Non. Pas vraiment. Je pense qu'elle était tout aussi terrifiée que moi.

– Quoi, d'être dans la chambre avec vous ?

– Peut-être. Je n'en suis pas complètement sûre. Mais rappelle-toi : cette femme n'a pas seulement fait une lourde peine à Kingston, il semble qu'elle ait aussi et quasiment dirigé la prison. C'était la pire du Canada, avant qu'on la ferme.

– Alors comment pouvait-elle avoir aussi peur ?

– Eh bien, au début j'ai cru que c'était Laraque qui la rendait aussi inquiète. Mais je vais te dire… tout ce qu'il a eu besoin de faire a été de la toucher, juste une fois, et ensuite elle s'est sentie mieux. La même vieille Rhapsody que je voyais chaque jour au café. Complètement relax. Sur un petit nuage. C'était comme s'il la rechargeait, tu vois ? Comme s'il lui donnait de l'énergie.

Ou, bordel, comme s'ils avaient bien fait l'amour, sauf qu'il n'y avait que lui qui tendait la main et la lui posait sur le bras. Deux doigts sur le poignet à l'endroit du pouls. C'est tout.

– Oui ?

– Je sais que ça paraît fou, mais je l'ai vu de mes propres yeux. J'en ai parlé plus tard à Don, mais il n'a rien compris à ce que je disais.

– Ça n'était pas flagrant ?

– Je suppose que non. Ou alors peut-être une femme est-elle plus encline à remarquer ces choses-là.

– Une femme qui sait ce que c'est que bien faire l'amour ?

– Si tu le dis, Alex.

– Non, sérieusement. Que s'est-il passé ensuite ?

– Eh bien, c'est là que c'est devenu encore plus fou, parce que quoi que je dise, Laraque refusait de rentrer dans le jeu avec nous. Il était sur le point de dire quelque chose, comme par exemple que, oui, l'importation depuis les États-Unis l'intéressait. Mais après, ce qu'il disait, c'était qu'il avait d'autres offres à considérer, différentes sortes de marchandises, différents délais… Il se mettait à en parler comme s'il agissait d'une occasion d'investissement comme une autre, et qu'il y avait des marchés dynamiques et des marchés statiques, et à quel point il respectait les hommes qui savaient comment gagner de l'argent aux États-Unis. Il a même cité Warren Buffett, quelque chose comme… comment il a dit… ? « Soyez frileux quand les autres sont gourmands, et soyez gourmands quand les autres sont frileux. » Tu avais déjà entendu ça ?

– Non, jamais. Mais ça paraît logique.

– Oui, ça l'est. Mais pendant tout le temps qu'il parlait… Je veux dire… je ne pensais pas même qu'il était armé, mais c'était comme si je m'attendais qu'il s'arrête, qu'il tende la main… et qu'il me touche. Sauf qu'au lieu de me faire du bien, comme il faisait à Rhapsody, il m'aurait tuée. Juste comme ça. Un contact et j'étais morte. Comme s'il m'avait hypnotisée.

C'était pénible à entendre, mais je voulais toute l'histoire. Dans les moindres détails.

– Mais tu dis qu'il n'a jamais fait de véritable offre. Il ne t'a pas dit quelque chose sur lequel tu aurais pu le coincer ?

– Je te jure, Alex. C'était comme s'il savait exactement ce qu'on était en train de faire. Tout, le coup monté, les flics dans les autres chambres en train de l'enregistrer, d'écouter chaque mot… Il savait que j'étais bidon, que Don l'était aussi, que tout l'était. Et qu'un seul mot de travers lui serait fatal. Mais il ne l'a pas dit. Il nous a roulés dans la farine tout du long. Et quand il en a eu assez, il s'est levé et il est parti.

– Tu penses vraiment qu'il sait que t'es un flic ?

– Je ne vois pas comment. Mais au plus profond de moi, c'était exactement ce que je ressentais quand on était dans cette chambre. Ce type arrive à lire en moi.

– Qu'est-ce qu'il va se passer ensuite ?

– Il nous a dit qu'il voulait qu'on se revoie. Qu'il voulait que je retourne voir mon contact pour lui faire envoyer d'autres échantillons de la marchandise… Remarque bien qu'il n'a pas dit « armes ». Pendant tout le temps, il n'a pas prononcé une seule fois le mot « arme ». Et quand il a dit « marchandise », si on le prenait littéralement, il aurait aussi bien pu parler d'échantillons de tissus. Pour se faire faire de beaux costumes ou quelque chose comme ça. Il a aussi dit qu'il aimerait qu'on vienne dans son bureau la prochaine fois, qu'on lui donne ainsi l'occasion de nous montrer son sens de l'hospitalité, vu qu'après tout c'est sa ville.

– Tu ne vas pas tout de même pas aller dans son bureau la prochaine fois…

– Je ne sais pas, Alex. Je ne sais pas ce qui va se passer maintenant. Ils m'ont dit de disparaître deux jours, de faire comme si je quittais réellement la ville pour m'entretenir avec mon contact. Ce qui fait de toi un trafiquant d'armes, à propos.

– Ça alors ! Merci.

– Pas de quoi. Bref, il faut que je les appelle demain, voir ce qu'ils en pensent. Le chef de la commission aimerait qu'on continue sur notre lancée, mais mon commandant veut que je me retire.

– Je suis d'accord avec lui. Tu ne dois pas mettre les pieds sur son territoire. Qu'est-ce que tu vas faire ? Aller là-bas avec un micro caché ?

Elle se retourna face à moi et me regarda.

– Ça n'est pas moi qui décide. Je vais voir ce qu'ils disent.

– Tu n'es pas obligée de le faire si tu ne veux pas. Tu le sais.

Elle ferma les yeux.

– Tu ne m'aides pas beaucoup.

– Pourquoi dis-tu ça ?

– Tu es censé me dire qu'il faut que je retourne là-bas finir le boulot. Coincer le malfaiteur et aider à mettre fin à ses agissements.

– Je ne me préoccupe pas de ça, dis-je. Je le reconnais, c'est seulement à toi et à ta sécurité que je pense.

Elle m'attira plus près d'elle et me serra fort.

– Quand je m'imagine à nouveau dans une pièce avec Laraque, je ne pense qu'à une chose : être avec toi. Je n'ai jamais ressenti ça avant, Alex. Avec personne. Ça me fait vraiment peur. C'est comme si maintenant j'avais une vie, tu comprends ce que je veux dire ? Ça fait un peu eau de rose, je sais, mais c'est comme si maintenant j'avais une raison de vivre.

Cela me tua. Ce qu'elle disait me tua, littéralement. Je savais que j'allais devoir lui raconter ma propre histoire, ce qui était arrivé ce même jour, comment j'avais été amené au bord de l'eau, comment j'avais cru que ma vie était finie et combien j'avais pensé à elle et été content qu'elle continue à vivre sans moi. Qu'à long terme, ce serait mieux pour elle.

C'était toujours moi qui m'imposais, qui faisais tout pour qu'on soit ensemble, alors qu'elle avait ses problèmes à elle, et que j'avais l'impression qu'elle ne me laissait jamais trop me rapprocher d'elle. Mais maintenant qu'aujourd'hui on avait tous les deux affronté la mort chacun à sa façon, c'était Natalie qui se raccrochait le plus à nous. Elle qui voulait continuer à vivre pour qu'on soit ensemble.

– Bon, qu'est-ce qu'on fait maintenant ? lui demandai-je.

Soudain, tout paraissait possible.

– Je ne sais pas. Mais il y a deux choses dont je suis sûre.

– Oui ?

– La première est que je veux dormir tout de suite.

– Et l'autre ?

Elle s'installa tout près de moi. Dehors il faisait froid. Il faisait nuit et plus froid qu'il n'aurait dû par une nuit d'été.

– Je n'arrive même pas à le dire.

– Quoi ?

– Je n'ai jamais laissé tomber quoi que ce soit dans ma vie. Pas par peur.

– Tu ne veux pas y retourner ?

– Empêche-moi.

– Tu parles sérieusement ?

– Oui. Débrouille-toi comme tu veux, mais empêche-moi d'y retourner.

12

Je m'éveillai avant elle. C'était un dimanche matin, encore une journée de brume glaciale en suspension dans l'air. Mais ce jour-là tout me parut différent. Je me mis debout devant le lit et la regardai dormir.

– Ne t'en va pas, murmurai-je doucement avant de partir chez Vinnie.

Son pick-up était toujours là où je l'avais laissé. Je n'imaginais pas qu'il ait ne serait-ce que remarqué les câbles de batterie sectionnés. Je me glissai à l'intérieur par la porte de devant restée ouverte et le trouvai endormi sur son canapé. Les pieds posés sur la table. Son visage, un camaïeu de rouge, de violet, de vert et de bleu. Je savais que ça empirerait pendant quelques jours avant de commencer à aller mieux, mais il était sacrément amoché. Il semblait pourtant bien dormir. Sa respiration était régulière. Je le laissai et me promis de revenir plus tard vérifier que tout allait bien.

J'avais encore une chose à faire avant de retourner voir Natalie. J'avais une réservation pour l'un des chalets et, pour autant que je sache, la famille devait bien arriver du sud de l'État. Je les avais appelés et avais laissé un message en leur proposant d'annuler, mais ils ne l'avaient pas fait. J'avais du mal à imaginer ce qu'ils allaient bien pouvoir faire s'ils venaient toujours. Qui sait ? Peut-être cet air humide et froid donnant l'impression qu'il faisait dix degrés de moins qu'en réalité leur était-il égal. Peut-être que se retrouver loin de chez eux suffisait à les rendre heureux. S'ils venaient, j'allais faire mon possible pour qu'ils soient bien installés.

Je jetai quelques bûches à l'arrière du pick-up et pris la direction du cinquième chalet. C'était le plus agréable qui restait après que le chef-d'œuvre de mon père avait été réduit en cendres. Je chargeai le poêle et l'allumai. Je rangeai le reste du bois à l'intérieur pour le protéger de l'humidité. Quand j'eus terminé, l'endroit était déjà plus douillet.

Je leur écrivis un mot, leur disant de faire comme chez eux et que, s'ils avaient besoin de moi, je serais dans le premier chalet. Je ne savais pas précisément quand ils devaient arriver, mais je supposais que ça n'était pas pour tout de suite, à moins qu'ils ne se soient déjà mis en route et n'aient roulé la plus grande partie de la nuit.

De retour à mon chalet, j'ouvris la porte et sentis l'odeur du café. Natalie avait mis une cafetière en marche et regardait son portable, assise sur mon lit. Elle portait toujours mon sweat-shirt. Cette fois, il me sembla qu'elle n'avait rien en dessous.

– Tu as raison, dit-elle quand j'entrai. La réception est merdique ici.

– On se rattrape avec autre chose. Comme ce merveilleux temps d'été.

– Oui, au fait, qu'est-ce qui se passe ? Je n'arrive pas à croire que je doive retourner au Canada pour avoir chaud.

– J'ai entendu certains anciens en parler. Tous les vingt ans environ, c'est comme si l'été oubliait d'arriver.

– J'ai besoin de me servir de ton téléphone. Ce truc refuse catégoriquement de fonctionner.

– Vas-y.

Je me versai une tasse de café pendant qu'elle appelait le bureau de la police montée. Je ne pus entendre que ce qu'elle-même disait au commandant des Opérations spéciales. C'était, en grande partie, une série de « oui » et de « je comprends ». Quand elle eut fini, elle raccrocha et resta assise sur le lit.

– Quoi de neuf ? demandai-je.

– Il y a des désaccords sur le principe de tout arrêter. Pour l'instant donc, ça continue.

– Ils plaisantent ou quoi ?

– Il faut que j'y retourne, quelle que soit la suite des évènements.

– Quand ?

– Demain matin.

– Tu ne seras pas restée bien longtemps.

– Tu regrettes que je sois venue ? demanda-t-elle, un semblant de sourire aux lèvres.

– Heu, non. Je m'en contenterai.

– Ça va être ton tour de venir à Toronto.

– D'accord. Je pense que je trouverai.

– Il faut que j'appelle Don. Après, on pourrait aller quelque part. Tu as des projets pour aujourd'hui ?

– Aux dames de choisir.

Elle composa à nouveau un numéro sur mon téléphone.

– Don, dit-elle quand ça décrocha, où es-tu ? Keller te cherche.

J'attendis qu'elle ait fini la conversation. Ça me fit un drôle d'effet de l'entendre parler à l'homme avec qui elle passait autant de temps dans une chambre d'hôtel. Je savais qu'elle n'était pas seule avec lui. Que ça ne comptait pas même si elle l'avait été. C'était juste une réaction épidermique que je ne contrôlais pas.

– Il est vraiment bizarre aujourd'hui, dit-elle après avoir raccroché. Il doit sentir la pression, lui aussi.

– Tu sais que tu m'as fait te promettre quelque chose hier soir.

– Je sais, dit-elle en me regardant. Mais il faut que j'y retourne. Tu le sais bien. J'avais juste un peu la trouille hier.

– À moins que ce soit la voix.

– Quelle voix ?

– Tu sais bien. La voix du flic. Dans ta tête. Celle que tu es censée toujours écouter.

– Viens ici.

– Pourquoi ?

– Tu as dit que c'était aux dames de choisir. Je viens juste de penser à la première chose que j'ai envie de faire aujourd'hui.

* * *

Une fois habillés et sur pied, nous allâmes au bout de la route. Je lui montrai le travail que Vinnie et moi avions accompli dans le dernier chalet.

– Ça va être beau, déclara-t-elle en passant sa main sur la rampe de l'escalier.

– J'espère que c'est moitié aussi bien que c'était auparavant. C'est tout.

– Tu fais tout ça pour ton père, n'est-ce pas… Tu ne supportais pas de voir cet endroit en ruine.

– Je ne sais pas si j'aurais pu en faire autant sans l'aide de Vinnie.

– Où est-il aujourd'hui ? J'aimerais bien le voir.

J'hésitai.

– Bien sûr. Si tu veux…

Vinnie s'était trouvé avec nous depuis le début, depuis la première fois que je l'avais rencontrée, au bord du lac. Au moment de la mort de son coéquipier. Je savais qu'elle avait dû se sentir presque aussi proche de lui que moi.

– Il est au casino ?

– Non, il est chez lui. Je ne pense pas qu'il ira travailler aujourd'hui.

– Comment ça se fait ?

– Eh bien, tu te souviens de notre petite mésaventure de l'autre soir ?

– Celle où vous vous êtes retrouvés en prison ?

– Celle-là même. Eh bien, Vinnie est finalement retourné trouver ces types. Et cette fois, c'était à deux contre un.

– Dans quel état est-il ?

– Si je te disais qu'il a probablement l'air plus mal qu'il n'est en réalité…

– Je jugerai par moi-même. Allons le voir.

Nous roulâmes jusqu'à son chalet et nous rangeâmes à côté de son pick-up.

– Il va être surpris de te voir, dis-je tandis que nous nous dirigions vers la porte.

J'ouvris. Le canapé était vide. La couverture pliée sur un accoudoir.

– Vinnie ! criai-je. Tu as de la visite.

Je gagnai la salle de bains en m'attendant à le trouver à nouveau la tête dans le lavabo. Ou peut-être dans un bain pour tenter de se sentir mieux.

Il n'y était pas.

– Salopard…

– Qu'est-ce qu'il y a ? demanda Natalie.

– Il n'est pas là.

– C'est bien son pick-up dehors, non ?

– Oui, je l'ai mis en panne hier. Je ne voulais pas qu'il aille où que ce soit.

– Quelqu'un d'autre l'a emmené ?

– Son cousin Buck, répondis-je après réflexion. Mince, je parie que Vinnie l'a appelé.

– Où penses-tu qu'ils soient allés ?

– Je ne sais pas exactement.

Je ne pensais pas qu'il saurait où trouver la résidence d'été de Hessel. À moins qu'il ait forcé Caroline à le lui dire.

– Mais je connais quelques endroits par où commencer. Viens.

Nous sautâmes dans mon pick-up et fonçâmes jusqu'à la route principale. J'étais parti pour filer en ville, mais au dernier moment je m'arrêtai devant chez Jackie.

– Pourquoi s'arrête-t-on déjà ?

– Je veux m'assurer en vitesse qu'il ne s'est pas arrêté ici Jackie est peut-être au courant de quelque chose.

Quand nous pénétrâmes à l'intérieur du Glasgow, Vinnie était assis près du feu. Il avait un sac de glace appuyé sur la figure. Avant que j'aie pu dire un mot, Jackie était auprès de moi.

– Alex ! lança-t-il. Non mais qu'est-ce qui t'a pris, bordel ?

– Jackie… Vinnie…

– Regarde sa figure, Alex ! Regarde-le ! Tu l'as laissé tout seul dans son chalet toute la journée et toute la soirée d'hier. Tu as même coupé les câbles de batterie de son pick-up pour l'empêcher d'aller quelque part. Mais à quoi est-ce que tu pensais ?

– Écoute…

– Écoute toi-même, bon Dieu ! Qu'est-ce que tu essayais ?

De le faire mourir de faim ? Et s'il avait eu besoin d'aller chez un docteur ? Est-ce ainsi que tu prends soin de ton ami ? En le laissant cloîtré dans son chalet ? Il a dû venir jusqu'ici à pied pour avoir quelque chose à manger et un peu plus de glace pour sa figure ! J'attends une explication, Alex. Je veux vraiment l'entendre, parce que c'est la chose la plus stupide que tu aies jamais faite. Et crois-moi, ça n'est pas rien.

– Jackie…

– Quoi, Alex ? Qu'est-ce que tu vas dire ?

– Je veux te présenter à quelqu'un.

Ça lui coupa le sifflet. Il finit par remarquer Natalie derrière moi.

– Bonjour, dit-elle. Vous devez être le fameux Jackie.

– Bonjour, répondit-il, sa voix ayant d'un seul coup baissé d'une douzaine de tons. Vous devez être la fameuse Natalie.

– Où est Vinnie ? demanda Natalie avant d'apercevoir ce dernier. Oh, mon Dieu, que t'est-il arrivé ?

Il tenta de se lever de son siège.

– Reste assis, dit-elle. Qui t'a fait ça ?

– Moi. C'est entièrement ma faute.

– Je parle sérieusement, Vinnie. Qui t'a fait ça ?

Vinnie me regarda en implorant de l'aide.

– Natalie, dit-il, mais qu'est-ce que tu fais là ?

– Je suis venu voir Alex pour lui botter les fesses. Comment se fait-il qu'il n'ait pas été là pour t'aider ?

– Eh là…, protestai-je.

– Je te l'ai dit, répondit Vinnie, c'est à cause de moi. Ce n'est pas la faute d'Alex.

– On est censés veiller les uns sur les autres, dit-elle en lui effleurant la joue. Oh, mon Dieu…

– Tu nous as flanqué une de ces trouilles ! dis-je. On allait faire toute la haute péninsule en voiture à ta recherche.

– Quoi, tu crois que j'allais y retourner ? Déjà ? Tu me prends vraiment pour un imbécile ?

Il essaya de sourire à Natalie. Ce qui n'était pas simple vu l'état de sa lèvre supérieure.

– Tu devrais aller à l'hôpital, dit-elle.

– Je me sens déjà mieux. Sérieusement… Allez, asseyez-vous, racontez-moi un peu ce qui se passe.

C'est ainsi que nous passâmes finalement tout l'après-midi au Glasgow Inn. Natalie profita de l'occasion pour séduire définitivement Jackie et le convaincre qu'elle était ce qui m'était arrivé de mieux depuis toujours. Vinnie continua à se mettre de la glace sur le visage et à se reposer auprès du feu. Je sortis quelques bouteilles de Molson bien fraîches et en donnai une à Natalie en lui disant que je savais de quel côté de la frontière se trouvait la bonne bière.

– Enfin, me dit-elle. Quelque chose que tu as compris.

Aussi génial que ce fût, je ne pus m'empêcher de me sentir légèrement déstabilisé. Voilà que Natalie était assise au Glasgow, déjà comme si c'était chez elle. Mais c'était ici même que je venais, chaque jour de ma vie sans exception. Ici que je parlais avec Jackie, ici que je retrouvais Vinnie, que je regardais un jeu à la télévision au-dessus du bar. Ou que je m'asseyais simplement tout seul près du feu. Et maintenant, en un seul après-midi, l'endroit était devenu différent. Je ne pourrais plus jamais revenir ici sans penser à elle.

Et alors, bordel, et mon chalet ? Et mon lit ? J'avais passé la nuit à dormir auprès d'elle, me réveillant pour l'écouter, pour la toucher. Pour me convaincre que ça avait réellement lieu. Comment pourrais-je dormir à nouveau tout seul dans ce lit ?

Si ma relation avec Natalie ne marchait pas… Tout serait différent. Tout. C'était comme si je mettais d'un seul coup tous mes jetons sur la table, pour faire cet ultime pari sur ma vie. Heureux avec Natalie Reynaud. Ou malheureux, et seul, pour toujours.

C'est ce que je pensais pendant ce froid après-midi de juillet. Mais après tout, merde, non ? Le moment était venu.

* * *

Comme Vinnie voulait retourner à son chalet, nous l'y conduisîmes. Tous les trois coincés à l'avant de mon pick up.

Nous l'installâmes confortablement sur son canapé et lui donnâmes son flacon d'Ibuprofène et sa poche de glace.

– Tu es sûr que tu ne veux pas qu'on reste ? lui demanda Natalie.

– Certain. Allez dîner. Faites quelque chose de sympa.

– On repassera plus tard, dit-elle. On s'arrêtera voir si tout va bien.

– Filez. Franchement.

– D'accord, d'accord, dit-elle en se penchant et en embrassant le visage fatigué et amoché de l'homme qui lui avait un jour sauvé la vie. Tout comme la mienne.

– Repose-toi.

– Alex, dit-il au moment où nous sortions.

Je retournai près de lui.

– La vie sourit à l'un d'entre nous, dit-il à voix basse.

– Tu as raison.

– Fais-moi plaisir. Ne gâche pas tout.

– Je vais essayer.

Nous le laissâmes là, fermâmes la porte et sortîmes dans la lumière du soir. Il faisait encore clair, une clarté grise et froide comme en un mois de novembre. Mais je n'aurais pu être un homme plus heureux.

– Jackie fait un super-ragoût de bœuf, dis-je. Qu'en penses-tu ?

– Une autre fois. J'ai une autre idée pour le dîner.

Je me mis à imaginer quelque chose au chalet, peut-être un dîner au lit. Mais elle avait à l'esprit quelque chose de complètement différent. Elle voulait aller dans le dernier endroit au monde auquel j'aurais pensé…

Quelques minutes plus tard, nous roulions à vive allure sur la M-28.

– Tu veux vraiment aller dîner au Freighter's, dis-je. À l'hôtel Ojibway ?

– C'est ça.

– Tu ne trouves pas qu'on a tous les deux un assez mauvais souvenir de cet endroit ?

– C'est bien pour ça que je veux y dîner. Pour le chasser définitivement. Si je dois passer beaucoup de temps dans le coin, on ne va pas éviter l'un des meilleurs restaurants de la ville juste parce que quelque chose de désagréable s'y est produit un jour.

– Tes désirs sont des ordres.

– C'est un flic derrière nous ? À combien tu roules, environ cent quarante ?

– Je ne sais pas trop, en fait. Je crois que le compteur est cassé…

Je regardai dans le rétroviseur et vis l'auto gagner du terrain. C'était un gars de la police d'État. Il s'approcha à environ cent mètres derrière nous avant de ralentir et de faire demi-tour. Quelques secondes plus tard, il n'était plus qu'un point qui disparaissait à l'horizon en sens inverse.

– Comment se fait-il qu'il ne t'ait pas arrêté ?

– Ils me connaissent tous maintenant.

– Ça doit être agréable. Des faveurs spéciales de la part de la police…

– À ce propos… Non, on verra ça plus tard.

– Tu m'offres d'abord à dîner. Je ne suis pas une fille aussi facile.

Le soleil commençait seulement à se coucher quand nous atteignîmes le Soo. Je me garai dans Portage Street, à quelques immeubles seulement de l'endroit où Vinnie et moi avions trouvé nos amis dans le bar deux soirs plus tôt et avions été arrêtés. Oui, nous avions de grands souvenirs dans cette partie de la ville.

Nous passâmes par l'entrée de l'hôtel et allâmes jusqu'au fond, là où le restaurant donnait sur les écluses. Nous vîmes un cargo les traverser lentement, de deux cents mètres de long, ce cargo. Nous nous installâmes à l'une des tables à côté de la fenêtre. En fait, c'était exactement à cette même table que nous étions le soir fatidique où un type qui semblait nous connaître nous avait dit des choses étranges et horribles, puis était allé mourir dans la neige[1].

– Si un vieil homme bizarre s'approche de nous, dis-je, je m'en vais.

1. Voir *Un chapeau dans la neige* publié dans cette même collection, 2007. *(NdT.)*

– Hé, mais ça n'est pas…

Je me retournai pour voir de qui elle parlait, et me retrouvai nez à nez avec le visage souriant de chef Roy Maven.

– Agent Reynaud, lança-t-il. Quel plaisir !

Il se pencha et lui prit la main. Pendant une seconde je crus qu'il allait se mettre sur un genou et la lui baiser.

– Chef Maven, dit-elle. Comment allez-vous ?

– Bien, merci, répondit-il avant de m'adresser un bref signe de tête. McKnight…

– 'Soir chef.

– Vous évitez les histoires, n'est-ce pas ? Je n'ai pas envie d'arriver demain matin pour vous trouver encore dans ma prison.

Il se tourna vers Natalie.

– Alex vous a raconté ?

– Oui, chef.

– Bon sang. Ça m'aurait enchanté que vous ne soyez pas encore au courant.

– Chef…, dis-je.

– Détendez-vous, McKnight. Nous sommes tous en civil, ici. Pour ceux d'entre nous qui portent encore une tenue, en tout cas. Puis-je vous présenter ma femme ?

Il nous amena la malheureuse qui l'avait épousé et porté ses enfants. Elle avait en fait l'air plutôt saine d'esprit et même agréable. Il semblait qu'elle ait déjà entendu parler de moi, avec tous les potins du bureau que ramenait Maven à la maison, parmi lesquels les derniers problèmes dans lesquels s'était fourré ce sacré McKnight. Nous nous amusâmes tous encore un peu à mes dépens, puis ils prirent congé.

– C'est toujours un plaisir de vous voir, agent Reynaud.

Il m'adressa un autre signe de tête et ils partirent.

– Bon, maintenant il ne manque plus qu'un gros bateau investisse les lieux en passant par cette fenêtre, déclarai-je. Comme ça, la soirée sera complète.

– Je pense que tu aimes secrètement cet homme, dit-elle.

– Si c'est un secret, je ne suis pas au courant.

– Je le trouve très charmant dans son genre.

– Tu me mets au supplice, là. J'espère que tu t'amuses bien.

– Absolument.

Plus tard, après le dîner, nous traversâmes le Locks Park. Il faisait plus sombre et plus froid à chaque minute qui passait. Nous nous arrêtâmes à la fontaine et y jetâmes des pennies pour nous porter bonheur. Je l'embrassai.

Quand nous nous retrouvâmes dans le pick-up, je lui demandai si je pouvais encore faire une halte quelque part avant de rentrer. C'est ainsi que nous finîmes par nous rendre à Rosedale, chez Leon.

– Il faut que je lui rende son revolver, dis-je. Et je crois que ça va faire remonter ma cote auprès de sa femme.

– Qu'est-ce que tu veux dire ?

– Eh bien, elle est persuadée que chaque fois que je viens, c'est pour entraîner Leon dans quelque chose de dangereux. Alors, imagine, si je t'amène juste pour que tu rencontres la famille.

– Et lui rapporter son revolver.

– Ça, je le ferai en douce.

La maison avait l'air vide quand je me garai dans l'allée. Je craignis soudain que Leon soit allé chercher du grabuge, comme tous les autres parmi mes proches. Mais bien sûr c'était idiot, un simple produit de mon imagination débridée. « Par ailleurs, me dis-je, si c'était réellement le cas, il n'aurait pas emmené toute sa famille avec lui. »

– Je vais garder le revolver, dis-je. Je le verrai peut-être demain.

– Dis-lui bonjour de ma part si tu le vois.

« Parce que demain, tu ne seras plus là… » Telle fut la pensée qui m'assaillit pendant tout le trajet de retour vers Paradise. Il faisait déjà complètement nuit. La brume glaciale qui nous tombait dessus chaque soir de cet été était à nouveau de retour, dansant dans la lumière de mes phares, s'assemblant en boucles avant de se disperser quand nous la traversions.

Nous restâmes un long moment silencieux. Finalement, je repris.

– Tu es fatiguée ?

– Un peu.

Son profil dans la faible lueur du tableau de bord. Sa petite cicatrice au menton.

– Tu y retournes vraiment demain ?

– Oui, il le faut.

– D'accord… Mais tu n'es pas obligée de retourner faire le sous-marin si tu ne veux pas. Peu importe le qu'en-dira-t-on, c'est à toi de décider.

– Ils vont tout arrêter juste parce que je me serais dégonflée ?

– Si tu penses que c'est risqué, il faut en tenir compte.

– Je vais y retourner, dit-elle. Je verrai ce qu'ils décident.

– Il ne faut pas faire ça.

– En quel honneur ?

– Natalie, tu m'as dit toi-même que Laraque lit en toi.

– C'est juste la peur qui m'a fait dire ça. Ça va aller.

– Non. Il ne faut pas que tu y ailles.

– C'est pas toi qui décides, Alex.

– Tu m'as demandé de ne pas te laisser y retourner, dis-je d'un ton plus tranchant que je ne l'aurais souhaité. Je ne fais que ce que tu m'as demandé.

– Eh bien, maintenant je te demande de me ficher la paix. Tu ne me facilites pas la tâche.

– Très bien. Je te ficherai la paix.

– Alex. Je suis désolée.

– Oui. Moi aussi.

Le malaise resta palpable entre nous pendant que je faisais le tour de la baie et arrivais enfin à Paradise. Je ne savais pas trop quoi dire d'autre. Ni si ce serait utile.

Nous passâmes devant chez Vinnie. Il n'y avait pas de lumière. Nous ne nous arrêtâmes pas.

– Il faut encore que j'appelle le poste, dit-elle pendant que je me garais devant le chalet.

– Vas-y. Je vais aller voir un peu plus loin sur la route si tout va bien pour cette famille. Ils doivent maintenant être arrivés.

Je la regardai descendre et entrer dans la maison. Puis je fermai les yeux et m'injuriai à plusieurs reprises. J'engageai la marche arrière et reculai jusqu'au cinquième chalet. Les lumières étaient allumées. Il y avait un minibus garé dehors. Je descendis et frappai à la porte d'entrée.

Le père ouvrit. Il devait avoir une dizaine d'années de moins que moi. Peut-être seulement cinq. Mais lui avait deux jeunes enfants. Le garçon semblait avoir environ dix ans, la petite fille à peu près cinq. Ils étaient assis avec leur mère à côté du poêle à bois.

– Écoutez, dis-je. Je sais que vous avez réservé cette maison, mais vous n'étiez pas obligés de venir. J'imagine que vous ne vous attendiez pas à ça.

– Ça fait du bien de tout quitter, monsieur McKnight. Où qu'on aille.

– Appelez-moi Alex. S'il vous plaît.

– Hé, pourquoi il fait aussi froid ? demanda le petit garçon.

– Désolé, répondis-je. Je croyais vous avoir commandé du beau temps.

– Soyez pas désolé. On adore.

– Oui, ajouta la fillette. Est-ce qu'il va neiger cette nuit ?

– Oh oui ! De la neige au mois de juillet, continua le garçon. Ce serait pas super ?

Je restai encore un petit moment à faire la connaissance de la famille. Je leur expliquai tout sur Paradise, ce qu'ils pouvaient faire le lendemain, à commencer par une visite du Shipwreck Museum[1]. Le garçon me montra la voiture télécommandée qu'il avait apportée avec lui. La fillette, ses animaux empaillés. Quand ils furent complètement installés, je remerciai à nouveau le père et leur souhaitai à tous une bonne nuit. Je leur dis aussi de venir me voir au premier chalet s'ils avaient besoin de quoi que ce soit.

En ressortant, je fus frappé par une chose.

Ça pouvait encore arriver.

Je pouvais encore avoir quelque chose qui ressemblait à ça. Une femme, deux gosses, tout le monde heureux de partir ensemble quelque part, quel que soit le temps. Du moment qu'on était ensemble.

1. Soit le Musée des naufrages. (*NdT.*)

C'était quelque chose auquel j'avais renoncé depuis bien longtemps. Quelque chose qui m'était passé, auquel j'essayais de ne plus penser. Mais ce soir-là, tout paraissait possible. Tout. Même ça.

Il n'était pas trop tard.

Mon Dieu, Alex. Écoute-toi un peu.

Je remontai dans le pick-up. En retournant au chalet, je répétai différentes excuses. Je me fais tellement de souci pour toi. Je déteste l'idée que tu sois dans le sillage du mal. Des fois, je veux te dire des choses, et ça sort n'importe comment.

Oui, quelque chose comme ça, Alex. Ça fera l'affaire. Dommage qu'il n'y ait pas de fleuriste ouvert jour et nuit à Paradise.

La dernière pensée normale dans mon esprit, avant que tout se mette au ralenti.

Des arbres.

Encore des arbres.

Le brouillard.

Je tournai au coin. La lueur rouge des feux arrière d'un véhicule. Vision fugitive et puis plus rien.

Vinnie dehors ? En train de faire quoi ?

Mais non, son pick-up est toujours immobilisé. Ça n'est pas Vinnie.

Quelqu'un d'autre ? Qui pouvait bien se trouver là ?

Le chalet. La porte d'entrée ouverte. La lumière coulant à flots par terre, comme quelque chose de renversé.

La porte ne peut pas être ouverte. Ça n'a pas de sens.

Arrêter le pick-up. Descendre et avancer. Courir, maintenant. Natalie. Mais pour l'amour du Ciel, qu'est-ce qui se passe ? Natalie.

Par la porte ouverte. Cligner des yeux dans la lumière soudain violente.

Le téléphone par terre. Le cordon enroulé autour d'un pied de table.

Natalie. Où es-tu ?

Dégager la table. Du verre cassé. De l'eau par terre.

Quelque chose d'autre. De couleur vive. Le choc comme si on me branchait quelque chose dans la colonne vertébrale.

Du rouge. Du sang.

Son visage, ses yeux ouverts. Me regardant fixement.

Mon sweat-shirt. Elle l'avait remis. J'allais lui en faire cadeau. J'allais. Foncé à présent, taché et mouillé. Le tissu est troué.

Un trou ici.

Un autre là.

Encore un. Fichu.

Natalie.

À genoux, la saisir. L'arracher au sol, au sang. Ses bras qui pendent. Ses cheveux. Ils traînent par terre.

Natalie, s'il te plaît.

Attraper le téléphone, tenter de me souvenir comment ça marche, sur quelles touches appuyer. Il faut que j'arrive à la garder dans mes bras. Je ne peux pas la reposer. Je ne peux pas la lâcher.

Natalie. Accroche-toi.

Mais il n'y a rien. Personne pour m'entendre. Ses yeux ne bougent pas.

Sa chaleur est partie, sa vie, elle-même. Elle est partie.

Elle est partie.

13

Un shérif adjoint, premier sur les lieux. Une ambulance. Natalie qu'on m'enlève, qu'on arrache à mes bras. Puis trois voitures de la police d'État. Des feux rouges clignotant dans le brouillard.

Des questions. Des voix. Vous avez entendu quelque chose ?

Non.

Vous avez vu quelque chose ?

Des feux.

Quel genre de feux ?

Une voiture. Un pick-up.

Vous ne pouvez pas être plus précis ?

Non.

Quelqu'un vous a-t-il suivi jusque chez vous ?

Non.

Nous savons que ça n'est pas facile, Alex.

Non.

Non, vous ne savez pas.

Le soleil se lève. La terre continue de tourner, Dieu sait pourquoi. Le temps s'est arrêté. Une heure passe ou peut-être une minute ou une journée. Il n'y a plus de points de repère, parce que plus rien ne change. Tout est douleur. Tout n'est ou ne sera plus que douleur. Et cette douleur est tellement réelle qu'elle forme son propre brouillard. Je ne vois rien d'autre.

Encore des questions.

Je suis dans le chalet voisin, plus loin sur la route. Je ne peux pas rester chez moi. C'est à présent une scène de crime. Comme si je pouvais y retourner un jour ! Je suis dans le deuxième chalet, celui que mon père a bâti lui-même, l'été suivant le premier. L'été du deuxième chalet, l'été avant le troisième chalet. Avant le quatrième puis le cinquième puis le sixième, avant de mourir. Il est mort.

Cite d'autres gens morts, Alex. Étranges, étranges pensées qui me viennent maintenant. Je ne peux m'y soustraire. Vas-y, cite d'autres gens morts. Ma mère. Mon ancien coéquipier. Qui d'autre ?

Non, ne le dis pas. Ne t'en avise surtout pas.

Il fait jour à présent. Le soleil se lève sur le monde. Il fait toujours froid. Jackie vient s'asseoir près de moi. Il n'a pas grand-chose à dire. Il joint les mains et les serre entre ses genoux. Il me demande ce qu'il peut faire pour moi.

Rien.

Il reste un long moment. Vinnie vient le relayer. Il ne faut pas, semble-t-il, me laisser seul. Jackie sur le point de partir, me disant qu'il va revenir. Vinnie prenant sa chaise, le visage encore dans un sale état.

Des minutes passent, à moins que ce soient des heures, ou des jours. Il ne me regarde pas.

– Alex, dit-il finalement.

– Oui.

– Alex, comment est-ce arrivé ?

– Je ne sais pas.

– Qui a fait ça ?

Je ne dis rien.

– Alex, qui a fait ça ?

– Je ne sais pas encore.

– Tu as une idée. Tu penses que c'est eux.

– Qui ça « eux » ?

– Tu sais bien de qui je parle.

Je hoche la tête. La rage qui continue son ascension. Pas encore arrivée au sommet. Loin de là.

– Alex, qu'est-ce qu'on va faire ?

– On ne peut pas la faire revenir, dis-je.

Je ne suis pas encore fou. Je peux encore dire des choses comme ça.

– On ne peut pas la faire revenir, alors peu importe.

Sa main sur mon épaule, serrant fort.

– Ne t'inquiète pas de ça pour le moment. On verra plus tard.

– Oui. C'est ça. On heu…

Puis je n'arrive plus à parler. D'un instant à l'autre, je perds la capacité de former des mots. Je me balance sur ma chaise. D'avant en arrière, d'arrière en avant.

Si je n'étais jamais allé là-bas cette nuit de nouvel an, cette chose ne serait pas arrivée.

Si elle n'était pas venue de Toronto, cette chose ne serait pas arrivée.

Si je ne l'avais pas laissée seule dans le chalet, cette chose ne serait pas arrivée.

Ou à la limite, nous serions maintenant morts tous les deux. Ce qui aurait été parfait. Bien mieux que de vivre dans ce trou noir.

Puis quelque chose se passe. Le temps reprend brusquement son cours normal. La pendule recommence à faire tic-tac. Je prends conscience que douze heures se sont écoulées depuis que la chose a eu lieu.

C'est ça, l'autre changement important… C'est maintenant la chose. Pour le reste de cette journée, ce sera « la chose ». J'en ressentirai la douleur, mais je saurai que la chose en elle-même peut être tenue à l'écart tant que je serai actif et continuerai de l'être. Pendant quelques heures, au moins je pourrai tenir la chose assez éloignée pour pouvoir fonctionner.

Leon arrive. Il reste dehors une minute à parler avec Vinnie. Leurs voix comme un faible bourdonnement mêlé au vent.

– Les gars, dis-je.

Je pouvais à nouveau parler. Ils ne m'entendirent pas.

– Les gars !

Ils entrèrent tous les deux aussitôt.

– Laissez-moi un moment, d'accord ?

– Qu'est-ce que tu veux dire ? demanda Leon.

– Donnez-moi une heure. Allez chez Jackie prendre un petit déjeuner.

Ils ne voulurent pas partir. Ils ne bougèrent pas.

– Allez. S'il vous plaît. J'ai besoin d'être seul une heure. Allez prendre un petit déjeuner. Vinnie, tu dois être affamé.

– La police ne va pas tarder à revenir, dit Leon. Ils auront d'autres questions.

« Et alors ? » ai-je envie de dire. Comme si c'était utile à qui que ce soit.

– Je sais. Je sais. J'ai juste besoin d'une heure pour moi. Ensuite, je serai prêt.

– On ne te laisse pas, dit Vinnie.

– Je vous en prie. Une heure.

– Tu ne dois pas rester seul.

– J'ai besoin de manger. Vous pourriez me rapporter quelque chose.

– Je reste. Leon va t'apporter un petit déjeuner.

– C'est une bonne idée, dit Leon. Je vais faire ça. Je reviens vite.

– Les gars, s'il vous plaît.

Mais Leon est déjà parti avant que j'aie pu prononcer un mot de plus.

– Vas-y aussi, dis-je à Vinnie. Tu n'es pas obligé de rester.

– Je n'ai pas le choix, tu sais bien. Tu m'as coupé mes câbles de batterie.

Alors prends mon pick-up… La suite logique, non ? Je ne la dis pas.

– D'accord. D'accord.

Nous restâmes assis là. Je sentais la chose se rapprocher. Il fallait que je m'active.

– Rends-moi service. J'ai besoin d'aspirine. Il y en a dans la salle de bains.

Vinnie se leva. Alla chercher l'aspirine. Dès qu'il eut disparu, je me levai à mon tour et me dirigeai vers la porte. En essayant d'être aussi silencieux que possible.

– Je la trouve pas, l'entendis-je dire.

Quelle que fut la suite, je ne l'entendis pas. J'étais dehors puis dans mon pick-up.

Et je filai.

* * *

Je passai à côté de chez Jackie. Leon aurait peut-être pu entendre le vrombissement du moteur, passer la tête par la porte et voir mes feux arrière disparaître sur la route, mais il n'y avait aucune chance pour qu'il me rattrape. Il ne savait même pas où j'allais.

Je pris vers le sud, laissai derrière moi le lac Supérieur et me dirigeai tout droit vers l'autre lac. Il faisait beau ce jour-là. Je dus baisser le pare-soleil. Le soleil réchauffait vraiment l'atmosphère, mais je ne le remarquai pas. Le revolver de Leon était toujours dans la boîte sous mon siège.

« Ça ne peut pas être Laraque, me dis-je, ou qui que ce soit au Canada. Ils n'étaient pas au courant que Natalie était ici. »

Non, j'avais quelqu'un d'autre à l'esprit…

S'il avait découvert que Brucie n'avait pas été capable de faire le boulot, que ce dernier l'ait admis ou qu'il l'ait juste « appris » d'une façon ou d'une autre… Dans les deux cas, si Cap avait été au courant que j'étais toujours vivant, il serait venu me trouver. S'il ne m'avait pas trouvé, qui diable sait si… Au lieu d'attendre, au lieu de revenir…

Bon sang, pourquoi n'avais-je pas été là ?

À moins qu'il ait vraiment voulu la tuer. Peut-être était-ce son plan. Commencer par me faire ça, me ravager, puis revenir plus tard finir le boulot. D'après ce que Brucie avait dit de lui…

Je m'accrochai au volant, perdis presque le contrôle de ma voiture pendant un moment d'égarement, luttai pour la redresser. La voie était libre.

Je sortis de la I-75, empruntai la route à deux voies vers l'est, le long de la rive du lac Huron. J'entrai dans Hessel, pris la route secondaire qui descend le long de la corniche, puis la voie résidentielle adjacente, et tournai au coin.

Je vis l'Escalade noire sur la route, le visage derrière le volant. Je donnai machinalement un brusque coup de volant, lui coupant la route. Je ressentis l'impact sur le bord de mon pare-chocs, l'Escalade éraflant mon aile avant d'aller se précipiter directement dans le fossé. Je quittai la route du côté opposé, détruisis une boîte aux lettres, puis un arbuste. J'étais sorti du pick-up avant même qu'il se soit immobilisé.

Cap descendit de l'Escalade, perdit l'équilibre et dut poser une main par terre pour éviter de tomber sur la figure. Il repartit en titubant dans l'autre sens pour retrouver son équilibre, comme un homme pris dans une turbine. Je fus sur lui avant même qu'il m'ait vu.

Je lui envoyai mon poing droit dans le ventre, ça lui coupa la respiration. Il essaya de m'empoigner. Je le frappai de la main gauche, elle atterrit trop haut sur le sommet de son crâne, et je sentis tout mon bras s'engourdir. Il tomba par terre. Je lui donnai un coup de pied dans les côtes, ressentis le besoin impérieux de recommencer une vingtaine de fois. Et puis je me souvins du revolver. Il était toujours dans le pick-up. Je retournai le chercher en regardant d'un côté et de l'autre de la route. Mon pick-up était sur le bas-côté, mais l'arrière bloquait en partie la chaussée. Si quelqu'un passait par là, il serait obligé de ralentir.

« Il sera donc aux premières loges pour me voir lui mettre une balle dans la tête », pensai-je. J'attrapai le revolver, retournai auprès de Cap. Il était à quatre pattes et tentait de retrouver son souffle. Je lui donnai un autre coup de pied qui le fit se retourner. Il avait une coupure sanguinolente au front.

Je me penchai au-dessus de lui. Ses yeux se fixèrent sur moi.

– McKnight, dit-il. Merde. T'es vivant ?

– Eh oui. Surpris de me voir ?

Il l'était. C'était incontestable. Vu les circonstances, je ne vois pas comment il aurait pu simuler. Il était véritablement stupéfait de me voir.

– Brucie t'a tué.

– Apparemment pas.

– Quelle gonzesse !

Je posai le canon du revolver sur sa tempe. Je me rappelai la dernière fois que j'avais braqué ce revolver sur lui, la façon dont il m'avait tourné en ridicule en me faisant passer pour une espèce de péquenaud au patois yooper.

– Je vais te tuer, dis-je d'une voix parfaitement calme. Comment tu trouves ? C'est mieux cette fois ? Je vais t'éparpiller la cervelle partout sur cette route. On va ramasser des petits morceaux de ton crâne dans les buissons pendant une semaine.

Ses yeux s'écarquillèrent. Il tenta de m'échapper.

– Comment je m'en sors ? demandai-je. Je te semble plus convaincant cette fois ?

– Qu'est-ce que tu veux ?

– Où est ton complice ?

– J'en sais rien.

Je le frappai au visage avec la crosse du revolver.

– Où est-il ?

– Je te l'ai dit, j'en sais rien, répondit-il en gardant le visage à l'écart pour cracher du sang. Brucie a disparu. Si t'es en vie, ça pourrait être l'explication.

– Qu'est-ce que tu veux dire ?

– Il sait ce qui lui arriverait si M. Gray l'apprenait.

Je réfléchis. Je sentis la rage commencer à s'éteindre en moi. Je savais que ça n'était pas Brucie. Il m'avait déjà prouvé qu'il n'était pas un tueur. Et si Cap était à ce point surpris de me voir en vie, alors ça ne pouvait objectivement pas non plus être lui.

Qu'est-ce que je foutais là, bordel ?

– Minute, dis-je. Et à moi, qu'est-ce qu'il arriverait ?

– De quoi est-ce que tu parles ?

– Tu dis que Brucie sait ce qui lui arriverait si M. Gray découvrait que je suis vivant. Et à moi, qu'est-ce qu'il arriverait ?

– N'y pense même pas. Tu serais foutu.

– Est-ce qu'il enverrait quelqu'un ici pour se charger du boulot ?

– Évidemment.

– Il ne t'appellerait pas ? Pour te dire de t'en occuper ?

Cap avala bruyamment sa salive, comme s'il pensait à ce que serait sa vie si M. Gray décidait qu'il ne pouvait plus lui faire confiance.

– Quelque chose me dit que je ne travaille plus vraiment pour lui, dit-il. Mais il a d'autres hommes.

– Et si je n'étais pas là ? S'il y avait quelqu'un d'autre dans mon chalet ?

La tête me tournait, rien qu'à prononcer les mots. Cap ne me répondit pas. Il se remit à cracher du sang.

Je le saisis au visage, l'obligeant à lever les yeux vers moi.

– S'il y avait une femme dans mon chalet… Et que Gray envoie quelqu'un pour me tuer, qu'est-ce qui lui arriverait ?

Il hocha la tête.

– Si tu le connaissais, tu n'aurais même pas besoin de poser la question.

Je voulais encore le frapper. Je voulais me servir du revolver comme d'un marteau et lui écraser la figure jusqu'à ce qu'il n'en reste rien. Et après, mettre le canon du revolver dans ma bouche et appuyer sur la détente.

Je ne le fis pas. Je l'attrapai plutôt par le col de la chemise et approchai son visage tout près du mien.

– C'est lui ? C'est lui qui a fait ça ? Dis-moi la vérité.

– Si Brucie t'a laissé la vie sauve, il n'y a aucune chance qu'il l'ait caché à Gray. Aucune chance, nom de Dieu. Crois-moi, dès qu'il lui aura parlé, il aura tout lâché. Ce qui ne peut vouloir dire qu'une chose…

Je le tenais toujours par la chemise. Mes bras tremblaient.

– Où est-ce qu'il habite ?

– M. Gray ?

– Oui, M. Gray. Où est-ce que je peux le trouver ?

– Ça n'est pas un grand secret, McKnight. Tu sais où se trouve St Clair Shores ?

– Oui.

C'était une banlieue riche, à côté de Detroit.

– La maison est dans Trombley Street, au bord de l'eau. Mais c'est une forteresse, mec. Et il a un garde du corps qui pourrait te mettre en pièces d'une seule main.

– Tu y es déjà allé ?

– Oui, quelques fois.

– Comment on y entre ?

– Tu es sérieux ?

– Dis-moi comment on entre dans cette maison ?

– Ne passe pas par l'entrée principale. Fais le tour. Il a un bureau à l'arrière de la maison. La porte est à côté de la piscine.

– Tu sais s'il est chez lui aujourd'hui ?

– Quoi ? Tu vas faire toute cette route jusque là-bas maintenant ?

– Oui.

– Alors je vais te donner un autre conseil.

– Lequel ?

– Dès que tu le verras, tire-lui dans la tête. N'attends pas une seule seconde. Tire-lui dans la tête et continue de tirer jusqu'à ce que tu n'aies plus de balles.

Je ne savais pas trop quoi répondre à ça. Après tout ce qui était arrivé, il se montrait presque coopératif.

– En fait, tu n'es jamais allé chercher les médicaments au Canada, lui dis-je.

Il leva la tête et me regarda.

– Mais qui es-tu ? Comment diable es-tu au courant de ce truc ?

– Est-ce pour ça que tu achetais de la Vicodine à Caroline ? Tu avais besoin d'une petite dose en attendant la grande livraison ?

– Parles-en à Brucie. Si tu le revois un jour. C'est lui qui a un problème avec ça.

– J'étais sérieux quand je te disais de la laisser tranquille.

– Je te l'ai dit, c'était pour Brucie. Tu crois vraiment que j'avais envie de fréquenter ce boudin ?

J'ôtai le revolver de ma main droite et lui balançai un coup de poing. Il n'essaya pas de se protéger. Il secoua la tête et cracha à nouveau du sang.

– Tu ferais bien de te faire pousser une paire de couilles avant d'aller chez Gray, dit-il. Et d'apprendre à tuer. Fais ton petit numéro de dur à cuire avec lui et il t'arrachera le cœur de la poitrine.

– Si j'apprenais à tuer, je deviendrais comme toi.

– Tu rêves, McKnight. Mais bon, tu peux peut-être y arriver une journée.

– Tu es toujours de ce monde, dis-je en me relevant.

Ma main droite m'élançait.

– Alors que Natalie est partie. C'est dégueulasse.

Il resta à terre et ne dit plus un mot.

Je montai dans mon pick-up, le remis sur la chaussée et fis demi-tour. Vers la route principale, l'autoroute, et le pont de la basse péninsule.

Vers St Clair Shores et ce M. Gray.

14

D'où j'étais, il y avait plus de quatre cent cinquante kilomètres jusqu'à Detroit. Je traversai le pont Mackinac et passai dans la basse péninsule. Je m'arrêtai prendre de l'essence chez Gaylord. Une heure de route vers le sud et il faisait déjà dix degrés de plus. Je remontai dans le pick-up et pris tout droit par la I-75, la ligne de vie de l'État, mais à cet endroit juste une route déserte de plus traversant des petites villes comme Grayling, West Branch, Pinconning. Vers Bay City, la circulation commença à devenir plus dense. Je continuai de rouler. Sans musique ni radio. Pas même une pensée à l'esprit, si ce n'est que je me trouvais là et devais me rendre là-bas. Ne réfléchissant même pas encore à ce que j'allais faire en arrivant. Tout était à l'arrêt à part les muscles pour conduire.

Et la douleur. Elle, je n'arrivais pas à la faire cesser. Je ne voyais pas comment je pourrais y arriver un jour.

La chose était toujours là. Mais ne me possédait pas encore. J'arrivais, Dieu sait comment, à la tenir éloignée. Tant que je continuerais de m'activer…

Une heure encore et j'arrivai à Flint. Le soleil était là. Je traversai Holly, puis Pontiac. J'approchais de Detroit. La ville où j'avais autrefois vécu, avec sa périphérie de banlieues sur trois côtés, gagnant petit à petit sur les terres arables. Tous ces petits carrefours autrefois plongés dans la torpeur devenus aujourd'hui des villes-champignons, avec toutes ces maisons neuves, ces galeries marchandes. Je reconnaissais les endroits sans les reconnaître. Je ne regardais pas vraiment. Je gardais les yeux fixés sur la route et avalais les kilomètres.

Quand j'arrivai à l'entrée de la ville, je pris la I-696 vers l'est et coupai à travers certaines anciennes banlieues de la classe moyenne comme Warren, Centre Line, Roseville. L'autoroute prit fin. J'empruntai la 11 Mile Road, continuai tout droit en direction du lac, là où les banlieues originelles des grandes fortunes s'enfilaient comme des perles le long de Lake St Clair. Grosse Pointe, Grosse Pointe Park, Grosse Pointe Farms, Grosse Pointe Shores, là où les grandes familles de l'industrie automobile avaient leurs vastes demeures. Le flic que j'avais été longtemps auparavant savait exactement où se terminait Detroit et où commençait Grosse Pointe. Je le savais au centimètre près, tout comme le savaient les gens qui vivaient de chaque côté de cette frontière. Inutile de le dire, les flics de Grosse Pointe étaient mieux payés et mieux équipés. Leurs motivations étaient légèrement différentes des nôtres. Tant que les problèmes demeuraient de notre côté, ils étaient contents.

Tout à fait au nord de Grosse Pointe se trouvait St Clair Shores ; elle essayait toujours de rester dans la course. Bordel, peut-être avait-elle maintenant rattrapé son retard. Je n'étais pas revenu dans cet endroit depuis la nuit des temps.

J'arrivai dans Jefferson Street, l'artère principale, tournai à droite et pris au sud, vers le centre-ville. Il y avait de jolies maisons, de beaux petits magasins. À chaque carrefour, une rue transversale allait vers l'est en direction de l'eau. Toutes ces péninsules, toutes ces passes pour les bateaux. D'une certaine façon, c'était un peu comme à Hessel, sauf qu'ici, il y avait tellement plus de tout. Plus de maisons, plus de gens, plus d'argent. La circulation était dense. Je n'arrivais même pas à me rappeler la dernière fois où j'avais été pris dans un embouteillage de banlieue avec mon pick-up. J'avais l'impression d'être un fou venu du Grand Nord blanc pour fondre sur la cité.

Je continuai à suivre Jefferson Street en surveillant les noms des rues. Lakeland, Manor, Madison. Toutes les anciennes fortunes. Statler, Benjamin, Revere. Je commençai à me demander si je ne l'avais pas ratée. Encore quelques rues et j'allais arriver à Grosse Pointe Shores.

Je la repérai enfin. Trombley Street.

Au bord de l'eau, avait-il dit. Je pris à gauche, descendis le long de la péninsule. Les maisons devinrent plus imposantes. Beaucoup de style Tudor, quelques-unes victoriennes. Des propriétés appartenant à des Blancs situés tout en haut de l'échelle sociale. Je ne fus pas surpris que M. Gray y vive. Je me demandai si ses voisins savaient que c'était un tueur sans pitié.

Au bout de la rue, il y avait un grand portail en fer. Une lettre G tarabiscotée était centrée sur chaque côté. J'étais justement en train de me demander comment j'allais trouver la maison, si j'allais devoir aborder quelqu'un en train de promener son caniche, descendre ma vitre pour qu'on puisse voir ma gueule pas rasée, demander où se trouvait la maison des Gray. Rien de plus naturel.

Mais non, elle était là. J'en étais sûr.

Le portail était grand ouvert.

J'entrai en voiture. L'allée conduisait à une grande maison blanche de style méditerranéen. Colonnes, statues, tout le tralala. Il y avait un jardin assez grand pour y disputer un match de football, avec un gazon impeccablement tondu. Une immense tente blanche était montée, comme s'il allait y avoir un mariage. Ou qu'il venait d'y en avoir un. Entre les mâts de la tente, je vis jusqu'au rivage. Un yacht double-pont était amarré le long du quai.

Je ne vis personne nulle part.

Je garai le pick-up près de la tente et sortis. Cette fois, j'en savais suffisamment pour passer tout de suite le revolver à ma ceinture et m'éviter ainsi de revenir le chercher. Le temps ici était vraiment estival, il faisait donc trop chaud pour être en veste. Mais je la gardai quand même pour dissimuler la crosse du revolver.

Et maintenant quoi ? Est-ce que je fais carrément le tour jusqu'à l'arrière de la maison ?

Oui, Alex. C'est exactement ça. Fais tout le tour de la maison comme si tu étais chez toi.

Des tables étaient installées sous la tente. Sur certaines étaient posés des vases avec des fleurs coupées. Vu leur état, l'évènement avait déjà eu lieu, peut être deux jours plus tôt. Je saisis le vase contenant le plus gros bouquet, retirai quelques fleurs fanées et l'emportai vers la maison.

Je repérai une allée conduisant à l'arrière, des pierres plates disposées en cercles dans l'herbe. En tournant au coin, je vis la porte de la piscine, entre la statue d'un homme tirant à l'arc et celle d'une femme tenant une grande urne. Les statues étaient d'une blancheur immaculée comme tout le reste autour de la maison. Ça en disait long sur le type qui vivait là, mais je ne savais pas trop quoi. À ce moment-là, je m'en fichais.

J'ouvris la porte et entrai. L'espace autour du bassin était entièrement en marbre blanc. Il y avait encore d'autres statues blanches. Du mobilier de piscine blanc. Et une haute palissade blanche tout autour. J'étais en train de me demander quand je verrais quelque chose qui ne soit pas blanc quand quelqu'un m'assena un violent coup sur la nuque.

Je m'affalai sur le marbre. Le vase m'échappa des mains et vola en éclats en touchant le sol. Il y avait des morceaux de verre partout, de l'eau, des fleurs. Je gisais au beau milieu. Avant que j'aie pu me relever, je sentis un pied dans mon dos. Je fus poussé sur le marbre sans ménagement. Je sentis les morceaux de verre me lacérer la poitrine. Puis, quelque chose de parfaitement semblable au canon d'un revolver dans mon dos.

– Ne bouge pas, dit une voix.

J'obéis. Il me fouilla rapidement d'une seule main et prit le revolver à ma ceinture.

– Debout, ordonna-t-il.

Je me relevai lentement, me débarrassai des morceaux de verre et en enlevai quelques éclats de ma veste et de mon pantalon.

– Par ici.

Il était grand, plus grand que Brucie. Il avait probablement les plus grandes mains que j'aie jamais vues de ma vie, si grandes même que l'automatique qu'il tenait dans celle de droite avait l'air d'un pistolet à eau. Ce devait être l'homme dont avait parlé Cap, le type capable de me mettre en pièces sans le moindre effort. Il portait une tenue de sport blanche.

Il m'indiqua d'un geste la porte de la maison et je me mis à avancer devant lui. Il m'arrêta de son énorme main, ouvrit la porte et me fit entrer. Après tout ce blanc, cette pièce était en bois foncé. Ce fut comme de quitter la lumière du soleil et d'entrer dans une cave.

Il y avait un téléviseur à écran plasma sur un mur. Assis sur l'un des nombreux sièges en cuir, M. Gray regardait un match de football. Un immense terrain de verdure. Dieu sait pourquoi, cela me surprit. Dès que je l'avais vu, il ne m'avait pas paru être quelqu'un qui pouvait regarder la télévision, ou faire quoi que ce soit comme un être humain normal.

– Asseyez-vous, dit-il en me regardant une seconde en tout et pour tout, puis en retournant à son match.

Je m'assis sur l'un des sièges en cuir. L'homme en tenue de sport blanche resta debout derrière moi. Personne ne dit mot pendant un moment. Gray continuait de regarder son match. Je n'ai jamais beaucoup aimé le football et n'étais pas en état de m'y intéresser ce jour-là. Les joueurs d'une équipe se faisaient des passes en attendant une occasion de tirer au but. C'est tout ce que je pouvais dire. Voilà bien la dernière chose que j'aurais pu prédire pour moi ce jour-là : être assis chez Gray pendant qu'il regardait le foot.

Quelqu'un finit par tirer. La balle passa à dix bons mètres au-dessus de la lucarne et atterrit dans la foule.

– Quand elle ne redescend pas, on a vraiment l'air idiot.

Il appuya sur la touche pause du téléviseur, figeant sur place le gardien pendant son coup de pied de renvoi. Puis il se tourna pour me faire face. Il portait une chemise de golf grise. Des pantalons gris.

Il m'observa quelques secondes.

– Vous étiez à la résidence d'été, dit-il. Vous êtes le type au revolver.

Je ne répondis pas.

– Rappelez-moi votre nom.

– Alex McKnight.

– Il semble que Bruce n'ait pas respecté son engagement vous concernant, reprit-il en hochant la tête avec dédain. Une déception de plus. Quelle équipe, ces deux-là !

– J'ai un autre nom à vous donner.

– Un autre nom ?

– Natalie Reynaud.

– Qui est-ce ?

– C'est la femme qui a été assassinée dans mon chalet hier soir.

– Je ne vois pas le rapport avec moi.

– J'ai de bonnes raisons de penser que c'est vous qui êtes responsable.

– Qu'est-ce qui vous fait croire que j'aie quelque chose à voir avec ça ?

– Vous vouliez que je disparaisse. Si vous avez appris que j'étais toujours vivant…

– Vous pensez que ça m'aurait inquiété ? Je ne tenais pas particulièrement à votre mort, monsieur McKnight. Je voulais seulement que vous disparaissiez. Il n'y avait rien de personnel là-dedans.

– Vous êtes un tueur. Un criminel qui se débarrasse des gens sans le moindre scrupule.

Gray regarda l'homme qui se tenait derrière moi. Je m'attendais à sentir ses mains autour de mon cou ou le revolver appuyé derrière ma tête. Ce ne fut pas le cas.

– Un homme peut être beaucoup de choses à la fois, dit Gray. Un amateur de football. Un père…

– Un gangster. Un parrain de la drogue.

Il m'adressa un petit sourire. Pas très chaleureux.

– Vous pensez donc que c'est ça que je fais ? Vous pensez que je vends du crack à des gosses de Detroit ?

– Ce n'est pas vous qui êtes sur les trottoirs, non.

– Je gagne ma vie dans l'import-export, monsieur McKnight. L'import-export. Je suis un homme d'affaires.

– Ah oui ? Et à quel genre d'« import » vos hommes du Nord se livrent-ils ?

– Ils ne sont plus mes hommes. Je peux vous l'assurer. Mais dites-moi, connaissez-vous la différence entre une substance illicite et un médicament délivré sur ordonnance ?

Je réfléchis à ce que pouvait être la bonne réponse.

– Un médecin, d'une part.

– Oui. C'est un médecin qui vous prescrit un médicament. Il vous donne l'autorisation de le prendre.

– Ce qui veut dire ?

– Avez-vous déjà vu quelqu'un mourir d'une mort lente… douloureuse ?

Je n'eus pas besoin d'aller chercher bien loin pour répondre. L'année la plus sombre de mon enfance, à assister à l'agonie de ma mère.

– Oui, dis-je.

– Avez-vous déjà vu quelqu'un perdre la raison à cause de la souffrance qu'il endurait ?

– Laissez-moi deviner. C'est là que vous intervenez. Vous vendez des médicaments aux gens qui en ont besoin. Je parie que vous ne faites même pas de profit.

Gray regarda à nouveau l'homme par-dessus ma tête.

– Qu'est-ce qu'on va faire de ce M. McKnight ? demanda-t-il.

Le type ne répondit pas. Il fit peut-être un geste, comme, disons, hausser ses énormes épaules, mais je ne le vis pas.

– La dernière fois que nous nous sommes rencontrés, poursuivit Gray, comment se fait-il que vous ne m'ayez pas dit que j'avais une grosse dette envers vous ?

– Je n'étais pas au courant.

– Vous avez sauvé la vie de mon fils.

– J'ai aidé à le sortir du bateau. C'est tout.

– Vous êtes modeste. Harold était complètement sans connaissance. Il aurait dû se noyer.

– J'ai fait ce que j'ai pu sur le moment. Je n'ai pas été le seul.

– Vous ne me facilitez pas les choses, dit-il en se penchant en avant sur son siège et en joignant les mains devant lui. Je ne suis généralement pas d'un naturel indulgent. Sans compter qu'en général, c'est mauvais pour les affaires.

– Avez-vous envoyé quelqu'un à mon chalet ou pas ?

– Et si c'était le cas ?

– Alors je vous tuerais. Ou je mourrais en essayant.

Il se mit à tapoter les bouts de ses doigts les uns contre les autres.

– D'abord, comprenez bien ceci… Si j'avais réellement envoyé quelqu'un à votre chalet, je l'aurais envoyé pour vous tuer vous, pas cette femme dont vous parlez et que je suis sûr de n'avoir jamais vue. Ensuite, si j'avais envoyé quelqu'un, vous ne seriez pas ici en train de me parler. Vous seriez mort et enterré. Sommes-nous d'accord sur ces deux points ?

– Nous sommes d'accord.

– Cette femme était proche de vous ?

– Oui.

Il hocha la tête.

– Si Cap a fait ça de sa propre…

– Ce n'est pas lui.

– Vous avez l'air sûr de vous.

– Je ne crois pas qu'il savait que j'étais vivant.

– Et vous pensez que vous sauriez s'il mentait.

– Je ne crois pas qu'on puisse feindre une réaction aussi spontanée. Il était stupéfait de me voir vivant.

– D'accord. Donc, vous avez fait confiance à votre instinct. Jusque-là je vous suis. Mais qu'est-ce qu'il a dit, après ça ?

– Je ne me souviens pas de chaque mot. Sa dernière phrase a été que si vous aviez appris que j'étais toujours vivant, vous auriez envoyé quelqu'un d'autre. Et que si ce quelqu'un d'autre avait trouvé Natalie au lieu de moi dans mon chalet…

– Et vous l'avez cru ?

– Je n'avais aucune raison de ne pas le croire.

– À un moment quelconque, vous a-t-il suggéré de venir ici pour me tuer ?

– Il n'a pas eu besoin de le faire.

Je commençais néanmoins à voir où il voulait en venir. Tire-lui dans la tête, avait-il dit. Ne le laisse pas prononcer un seul mot. Tire-lui juste dans la tête.

– Regardez les choses de son point de vue. Quel est son plus gros problème au monde actuellement ?

– Vous, probablement.

– Vous pouvez éliminer le mot « probablement », je vous assure.

– Il m'a indiqué par quelle porte entrer.

– Nous y voilà. Vous vouliez croire que c'était moi. Alors vous l'avez cru. Cap vous a manipulé comme une marionnette.

– À moins que ce soit vous en ce moment.

– Je pense qu'il est temps pour vous de faire à nouveau confiance à votre instinct, dit-il. Maintenant que vous êtes assis là, qui croyez-vous ?

Je le regardai dans les yeux. Nous restâmes assis là un long moment. L'écran de télévision diffusait une lueur verdâtre sinistre partout dans la pièce.

– Si c'était vous qui aviez fait ça, dis-je, vous ne seriez pas en train d'avoir cette conversation avec moi. Vous me feriez abattre par votre homme ici présent et ce serait terminé.

– En fait, M. Stone ne se charge pas de ce genre de corvée ménagère pour moi. Mais oui, en dehors ça, vous avez parfaitement raison. Bon alors, qu'est-ce qu'on va faire maintenant ?

– Je ne sais pas.

– Ma fille s'est mariée il y a deux jours. On a eu trois cents invités ici.

Si j'étais censé le féliciter, je ratai l'occasion de le faire. Je gardai le silence.

– Ç'a été une belle journée. Il y a deux jours. Vous dites que le lendemain, c'est-à-dire hier… Quelqu'un a tué cette femme.

– Oui.

– Vous l'aimiez.

– Oui.

– Suffisamment pour faire ça, pour venir jusqu'ici. Le lendemain même de sa mort.

– Oui.

– Je suis désolé. C'est tout ce que je peux dire. Je sais que ça n'est pas grand-chose.

Venant de lui, c'était assez étrange à entendre alors même qu'il allait décider si j'allais ou non prendre une balle dans la tête.

– Dans votre cas, cette personne, vous l'avez perdue en une seconde. Comme ça, reprit-il en faisant claquer ses doigts. Pour moi, ça a duré dix-neuf mois. Dix-neuf mois à voir mourir ma femme. Si je pouvais, je me demande si je ne changerais pas de place avec vous.

Il reprit la télécommande. Se mit à la soupeser dans sa main.

– Merci d'avoir secouru mon fils, dit-il. Maintenant, partez s'il vous plaît et ne revenez plus ici. M. Stone va vous montrer le chemin.

Il appuya sur une touche et les footballeurs se remirent en mouvement. Le ballon progressait maintenant vers l'autre partie du terrain. Je n'eus pas le loisir de voir s'ils avaient marqué. M. Stone me raccompagna jusqu'à la porte. Il me suivit dehors jusqu'à mon pick-up. Quand je fus sur le point d'y monter, il sortit mon revolver de sa poche et me le tendit. Il le tint entre deux doigts en le laissant pendre comme un rat crevé.

Je le saisis. Il pivota sur ses talons et retourna vers la maison sans un mot. Je mis le moteur en route, fis demi-tour, sortis et repris l'allée. Quand je fus à l'intersection, je m'arrêtai. J'avais les mains qui tremblaient.

Du calme, Alex. Du calme.

Bon, je vais aller à gauche. Ou à droite. À gauche ou à droite. Par où vais-je aller ?

Je n'étais pas perdu. Je savais exactement comment récupérer la I-75, comment retourner à la haute péninsule et à tout ce qui m'y attendait. Mais à ce moment-là, assis dans mon pick-up à St Clair Shores à attendre que mes mains s'arrêtent de trembler, je n'étais pas bien sûr de vouloir rentrer à la maison.

Je ne vis pas la voiture s'arrêter derrière moi. Quand elle klaxonna, je fis un bond sur mon siège. Jetai un coup d'œil dans le rétroviseur – c'était un cabriolet BMW, avec un type en lunettes de soleil, les deux mains levées comme si j'étais l'être humain le plus incapable derrière lequel il lui avait fallu attendre. Je fus sur le point d'ouvrir ma portière pour aller le trouver, la main en fait déjà sur la poignée. J'eus une meilleure idée : je tournai à gauche et pris la direction de Detroit. Sans trop savoir ce que j'allais y faire. Je ne voyais tout simplement pas d'autre endroit où aller.

Je traversai les Grosses Pointes. C'était amusant comme Jefferson Avenue représentait ici une chose, et sitôt qu'on atteignait la limite de Detroit, comme cette même rue devenait complètement autre chose. Elle me mena au centre-ville, à

Woodward Avenue, là où on m'avait tiré dessus et où Franklin était mort. Combien d'années avait-ce été le trou noir de ma vie ? J'en étais maintenant libéré. C'était de l'histoire ancienne, largement dépassée par cette nouvelle chose.

J'étais maintenant horriblement fatigué. Mais il fallait que je continue de m'activer. Je sentais cette chose juste derrière moi, qui attendait que je lève le pied.

Non. Pas encore. Continue.

Je passai à côté du vieil hôtel de police. Je pouvais y entrer sans que personne ne me reconnaisse. Vu l'allure que j'avais à ce moment-là, on me prendrait pour un fou. Un « PPP », comme on appelle probablement encore ça. Une « Personne psychiquement perturbée ». « Bien sûr, vous avez travaillé ici, me dirait-on. Bien sûr, vous étiez flic. »

Je faillis m'arrêter dans un bar. Quelque part en moi, une petite voix me souffla que c'était la dernière chose à faire à ce moment-là. Juste le contraire de « continuer de m'activer ». En plus de ça, il n'y aurait pas de bière canadienne.

Je pouvais aller à Windsor pour en trouver. C'était juste de l'autre côté du fleuve, à quelques minutes seulement.

Non, pas ça non plus. Pas le Canada.

Je longeai Comerica Park, là où jouaient maintenant les Tigers. Un peu plus loin se tenait Ford Field, le nouveau terrain des Lions. En souvenir du bon vieux temps, je passai à côté du vieux Tiger Stadium. Le grand vaisseau gris. Et ensuite ? Mon ancienne école ? La maison de Redford ? Surgie de nulle part, je me souvins d'une journée de ma vie, un million d'années auparavant, quand j'avais seize ans, que j'étais en deuxième année et jouais dans l'équipe universitaire de base-ball. Mon premier match en tenue. La première fois au marbre, j'avais eu but sur balles. La deuxième fois, j'en avais envoyé une derrière la clôture centrale. 3-0. Je me souviens même de ça. Je n'avais pas laissé passer la balle. J'avais toujours détesté faire ça. J'avais balancé le bâton et explosé la balle.

Pourquoi me souvenir de ça maintenant ? Pourquoi cela me revenait-il comme si ça venait tout juste de se produire ? Tout ce qui était arrivé ce jour là.

On avait joué à l'extérieur. À Dearborn. Il fallait que j'aille voir ce terrain. Avant d'affronter quoi que ce soit d'autre, il fallait que j'aille voir où s'était passée cette journée.

Dearborn est juste à côté de Detroit. Berceau de la Ford Motor Company, là où mon père avait passé tant d'années. Je pris Michigan Avenue jusqu'à Telegraph. Puis cette dernière vers le nord, jusqu'à Rouge River. Où était ce terrain, déjà ? Il fallait que je le trouve. J'avais peur de m'arrêter pour demander à quelqu'un. Je craignais qu'on ne sache pas de quoi je parlais ou, si je tombais sur un vieux, qu'il me dise que le terrain avait été remplacé par autre chose depuis bien, bien longtemps. Plus de clôture centrale, juste une aire de parking ou une rangée de maisons ou je ne sais quoi d'autre encore.

Quand j'arrivai dans Warren Avenue, je commençai à me demander si je n'étais pas allé trop loin. Il y avait eu à cet endroit une quincaillerie quand j'étais gosse. La quincaillerie Tela-Warren qu'elle s'appelait. Tous ces trucs qui me revenaient. D'où est-ce que ça sortait ?

Je commençais à voir double. Je faillis faucher quelqu'un, m'arrêtai sur le bas-côté en me faisant klaxonner par deux ou trois voitures. Maintenant il y a un grand dépôt de sel à l'endroit où se trouvait autrefois la quincaillerie. Un grand bâtiment plein de sel et de sable que les camions déversent sur la chaussée pendant l'hiver. Et ce jour-là, c'était désert, un endroit hors saison. J'arrêtai le pick-up devant. Je ne dérangerais personne à moins que je m'y trouve encore plusieurs mois après, quand la neige commencerait à tomber.

Je mis la tête en arrière. Fermai les yeux. Après avoir été toute la journée en mouvement, ça me fit bizarre d'être soudain immobile. Qui aurait pensé que c'était là que ça se terminerait ? À côté d'un grand tas de sel à Dearborn, Michigan.

Je ne veux pas dormir. Juste me reposer les yeux.

Me reposer les yeux. Oui. C'est tout…

Les coups me réveillèrent. Je n'avais pas idée de combien de temps j'avais dormi, mais il faisait maintenant nuit. Comment diable était-ce arrivé ? Et qui diable…

Quelqu'un tapait à ma vitre. Un faisceau de lumière pénétrait dans le pick-up en m'aveuglant. Une lampe torche. J'abaissai la vitre.

– Excusez-moi, monsieur McKnight ?

– Quoi ? Comment connaissez-vous mon nom ?

– Par le service des immatriculations, monsieur. Ils m'ont dit que la police d'État du Michigan vous cherchait.

Ça n'était pas de bon augure. Il allait me dire que les flics voulaient me parler, qu'il fallait que je le suive, le cirque habituel. Même si j'en avais plus grand-chose à faire.

– Ils s'inquiètent beaucoup pour vous, dit-il. Je crois savoir que vous avez perdu heu…

Je finis par le regarder en face. C'était un flic de la police locale de Dearborn. Il avait l'air d'avoir dans les quatorze ans.

– Que vous avez perdu votre compagne, monsieur. Toutes mes condoléances.

« Compagne ». Quel mot étrange. Quelle étrange chose à me dire. Et pourtant c'était assez juste. C'est ce qu'était Natalie. Après une vie en solitaire, elle avait été ma compagne.

– Merci, dis-je. Je suis touché.

– Si vous le souhaitez, je peux vous trouver un endroit pour la nuit.

– Non, merci. Il faut que je rentre. Quelle heure est-il ?

– Il est environ vingt et une heures trente. Voulez-vous que j'appelle la police d'État ? Pour qu'ils vous ramènent là bas ?

– Non. Ça va aller.

– Très bien. S'il vous plaît, soyez prudent sur la route.

– Entendu, dis-je. Entendu. Merci.

Quand il fut parti, je repris Telegraph vers le nord. Le sommeil m'avait donné un sursaut d'énergie. J'eus l'impression de pouvoir rentrer d'une seule traite si j'y tenais vraiment.

Je m'arrêtai pour reprendre de l'essence. Un million d'insectes bourdonnèrent au-dessus de ma tête dans la clarté des lumières blafardes pendant que je faisais le plein. J'achetai un grand gobelet de café et me remis en route.

Je passai les quatre heures suivantes au volant. Tout droit sur la I 75. J'avais ouvert la ventilation pour avoir de l'air frais sur le visage. L'air devenait de plus en plus froid au fur et à mesure que je roulais.

Le temps que j'arrive au pont Mackinac on se serait à nouveau cru en novembre. Quelques heures de route seulement et j'étais de retour dans des terres privées d'été. Une saison volée.

Mon phare droit se mit à vaciller. Finalement, il s'éteignit. Il avait dû être endommagé quand j'avais envoyé Cap dans le fossé. Difficile de croire que ça datait de ce matin. Difficile de croire, alors que minuit sonnait, que la terre avait effectué une révolution complète depuis que cette chose était arrivée.

La chose.

Encore une heure de route avant d'atteindre Paradise. La dernière ville du bout du monde, me semblait-il. Les lumières du Glasgow Inn allumées. Je continuai jusqu'à mon allée, l'empruntai. Passai à côté de chez Vinnie. Son pick-up était là, tous feux éteints. Je passai à côté de mon chalet. Où cette chose avait eu lieu.

La chose. La chose.

Je poussai jusqu'au deuxième chalet, ma nouvelle base des opérations. Mon nouveau chez-moi, puisqu'il m'en fallait un. J'entrai, allumai les lumières. Mis du bois dans le poêle. Puis je retirai ma veste et entendis le bruit dans ma poche. Fourrai la main dedans, en sortis la boîte de pilules.

Il me fallut un moment pour me souvenir comment je les avais eues. Ça datait du jour où j'étais allé dans la maison de Hessel, du jour où j'avais été assez stupide pour croire que je pouvais braquer un revolver sur ces types pour les effrayer et les faire déguerpir. Il y avait deux boîtes de pilules vides sur le plan de travail de la cuisine, et celle-là, à moitié pleine. L'ordonnance était au nom d'une certaine Roseanne Felise. Je pensais pouvoir les donner à Vinnie pour qu'il les montre à cette Mme Felise et lui demande pourquoi elle les avait vendues. C'est à ça que je pensais quand je les avais prises. Mais maintenant…

Je m'assis à la table, le flacon dans une main. Je l'ouvris. Le renversai et regardai les pilules se répandre sur la table. Je les comptai. Vingt-trois. Vingt-trois superbes petites pilules de Vicodine.

Je repensai à ce que m'avait dit M. Gray. Sur les antidouleurs, sur les gens qui en ont besoin et ne peuvent s'en procurer. Je n'aurais pas pu dire s'il était vraiment sensible au problème, mais je savais une chose. Quand on en a vraiment besoin, ces pilules sont efficaces. Je ne le savais que trop.

Deux comme ça et je pourrais fermer les yeux pour la nuit. Je pourrais tenir la chose éloignée, ne pas avoir à m'en occuper jusqu'au lendemain.

À moins que j'en reprenne encore deux le lendemain matin.

Ou bordel, que je les prenne toutes tout de suite… Je n'aurais plus à m'occuper de la chose du tout.

Je restai assis là un long moment, à regarder les pilules, à prendre une décision.

C'est alors que Vinnie entra. Sans frapper. Il entra et me vit, assis là en train de regarder les pilules sur la table.

– Qu'est-ce que c'est que ça ? me demanda-t-il, un œil encore tuméfié, l'autre presque normal.

– Vinnie…

– Alex, qu'est-ce que c'est que ces pilules ?

– Vinnie, elle est morte.

Il s'approcha et essaya de balayer les pilules de la table. Je lui saisis le bras.

– Laisse-moi les prendre, dit-il.

Il essaya de me tenir d'une main et d'attraper les pilules de l'autre. Ça tournait au match de catch. Je tirai sur sa chemise, lui agrippai sa queue-de-cheval et essayai de le flanquer par terre. Il me repoussa d'un coup d'épaule et la table se renversa complètement. Les pilules tombèrent par terre dans tous les sens.

La chose revenait à la charge. Je ne pouvais pas la tenir plus longtemps.

– Elle est morte, Vinnie. Elle est morte. Tu m'entends ?

– Oui, répondit-il toujours accroché à moi. Oui.

Je le tenais par le col. J'aurais pu lui mettre les mains autour du cou et l'étrangler.

– Natalie est morte, dis-je, le visage à seulement quelques centimètres du sien. On l'a tuée.

Je sais, Alex, je sais.

Je le pris par les épaules. Il me mit la main derrière la nuque.

– On l'a tuée, répétai-je.

La chose était maintenant partout en moi, passant par les remparts effondrés. La déroute commençait.

– Elle est morte, Vinnie. Elle est morte.

15

Je dormis. Complètement épuisé physiquement, je plongeai dans un profond sommeil, dépourvu de rêves. Dieu merci pour une nuit sans rêves, mais la froide réalité de ce qui était arrivé m'attendait au réveil. Il fallut l'affronter. J'ouvris les yeux et vis que j'étais dans un lit étranger. Le deuxième chalet. Oui. Vinnic là sur le canapé, encore endormi.

Par la fenêtre j'aperçus le ciel gris et les longues aiguilles d'un sapin. J'entendis la respiration de Vinnie, un vent léger au dehors, un oiseau en appeler un autre. La dernière bûche finir de se consumer dans le poêle.

Puis un violent coup à la porte. Cela me fit sursauter et réveilla Vinnie. Il regarda autour de lui, un moment désorienté, puis il me vit. La poche de glace qu'il avait placée sur son visage la veille au soir s'était transformée en poche d'eau. Il y eut un autre coup à la porte.

Je sortis du lit, toujours dans mes habits de la veille. Ouvris la porte. Je m'attendais à voir Jackie. Peut-être Leon. Peut-être l'inspecteur de la police d'État qui m'avait rattrapé. Au lieu de ça, je vis la dernière personne que je me serais attendu à trouver à ma porte.

Chef Roy Maven.

– Chef, dis-je. Que diable…

– Je peux entrer ?

Je m'écartai pour le laisser passer. Il ôta son chapeau.

– Qu'est-ce que vous faites ici ? demandai-je.

– Est-ce que la police d'État vous a joint hier ?

– Non, j'étais absent la plus grande partie de la journée. Je suis rentré tard.

– Vous savez qu'ils vous ont cherché ?

– Je suis sûr qu'ils vont me trouver à un moment ou à un autre aujourd'hui. Pourquoi ?

– Vous n'avez pas entendu les nouvelles, alors. La police montée a retrouvé le coéquipier de Natalie hier. Il était mort depuis au moins vingt-quatre heures.

– Quoi ? Son coéquipier est mort lui aussi ? Don quelque chose...

– Don Resnik. Ils pensent qu'il a été tué quelques heures avant elle.

Je restai debout à me retenir à la porte.

– Hum..., commença à dire Maven. Je ne sais pas quoi vous dire. Je suis désolé pour ce qui est arrivé.

– Merci. Mais comment Resnik a-t-il été tué ? Il a été abattu ?

– Oui. De deux balles.

– La police pense que c'est avec la même arme ?

– On ne le sait pas encore avec certitude. Peut-être plus tard dans la journée.

– Je ne comprends pas, dis-je.

Les choses commençaient à prendre une tournure différente.

– Je pensais que ça me concernait, moi. Je pensais que c'était quelqu'un d'ici, dans le Michigan... Pas au Canada.

– On n'est encore sûr de rien...

– Pourquoi avoir fait tout ce chemin jusqu'ici ? Les gars de la police d'État auraient pu m'annoncer la nouvelle pour Resnik.

– C'est un service personnel que je rends au sergent-major Moreland.

– Moreland ? C'est pas le commandant en chef de Natalie ?

– Si. C'est lui.

– Je ne comprends pas. Pourquoi veut-il que vous me mettiez au courant pour le coéquipier de Natalie ?

– Ce n'est pas pour ça que je suis venu.

– Pourquoi alors ?

– Je suis venu pour vous emmener au Canada. Allez vous préparer, s'il vous plaît.

– Vous m'emmenez au Canada ?

– Oui. C'est ce que Moreland m'a demandé. Alors allez-y, prenez une douche, rasez-vous, préparez-vous. Sudbury n'est pas la porte à côté.

– Pourquoi va-t-on à Sudbury ?

– Parce que, McKnight…

Il était sur le point de me passer un savon, comme je l'avais vu faire au moins une douzaine de fois dans le passé. La force de l'habitude, je suppose. Mais il s'arrêta juste à temps.

– Alex… Nous allons à Sudbury parce que les funérailles de Natalie vont y être célébrées. D'accord ? Moreland m'a demandé de vous y emmener.

Les funérailles de Natalie. Il me fallut un moment pour saisir.

– Pourquoi Sudbury ? demandai-je enfin.

– Il y aura là des officiers de son ancien détachement de Hearst. Quelques officiers de Toronto. Quelques hommes de la police montée. Sudbury est en quelque sorte au carrefour.

– Vinnie peut venir aussi ?

– Non, je ne crois pas.

Il jeta un coup d'œil à Vinnie, puis le regarda une autre fois en voyant l'état de son visage.

– Vous vous êtes encore battu ou quoi ?

– Qui, moi ? répondit Vinnie. Pourquoi dites-vous ça ?

– Je préfère ne pas le savoir. En tout cas, je suis désolé, je pense qu'il ne veut que vous aux funérailles… Et après, il veut vous parler un moment.

– C'est bon, dit Vinnie. Vas-y pour nous deux.

– Mon costume, dis-je. Il est dans mon chalet.

C'était le dernier endroit où j'avais envie de me retrouver, même une seconde.

– Je vais le chercher, dit Vinnie. Va faire ta toilette. Tu ne t'es pas rasé depuis deux jours.

Une demi-heure plus tard, j'avais sur le dos mon unique costume et le cou égratigné par un rasoir émoussé. J'étais assis sur le siège passager de la voiture de patrouille banalisée de chef Roy Maven. Il fonçait à tombeau ouvert sur la M-28 à une vitesse qui m'aurait, même moi, fait passer pour la mère du ministre en route pour son club de bridge. Il n'avait pas ajouté un mot depuis notre départ de Paradise.

– Il y a quoi jusqu'à Sudbury… trois cent vingt kilomètres ?

– Pas tout à fait.

– Quand Moreland vous a-t-il appelé ?

– Hier.

Je savais que Maven et Moreland s'étaient déjà parlé dans le passé. Ils avaient débattu de la seule chose qu'ils avaient en commun : un type de Paradise qui persistait à se trouver dans les parages partout où il y avait du grabuge. Je n'étais pas sûr que Moreland ait jamais cessé de m'en vouloir, au moins en partie. Pour Maven, je ne me posais même pas la question.

– Qu'est-ce qu'il a dit d'autre ? demandai-je

– À moi, pas grand-chose de plus. Il doit garder ça pour vous.

Maven rattrapa un camping-car, prit la file de gauche et le laissa dans un nuage de poussière. Puis il emprunta la I-75 vers le nord jusqu'au pont International. Quand nous arrivâmes à la douane canadienne, les choses devinrent assez intéressantes. La femme sous la guérite n'avait pas l'habitude d'entendre des officiers de police américains lui dire pourquoi elle pouvait se garder ses questions. Finalement, Maven fut obligé de descendre de voiture et d'aller dans un baraquement en préfabriqué pour parler à son supérieur. Quand il reprit le volant, il était prêt à tuer.

– Moreland a laissé des consignes bien précises pour qu'on nous laisse passer sans délai, dit-il en accélérant à fond. Qu'on puisse avoir tant de mal à comprendre ça me dépasse.

Il regarda sa montre en arrivant dans la circulation de Soo, Ontario. Il injuria quelques automobilistes avant de finir par allumer ses feux clignotants. C'est drôle comme une voiture banalisée peut d'un seul coup attirer l'attention sitôt que ses phares et tous ses feux auxiliaires se mettent à clignoter dans tous les sens.

– En principe, ça n'est pas casher pour moi de faire ça au Canada, dit-il, mais j'aimerais les voir essayer de m'en empêcher.

J'aurais plaint quiconque eût essayé. Nous nous retrouvâmes bientôt en dehors de la ville et sur le King's Highway, en direction de l'est. Nous passâmes tout près de Garden River First

Nation[1]. J'y étais venu une fois avec Vinnie pour assister à une cérémonie de guérison. Nous traversâmes Bruce Mines et Thessalon et, en nous approchant de Blind River, je commençai à sentir une boule dans la gorge.

C'était le chemin pour aller chez Natalie, celui que j'avais emprunté maintes et maintes fois, dans un sens comme dans l'autre. Quand notre relation était toute récente et que nous marchions encore sur des œufs. Bon sang, toutes ces heures passées sur cette route à avoir hâte de la retrouver. À rentrer à la maison heureux. Ou à me demander si ce truc marcherait un jour.

Nous passâmes l'embranchement pour rejoindre McKnight Road. Voir ce panneau m'avait toujours fait l'effet d'un porte-bonheur. Maven remarqua peut-être le nom, mais il ne m'en dit rien.

Puis l'Iron Bridge, au-dessus de la Mississagi River. Ça devenait plus pénible pour moi. J'aurais voulu fermer les yeux pour ne pas revoir tous ces endroits.

Finalement, nous traversâmes Blind River. La maison était à un kilomètre et demi à l'est de la ville.

– Ça va ? me demanda-t-il.

Ce devait être assez flagrant.

– Elle habitait ici.

– Désolé. Il n'y a aucun autre chemin pour y arriver.

– Je sais. Ça ne fait rien.

Je ne pus m'empêcher de guetter son allée, de regarder à travers les arbres, juste pour apercevoir une dernière fois la maison. Quand nous passâmes à côté, je regardai par la fenêtre dans la direction opposée. Je contemplai le North Channel qui défilait à côté de nous, ses eaux vertes sous le ciel gris maussade.

Algoma Mills, Serpent River, Cutler, Sheddon Township, Walford, Victoria. Une succession de petites villes canadiennes, séparées les unes des autres par des kilomètres et des kilomètres de routes désertes. Les arbres devinrent plus massifs au fur et à mesure que nous nous éloignions du fleuve et nous dirigions vers Sudbury. Nous roulions depuis maintenant près de quatre heures

1. Réserve indienne Ojibwa. *(NdT.)*

et Maven conduisait comme un fou. Finalement, nous vîmes surgir le Superstack bien au-dessus de l'horizon, ce qui ne pouvait signifier qu'une chose : Sudbury était tout près.

Nous commençâmes à voir les mines de nickel, les collines désolées de minerai blanc qui font ressembler cet endroit à un paysage lunaire. Tandis que nous approchions, le Superstack dominait à trois cent quatre-vingts mètres au-dessus de nous, cheminée géante qui envoyait des gaz sulfureux à tous les vents. Il semblait y avoir pas mal d'améliorations environnementales à cette époque dans la région, beaucoup d'endroits devenus agréables à vivre, en particulier autour du lac Ramsey, mais je n'étais pas d'humeur à apprécier le site ce jour-là. C'était l'endroit le plus étrange pour dire adieu à Natalie.

– Vous avez compris qu'elle ne sera pas là, dit Maven comme s'il lisait dans mes pensées. Je veux dire… Avec l'enquête toujours en cours…

– Son corps, vous voulez dire.

– Oui.

– Mais alors pourquoi faire ça aujourd'hui ?

– Eh bien, à vrai dire, on ne sait pas précisément quand on pourra l'inhumer. Avec une enquête en cours comme celle-là, sans parler qu'elle implique deux pays… Ça pourrait durer des semaines. On a donc décidé de prendre les devants et de célébrer ces funérailles.

– Je comprends.

– Finalement, on va la ramener à Hearst. C'est là qu'elle sera enterrée.

– Entendu.

– Cependant, ainsi que je vous le disais… Sudbury est l'unique endroit où tout le monde pouvait se rendre aujourd'hui.

– Pourquoi faites-vous ça ? lui demandai-je.

– Je vous l'ai dit. Moreland me l'a demandé.

– Il n'empêche, vous auriez pu dire non. J'aurais pu venir ici tout seul.

– Il avait l'air de penser que ce n'était pas une bonne idée. Il voulait que je vienne avec vous.

À mon sens, il y avait encore quelque chose qui clochait, mais je laissai courir. Je gardai le silence pendant que Maven conduisait à travers la ville à la recherche de l'endroit où nous étions censés nous rendre. Il était presque sur le point de se foutre en rogne pour la deuxième fois de la journée quand nous finîmes par trouver. C'était une chapelle funéraire à l'est de la ville, juste après les entrepôts ferroviaires.

Une chapelle funéraire. Là où se déroulaient les obsèques, sauf que celles-là auraient lieu sans cercueil. Encore quelque chose que je prenais en pleine figure, juste au moment où je pensais pouvoir tenir le coup. D'une seconde à l'autre, je n'étais pas sûr d'être capable d'y arriver. De pouvoir ne serait-ce que sortir de voiture pour me rendre dans cet endroit.

Il y avait des dizaines de véhicules stationnés à l'extérieur, aussi bien de la police de la province de l'Ontario que de la police montée. Maven gara la voiture. Nous en descendîmes.

– Vous êtes prêt ? me demanda-t-il.

– Non.

– Voulez-vous rester un moment dehors pour prendre l'air ?

– Oui, une minute.

Je tournai le dos. Marchai jusqu'au bout du parking, restai à regarder les trains au dépôt derrière une rangée de maisons. Rien ne bougeait.

« Bon, me dis-je. Vas-y. Fais-le pour Natalie. »

Je retournai vers Maven, lui fis signe de la tête. Rien d'autre. Il se dirigea vers la porte d'entrée et l'ouvrit pour me laisser passer.

Quand nous entrâmes, je vis cinquante, peut-être soixante uniformes. Des hommes pour la plupart, quelques femmes. Ils étaient tous en grande tenue, les OPP en bleu, les Mounties en rouge. Chaussures lustrées et gants blancs. Certains parmi eux portaient leur Stetson, d'autres l'avaient à la main. Je ne vis que moi en civil. Moi, dans mon costume noir qui aurait dû faire un tour au nettoyage à sec avant d'être porté… Je ne me serais pas senti plus déplacé si j'avais été en tutu rose.

Tu es quelque part en train de partager cette plaisanterie, Natalie. Quelque part en train de rigoler. Telle fut la pensée à laquelle je me raccrochai, la seule chose qui me permit de tenir pendant les cinq premières minutes.

J'aperçus le sergent-major Moreland à l'autre bout de la salle. C'était un homme grand avec une épaisse chevelure blanche. Il pouvait passer pour un bon vieux grand-père jusqu'à ce qu'il décide qu'il n'était pas content de vous. Je ne savais ça que trop bien.

Il me regarda longuement, puis il m'adressa un signe de tête, son sourire sardonique étant destiné à Maven.

Nous dûmes rester là encore quelques minutes. Je sentis l'atmosphère de la salle changer au fur et à mesure que tous prenaient conscience de ma présence. Les choses se calmèrent. Finalement, les gens commencèrent à s'asseoir sur les bancs. Maven et moi nous installâmes tout seuls dans la dernière rangée.

C'est alors que je vis sa photo. Elle était posée sur une table, avec à côté un drapeau bleu replié. À côté se trouvait son chapeau, et à côté encore un coussin de velours noir sur lequel étaient disposées des choses qui ressemblaient à des médailles.

Il y avait des roses, du lilas, un grand bouquet de ce qui semblait être des fleurs des champs. Ou bien quelqu'un savait qu'elle les aimait, ou alors c'était un heureux hasard.

Un prêtre monta sur l'estrade. Enfin un autre homme en costume sombre. Il dit quelques mots sur Natalie Reynaud. Sur son sens du devoir et de l'honneur au service de son pays. Il était évident qu'il ne l'avait jamais rencontrée. Son discours aurait pu concerner n'importe qui.

Puis le sergent Moreland se dirigea vers l'estrade, en marchant aussi lentement qu'un homme pouvait le faire. Il commença par dire que Natalie avait grandi à Blind River avant de rejoindre son détachement à seulement vingt-trois ans. Puis il dut s'arrêter. Il ferma les yeux et expira bruyamment. Il vacilla si fort que trois des hommes au premier rang se levèrent, comme s'ils s'apprêtaient à le rattraper. Moreland continua tant bien que mal, dit à tous le grand policier qu'était Natalie, l'être d'exception. Qu'elle était la fille qu'il n'avait jamais eue. Cela parut à nouveau l'abattre. J'étais assis là-bas au dernier rang, le ventre en feu.

– Il y a parmi nous un certain Alex McKnight, dit-il en se ressaisissant un peu. C'est le monsieur en costume. Au dernier rang. Il était plus proche de Natalie que n'importe qui, j'espère donc que vous prendrez un moment pour lui faire part de votre sympathie. Merci.

Le prêtre revint pour demander si quelqu'un d'autre voulait dire quelque chose. Aucun autre policier ne se leva. Ils ne voulaient probablement pas passer après Moreland. Ou peut-être, après tout, qu'aucun d'eux n'avait été vraiment amené à la connaître assez bien. Le seul coéquipier qu'elle avait eu pendant plus de quelques mois était un agent de grade supérieur nommé Claude DeMers. Et il était mort.

Je me demandai si je voulais me lever, s'il y avait quelque chose que je pouvais dire à ces gens. Je décidai que non. Que cela ait fait de moi quelqu'un de faible ou quelqu'un de sage, je ne le saurai jamais avec certitude.

Quand l'office fut fini, tout le monde se leva et défila lentement devant la table. Maven et moi attendîmes que la salle soit presque vide, puis nous nous levâmes et prîmes notre tour. Je regardai longuement la photo. Natalie en uniforme bleu, les cheveux relevés, coiffée de son Stetson. Avec son air superprofessionnel. Je ne pus m'empêcher d'en sourire. Le seul sourire que je réussis à faire de la journée.

– Au revoir, dis-je en touchant son chapeau. Je t'aime.

Quand je me retournai, je remarquai quelques-uns de ses collègues policiers en train de me regarder. Je ne pus m'empêcher de me demander ce qu'ils savaient sur moi. Je n'imaginais pas que Natalie ait été très prolixe à mon sujet. Leur seule autre source d'information était le sergent Moreland et, en dehors de ce qu'il avait pu leur dire sur moi, ils devaient tous être au courant qu'elle se trouvait dans mon chalet quand elle avait été tuée.

Trois des hommes s'approchèrent de nous, tous trois des OPP vêtus de bleu.

– Monsieur McKnight, me dit l'un d'eux.

Je remarquai quelque chose dans ses yeux avant qu'il me prenne la main et me préparai juste à temps. Sa poigne était assez forte pour me briser les os. Je ne bronchai pas.

Le deuxième me serra la main, tout aussi fort que le premier.

Le troisième ne me tendit pas la main du tout.

– Le sergent Moreland dit que vous avez été flic autrefois, dit-il.

– Oui.

– C'est gentil de votre part d'être venu pour elle aujourd'hui, monsieur McKnight. Évidemment, vous lui auriez été plus utile il y a quelques jours.

– Je vous demande pardon ?

Il me saisit par le revers de ma veste. Je n'essayai pas de l'en empêcher.

– Lâchez-le, dit Maven.

– Ça ne vous regarde pas, mon vieux. Et cet insigne ici ne vaut pas un clou.

– Lâchez-le immédiatement ou je jure devant Dieu que je vous botte le cul. Ici même, dans cette chapelle.

Les deux autres policiers essayaient maintenant de lui faire lâcher prise. Je ne trouvai rien à répondre à cet homme. Une partie de moi ne pouvait s'empêcher d'être d'accord avec lui.

Le charme fut rompu par le son des cornemuses. Les trois hommes nous laissèrent. Je rajustai mon costume et Maven et moi sortîmes. Tout le monde stationnait sur l'aire de parking, à parler en petits groupes. Au bout de quelques minutes, il parut évident que personne ne savait trop quoi faire. Il n'y avait pas de cercueil à mettre dans un fourgon. Pas de cortège de voitures en direction du cimetière.

Le sergent Moreland s'approcha de moi. Ses yeux étaient encore rouges. Il me serra la main, puis celle de Maven. Il remercia ce dernier de m'avoir amené.

Je le remerciai d'avoir pensé à moi, d'avoir fait en sorte que je puisse me trouver là.

– Je suis sûr que chef Maven vous a dit que je souhaiterais vous dire quelques mots avant que vous repartiez.

– En effet.

– Le détachement local est à deux pas, dit-il.

Premier indice qu'il ne s'agissait pas seulement de bavarder poliment.

– J'ai réservé une salle d'interrogatoire.
– Une salle d'interrogatoire ?
– Oui, Alex, répondit-il en me regardant dans les yeux. Il y a certaines choses que j'ai besoin de savoir.

16

Le poste de police de Sudbury était un bâtiment en briques d'un seul étage au centre-ville. Il avait à peu près autant de charme que celui de Maven chez nous. Moreland nous attendait devant l'entrée. Il nous conduisit tous les deux à une salle d'interrogatoire. Celle-ci ressemblait tout à fait à une salle d'interrogatoire aux États-Unis et probablement à n'importe quelle salle d'interrogatoire de n'importe quel poste de police n'importe où dans le monde. Une seule table, quelques chaises. Un miroir au mur.

– Souhaitez-vous que chef Maven soit présent ? me demanda Moreland. Ou préférez-vous qu'on fasse ça seul à seul ?

– Je ne sais pas exactement de quoi il s'agit, répondis-je. Mais le chef a fait tout ce chemin pour m'amener ici. Je ne vois pas pourquoi il ne pourrait pas rester.

– Très bien.

Il s'assit à la table et me demanda de prendre place en face de lui. Maven prit une troisième chaise et s'assit au bout, comme s'il était l'arbitre d'une partie d'échecs.

– Comme je l'ai indiqué précédemment, je voudrais vous poser quelques questions, dit Moreland en sortant un bloc-notes réglementaire et un stylo. Certaines pour notre enquête. Certaines pour moi-même.

– Allez-y.

– Avant tout, racontez-moi tout ce qui s'est passé depuis le moment où Natalie est arrivée chez vous.

Je fouillai quelques instants dans ma mémoire, puis je lui fis un compte rendu détaillé. L'arrivée de Natalie en soirée. La journée du lendemain passée ensemble, la virée au Glasgow, la balade en ville, même le rapide détour pour voir si Leon était chez lui. Tout ce qui me venait à l'esprit. Puis le retour à mon chalet…

– Vous l'avez laissée là toute seule, dit-il. Pour la première fois de la journée ?

– Oui… Les choses devenaient un peu tendues entre nous. On a tous les deux eu besoin de quelques minutes pour se calmer. En plus, il fallait que j'aille m'occuper de gens dans un des autres chalets.

– Pourquoi les choses devenaient-elles tendues ?

– Parce que je ne voulais pas qu'elle retourne à Toronto. Je sentais qu'elle avait peur.

– Vous l'a-t-elle dit ?

– Oui. Elle m'a raconté le rendez-vous avec Laraque et la femme.

– Rhapsody.

– Rhapsody, oui. Elle avait passé beaucoup de temps avec elle. Je le savais déjà. Mais c'était la première fois qu'elle rencontrait Laraque en personne. Vu la façon dont elle l'a décrit…

– Oui ?

– Elle m'a dit qu'elle avait senti d'instinct que Laraque avait flairé le piège. Qu'il n'avait fait que jouer avec elle. Avec tout le monde.

Moreland était occupé à prendre des notes. Peut-être cela l'aidait-il. De faire son boulot de policier, de mettre les choses noir sur blanc comme il l'avait fait, j'en étais sûr, mille fois auparavant.

– Elle m'a aussi dit, continuai-je, que vous non plus, vous ne vouliez pas qu'elle retourne faire le sous-marin.

Il releva la tête.

– Elle vous a dit ça ?

– Oui. Je pense qu'on peut dire que vous et moi étions en parfait accord sur ce point.

Il regarda son bloc. Il n'écrivait plus rien. Il ne faisait que regarder fixement les mots.

– Vous l'avez donc laissée dans votre chalet, finit-il par dire. Combien de temps êtes-vous parti ?

– Quinze minutes. Peut-être vingt.

– Vous vivez dans un endroit assez isolé, n'est-ce pas ?

– Oui.

– Quand vous êtes revenu, vous avez aperçu un véhicule ?

– J'ai aperçu des feux arrière. C'est tout.

– Vous ne pouvez rien nous dire d'autre sur ce véhicule ?

– Non, désolé. Le temps était un peu brumeux.

– Brumeux.

– Oui.

– Vous avez donc été absent quinze ou vingt minutes. Et quand vous êtes revenu…

Il regarda à nouveau ses papiers.

– Je n'ai rien entendu, dis-je. Je me doute bien que c'est là votre prochaine question. Le chalet est suffisamment près pour entendre un coup de feu.

– Donc, celui qui a fait le coup a utilisé un silencieux.

– Il faut croire.

– Vous avez entendu parler de Don Resnik. Nous estimons qu'il a été tué six heures avant Natalie, même s'il n'a été retrouvé que le lendemain. Quelqu'un l'a abattu dans son appartement. Son corps était juste à côté de la porte. On en a donc déduit qu'il était allé ouvrir et qu'il a été tué aussitôt. Qu'il ait regardé par son judas ou pas… Bon, en tout cas, il avait toujours son portefeuille. Rien d'autre ne semblait avoir été déplacé. Ça n'était donc pas un cambriolage dû au hasard.

– Est-ce la même arme qui l'a tué ?

– Non. Le calibre était le même, mais c'était assurément deux armes différentes.

– Mais ça peut quand même être la même personne, dis-je. Il a très bien pu aller de Toronto à Paradise en six heures.

– Oui, mais il aurait probablement été obligé de prendre un avion. Ce qui pourrait expliquer le changement d'arme. C'est ce qu'on est en train de vérifier en ce moment. Tous les gens qui se sont posés à l'aéroport de Chippewa. Ou à Pelston. Ou encore à

Soo Canada. Tout aéroport permettant d'arriver chez vous dans les temps.

– Et Laraque ? Quelqu'un sait-il où il était toute la journée ?

– Les gars de Toronto disent qu'il a été vu plusieurs fois ce jour-là. Il ne fait aucun doute qu'ils ont gardé un œil sur lui.

– Il pourrait s'agir de quelqu'un travaillant pour lui.

– C'est possible, oui. Mais comment cette personne savait-elle qu'elle trouverait Natalie dans votre chalet ? Voilà la question que je ne cesse de me poser.

– Je ne connais pas la réponse. Vraiment pas.

– Pour quelle raison Laraque aurait-il fait tuer deux officiers de police, de toute façon ? Si l'on regarde les choses objectivement, c'est probablement la chose la plus bête qu'il aurait pu faire.

– Pourquoi ? Parce que cela aurait fait monter la pression sur lui ? S'il se savait victime d'un coup monté, la pression pouvait difficilement être plus grande. Peut-être est-ce un message adressé à vous, aux gars de Toronto et à tous les membres des forces de l'ordre de ce pays.

– Vous présumez donc qu'il s'estime intouchable.

– Si c'est le cas, j'espère avoir l'occasion de lui prouver le contraire.

– Ce qui veut dire ? Si vous saviez avec certitude que c'était lui…

– Qu'est-ce que je voudrais lui faire ? Encore une fois, sergent, je crois que nous serions parfaitement d'accord là-dessus.

– Ce que moi, je voudrais faire, c'est constituer contre lui un bon dossier d'instruction et nous en débarrasser pour toujours.

– Vous parlez maintenant en tant que policier, dis-je. Mais en tant qu'homme… En tant qu'ami qui l'aimait… Je pense que vous devez avoir un autre avis.

– Je comprends votre point de vue. C'est bien pour ça qu'on suit la loi plutôt que nos motifs personnels.

– J'ai été flic huit ans, sergent Moreland. Je sais tout sur ce que la loi peut faire. Et ne pas faire. Entre être intimement convaincu de quelque chose et être capable d'en apporter la preuve devant un tribunal, il y a souvent une marge.

Il posa son stylo et se cala sur sa chaise.

– Vous voyez, c'est là que nous rencontrons un réel problème, McKnight.

Il regarda Maven, qui était resté tout le temps aussi immobile qu'une statue de cire.

– Qu'est-ce que vous en pensez, chef?

– Je peux comprendre ce que dit McKnight, répéta-t-il. J'avais tendance à voir les choses de la même façon. Mais en fin de compte…

– Le téléphone! m'exclamai-je.

Ils me regardèrent tous les deux.

– Quand ils ont trouvé Resnik, vous avez dit qu'il avait toujours son portefeuille, n'est-ce pas?

– Oui.

– Avait-il son téléphone portable?

– Franchement, je ne sais pas. Pourquoi?

– Natalie l'a appelé ce jour-là. Elle a commencé par appeler la police montée pour se manifester. Puis elle l'a appelé pour savoir comment il allait.

– Mais si elle s'est servie de son propre portable…

– Elle ne s'en est pas servie. Elle s'est servie de mon téléphone à moi. De ma ligne fixe.

– Comment se fait-il?

– Parce qu'elle n'obtenait pas de signal. Les portables ne marchent jamais très bien à Paradise.

– Donc si elle a appelé Resnik depuis votre ligne…, dit Moreland. Ça n'a pas dû être bien compliqué de remonter jusqu'à vous. Le numéro est sur l'écran dans le menu des appels reçus. Vous êtes dans l'annuaire?

– Oui.

– Ils ont dû le chercher dans un annuaire inversé. Ils ont pu aller sur Internet, bordel, et mettre trois secondes à vous trouver. Ils ont eu votre nom, votre adresse…

– Six heures après…, dis-je, pris d'un soudain mal au ventre.

Moreland ramassa son stylo et se remit à écrire.

– Je ne peux pas en faire plus pour le moment, dit-il finalement.

Sa voix paraissait maintenant fatiguée. On aurait dit que la retraite n'était plus pour lui qu'une question de jours.

– J'ai quelque chose à vous donner auparavant.

Il se leva et quitta la pièce. Quand il revint, il avait dans les bras un drapeau bleu roulé. Sur le drapeau était posée une petite boîte en bois, et par-dessus la boîte un chapeau. Je le reconnus aussitôt.

– Ses médailles sont dans cette boîte, dit-il, avec son insigne et son brevet. D'habitude, tous ces objets vont au plus proche membre de la famille. Comme vous le savez, celle de Natalie n'est plus là. Alors j'ai pensé que vous seriez, en tout cas dans son esprit, aussi proche d'une famille que n'importe qui d'autre.

Il déposa le tout sur la table.

– Je vais être franc, monsieur McKnight. J'ai souvent pensé que vous étiez la pire chose qui lui soit jamais arrivée. Chaque fois qu'il y avait des problèmes dans sa vie, vous paraissiez être directement impliqué. Mais peut-être ai-je eu tort. Je ne sais pas. Peut-être lui avez-vous donné sa dernière occasion d'être heureuse.

Il posa un instant sa main sur le chapeau, délicatement.

– Je sais que je vous ai demandé précédemment de ne pas revenir au Canada, dit-il. C'était uniquement en mon nom, vous comprenez. Juste pour protéger Natalie. Eh bien, maintenant, j'ai l'occasion de le faire officiellement. Les autorités de Toronto m'ont demandé de vous interdire strictement l'entrée du territoire dans un avenir proche.

– Qu'est-ce que ça veut dire ?

– Ça veut dire que vous allez rentrer chez vous aujourd'hui même et y rester. Votre nom est maintenant répertorié. Si vous essayez de passer la frontière, à n'importe quel endroit, vous serez placé en garde à vue. C'est compris ?

– Non. Ça n'est pas compris. Pourquoi faites-vous ça ?

– Je vous l'ai dit, ce sont les ordres de Toronto. Même si je ne suis pas particulièrement en désaccord avec eux. Nous allons travailler avec la police d'État du Michigan et avec le FBI pour résoudre deux affaires de meurtres. Une dans chaque pays. Votre fâcheuse tendance à vous mêler de tout ne va pas nous y aider.

– Sergent Moreland…

– Bonne journée, monsieur McKnight. Chef Maven. Je suis content que vous ayez pu venir. Bon retour.

Tels furent les derniers mots qu'il nous adressa. Il sortit de la pièce. Il marchait maintenant encore plus lentement, comme s'il ne lui restait plus grand-chose, comme si cette journée lui avait quasiment tout pris.

Il ne nous restait plus rien d'autre à faire qu'à partir. Nous nous dirigeâmes vers la voiture de Maven et commençâmes le long voyage de retour.

– Voilà pourquoi vous êtes venu, dis-je alors que nous n'étions pas encore sortis de Sudbury. Pour vous assurer que je retourne bien dans le Michigan.

– Si vous pensez que c'est la seule raison, répondit-il, alors je ne vois pas ce que je peux vous dire.

Trois heures plus tard, nous ne nous étions pas dit un mot de plus. J'étais assis avec le drapeau et la boîte sur les genoux, le chapeau de Natalie dans mes mains. Je ne cessais de le faire tourner encore et encore tout en pensant à ce qu'avait dit le sergent Moreland. En particulier au sujet d'Antoine Laraque.

Trois heures à penser à ça tandis que défilaient les arbres, puis les vastes champs plats alors que nous nous rapprochions du lac. Puis, le lac lui-même. Nous traversâmes à nouveau Blind River. À l'approche du pont, je finis par m'éclaircir la gorge pour dire quelque chose.

– À propos de ce que j'ai dit là-bas

– Laissez tomber, répondit Maven.

– Sérieusement, je suis sensible à ce que vous avez fait aujourd'hui. Je crois ne pas avoir l'habitude que vous m'accordiez la moindre faveur.

– Je vous ai dit de laisser tomber.

– D'accord.

Nous traversâmes le pont. Maven me ramena jusqu'à Paradise. Le soleil était en train de se coucher. Huit heures de route, deux à Sudbury. Ç'avait été une sacrée journée.

– Je vous offre un verre, dis-je alors que nous nous rapprochions du Glasgow.

– Je vais rentrer dîner.

– Bon, entendu.

– Moreland a raison, au fait.

– Sur quoi ?

– Sur tout. D'abord, quand il dit que vous avez donné à Natalie sa dernière occasion d'être heureuse. Je vous ai vus tous les deux ensemble dans ce restaurant. C'était une femme heureuse. J'espère que vous vous en souviendrez.

Je ne savais pas trop quoi en penser. Que pouvait faire de plus pour moi Maven en une seule journée ?

– Il a aussi raison de vous demander de ne plus mettre les pieds là-bas, poursuivit-il, soudain beaucoup plus fidèle à l'image que j'avais de lui. Je le jure devant Dieu, si je découvre que vous fourrez votre nez dans cette histoire…

– Quelqu'un lui a pris la vie, lui renvoyai-je, et cette personne se promène sur cette terre en ce moment même.

– Je m'assurerai d'être tenu au courant de ce qui se passe, dit-il alors que nous arrivions au deuxième chalet, qu'il s'arrêtait et serrait le frein à main. De chaque étape de l'enquête jusqu'à ce que ce type se fasse pincer. Je vous appellerai chaque jour si vous voulez. Mais n'allez pas tout foutre en l'air, McKnight. Vous m'entendez ? Est-ce que vous allez m'écouter une fois dans votre vie ? Si vous faites une bêtise, votre vie à vous aussi sera fichue. Vous pensez que c'est ce qu'aurait voulu Natalie ?

Je ne trouvai rien à répondre à ça. Je ne pouvais pas lui dire la vérité, à savoir que je me foutais de ce qui pouvait bien m'arriver. Que je m'en foutais vraiment et sincèrement. Qu'une seule chose comptait.

– Merci encore, chef, dis-je en descendant de la voiture.

– McKnight, nom de Dieu…

– Merci. Vraiment.

Je refermai la portière et m'éloignai. Je ne l'entendis partir qu'une fois rentré.

* * *

Je n'avais rien mangé de toute la journée et il n'y avait à coup sûr rien dans le deuxième chalet. Je n'avais pas trop envie de me montrer sociable, même avec Jackie, mais je n'avais pas vraiment le choix. Je me rendis donc au Glasgow, lui racontai les funérailles en mangeant de son ragoût de bœuf. Je bus une bière canadienne fraîche, gardai la bouteille en main un long moment en pensant à ce qu'avait dit Natalie : « Tu trouves la bière canadienne meilleure que l'américaine. Pour une fois, tu as raison. »

Je ne pus rester longtemps. Je souhaitai bonne nuit à Jackie et rentrai au chalet. Il faisait nuit. En m'arrêtant, je vis le pick-up de Vinnie garé devant. Il avait dû passer au moins une partie de la journée à réparer ses câbles de batterie. À présent, il était à l'intérieur en train de m'attendre.

Je racontai à nouveau toute la journée. À Vinnie, je donnai plus de détails sur ce que m'avait dit Moreland. Tout ce qui concernait Laraque et comment le tueur avait probablement localisé Natalie dans mon chalet. Vinnie écouta avec attention ce que je lui racontais. Quand j'eus fini, il m'annonça qu'il m'emmenait quelque part.

– Je n'ai vraiment plus envie d'aller où que ce soit aujourd'hui, dis-je.

– Tout est prêt, répondit-il. Il faut que tu viennes.

– De quoi est-ce que tu parles ?

– Allons-y, Alex. C'est l'heure.

Avec n'importe qui d'autre, j'aurais continué à protester. Je décidai qu'à Vinnie je devais le bénéfice du doute. J'acceptai donc qu'il m'emmène en voiture à la réserve, puis après avoir passé le casino, jusque chez son cousin Buck. Il gara son pick-up et m'entraîna avec lui derrière la maison. J'y étais déjà venu une fois et il semblait que j'y revenais pour les mêmes raisons.

Buck avait érigé dans son jardin une hutte de sudation, un demi-cercle d'environ trois mètres de diamètre. Il avait attaché ensemble de jeunes arbres et les avait recouverts de toiles et de toutes les vieilles couvertures sur lesquelles il avait pu mettre la main. Vu de l'extérieur, ça ressemblait assez à ce qu'on peut trouver au milieu d'une décharge publique. Mais à l'intérieur, c'était quelque chose d'assez étonnant.

Buck était là avec trois autres hommes de la tribu Bay Mills. Ils me saluèrent tous d'un signe de tête solennel et sans prononcer un seul mot. De larges visages avec des yeux noirs au regard bienveillant. De longs cheveux dans le dos. Ils avaient fait un feu au milieu duquel ils faisaient chauffer des pierres. Aussitôt qu'il me vit, l'un des hommes se mit à ramasser les pierres à l'aide d'une longue pelle et à les emporter avec lui dans la hutte.

Les autres commencèrent à se déshabiller. Comme je connaissais la marche à suivre, j'en fis autant. Bientôt, nous nous retrouvâmes tous en sous-vêtements. Il faisait assez froid pour que je me mette à grelotter au bout de trois secondes, même si le calendrier affichait toujours le mois de juillet.

Les hommes entrèrent sous la hutte. Je les y suivis. La vapeur était déjà suffocante. Buck plongea une grande louche en fer dans un seau et versa de l'eau sur les pierres brûlantes. Puis il posa quelques brins de sauge par-dessus. Un des quatre remèdes. La dernière fois que j'étais venu, le remède avait été pour Vinnie. Son frère avait été assassiné. À présent c'était pour moi.

Je m'assis dans le noir et, ce faisant, je sentis mes muscles commencer à se détendre. Toute cette tension dans mon corps depuis l'instant atroce où je m'étais trouvé assis par terre accroché à Natalie. Elle était en train de partir lentement. Buck versa encore de l'eau sur les pierres. Je transpirai.

La vapeur emplit mes poumons. Elle était en moi et tout autour de moi, et j'eus la sensation de flotter dedans.

Il faisait noir. Il y avait une vague lueur émise par les pierres et rien d'autre. Vinnie m'avait dit une fois qu'on voyait des choses dans la vapeur, que ça faisait partie de l'expérience, et que c'était une partie à laquelle les Ojibwas étaient très attachés. Je l'avais cru pour autant qu'on puisse croire quelque chose qu'on ne vérifiera jamais par soi-même. Mais ce soir-là, alors que la vapeur devenait tellement épaisse qu'il semblait possible de la saisir entre ses mains, je regardai dedans et j'y vis Natalie. Je le jure devant Dieu, je la vis là, juste devant moi. Elle était en tenue. Ses cheveux étaient relevés. Elle ne portait pas son chapeau. Elle me sourit et me tendit la main comme pour me toucher la poitrine. Puis elle disparut.

Était-ce le fruit de mon imagination… Mon esprit utilisait-il l'écran vierge de la vapeur pour créer cette image… Je n'en sais rien. Et ça ne m'intéresse pas vraiment. Je l'avais vue et c'était pour moi tout aussi réel que n'importe quoi. Quand je ressortis de la hutte de sudation vers le choc soudain de l'air froid, j'eus l'impression d'avoir été branché à quelque chose de puissant qui m'avait rechargé. Mon cœur ne me faisait pas moins mal, mais au moins la vie était maintenant revenue en moi. J'avais l'impression d'être prêt à affronter n'importe quoi. Ou n'importe qui.

– Tu as l'air bien, me dit Vinnie. Tu as l'air beaucoup mieux.

– Merci. Comment savais-tu que j'avais besoin de ça ?

– Tu es mon frère de sang, tu te rappelles ?

– Je vais peut-être avoir besoin de ton aide. Il y a maintenant certaines choses que je dois faire.

Il me regarda. Dans la faible lumière de la maison, je vis les ecchymoses sur son visage, ses yeux au beurre noir de raton laveur.

– Je ne t'aiderai pas à te détruire. Cette chose va te consumer si tu la laisses faire. Tu le sais.

– Vinnie, te souviens-tu quand on était allés trouver ton frère ? Tout ce qui s'est passé près de ce lac ?

– Oui, bien sûr.

Je lui saisis la main droite.

– Tu avais pris ces deux doigts-là. Tu les avais pris et tu les avais trempés dans ton sang et tu avais peint deux bandes sur chacune de mes joues. Tu te souviens de ça ?

– Oui, Alex.

– Tu m'avais peint le visage et tu avais dit que le moment était venu de partir au combat.

– Oui. C'est vrai.

– Natalie était ma famille, dis-je en lui lâchant la main. Tu sais ce qu'elle représentait pour moi.

– Oui.

– Eh bien maintenant, c'est mon sang. Et c'est mon combat.

17

Je m'éveillai à nouveau dans un lit étranger, tout me revenant d'un coup comme ce serait probablement le cas chaque matin du reste de ma vie. Je ne parvenais pas à imaginer comment je pourrais jamais me sentir comme avant. Je ne voulais pas que ça arrive, parce que ça voudrait dire que j'aurais accepté les choses telles qu'elles étaient, que je les aurais surmontées tout comme je continuerais à le faire et que j'aurais repris le cours normal de ma vie.

Cette pensée m'était comme une obscénité. Je me promis ce matin-là de ne jamais la laisser me quitter. Même si ça faisait mal, je ne voulais jamais cesser de tout ressentir comme si sa mort venait juste de se produire.

Vinnie était dans la cuisine en train de préparer du café. Il avait insisté pour rester encore avec moi. Il disait qu'il continuerait à le faire jusqu'à ce qu'il estime que je pouvais à nouveau rester seul. Que ce n'était pas à moi de décider. Je ne m'étais pas trop défendu. En vérité, c'était plutôt bien de l'avoir pas loin de moi.

Je sortis du lit et m'assis à table. Vinnie m'apporta une tasse de café et la posa devant moi. Il évita de dire bonjour, de me demander comment j'avais dormi ou, Dieu m'en préserve, comment j'allais. Il posa sa propre tasse et s'assit en face de moi. Son visage était alors redevenu à peu près normal, les deux yeux ouverts, l'hématome en diminution, les bleus les plus foncés commençant à s'atténuer. Mais il ressemblait toujours à un homme qui ferait mieux d'arrêter de se battre seul contre deux.

– Admettons que j'aie besoin d'un bateau…, commençai-je.

Il but une gorgée de café sans rien dire.

– Un bon bateau, repris-je. Rapide, avec une bonne autonomie.

Autre gorgée.

– Avec un sondeur. Et un GPS, bien sûr.

Il ne me regarda pas.

– Je ne fais que penser tout haut, là. Mais si je te le demandais, tu crois que tu pourrais me trouver ça ?

– Ça dépend.

– De quoi ?

– De si tu comptes t'en servir pour te faire tuer.

– Ça, ça ne peut pas arriver.

– Pourquoi tu dis ça ?

– Parce que je suis déjà mort.

– Tu as assisté à des funérailles Ojibwas, dit-il après avoir reposé sa tasse.

– Et alors ?

– Combien de temps ça a duré ?

– De quoi est-ce que tu parles ?

– Quand on a enterré mon frère, combien de temps les obsèques ont-elles duré ?

– Je ne me souviens pas exactement. Quelques jours.

– Quatre jours. Et c'était peu. J'en ai vu qui duraient sept ou huit jours.

– Qu'est-ce que ç'a à faire avec moi ?

– C'est arrivé quand ? il y a trois jours ? Tu commences à peine à y faire face.

– Vinnie…

– Je ferai tout ce que tu me demanderas. Tu le sais. Mais il faut d'abord que tu te laisses un peu de temps. Tu n'es même pas certain que cet homme soit bien le responsable.

– Deux flics préparaient un coup monté contre ce type. Ils sont morts tous les deux, le même jour.

– Si c'est aussi évident pour toi, alors ça le sera aussi pour tout le monde. Ce type finira par payer.

– Je ne crois pas t'avoir déjà raconté cette histoire. En fait, j'en suis sûr. Je n'y avais pas pensé depuis des années… À

Detroit, il y avait un flic qui s'appelait Jim Romano. C'était un inspecteur. Un vieux de la vieille. Il allait prendre sa retraite quand moi, j'étais encore un bleu. Je crois ne l'avoir rencontré qu'une fois. Bref, il s'était mis en tête de faire tomber Paulie Masalsky, un gros bonnet qui était le plus grand bookmaker de tout le West Side. Il possédait un bar dans Michigan Avenue. Il avait des mecs qui couvraient toute la ville et lui montaient les paris dans une pièce à l'étage. Il avait une alarme derrière le bar au cas où un flic entrerait. Il suffisait de presser le bouton et les paris étaient aussitôt brûlés. S'ils étaient sur papier sulfurisé, une seconde suffisait pour les faire disparaître. Sinon, ils les balançaient dans les toilettes. La façon classique de procéder pour un bookmaker.

Vinnie reprit sa tasse dans sa main. Et se mit à en contempler le contenu pendant que je continuais de raconter.

– Il y avait une rumeur comme quoi le frère de Romano avait des ennuis avec Masalsky. Tu sais, il avait laissé s'accumuler une grosse dette, et Romano voulait voir s'il pouvait amener Masalsky à faire marche arrière. Ou ça, ou le mettre carrément sur la touche. Dans les deux cas, il s'était mis en tête de passer sa dernière année dans la police à lui rendre la vie impossible. Il allait dans son bar constamment, et, bien sûr, celui qui se trouvait derrière le bar devait appuyer sur le bouton et les gars en haut se précipiter pour brûler les papiers ou les jeter dans les toilettes. Romano prenait un verre au bar, demandait où était Paulie, disait au barman de lui transmettre son bon souvenir, quelque chose comme ça. Trois, quatre fois par semaine. S'il trouvait que le barman devenait un peu négligent avec sa sonnette, il lui disait qu'il allait monter voir si Paulie était là-haut. Tout ce qu'il fallait pour s'assurer que ces types se débarrassent bien des paris. Ça a continué comme ça pendant environ trois mois. Tout le monde dans la police était au courant. C'était presque devenu la blague en vogue. Et puis un matin on a retrouvé Jimmy Romano mort dans le coffre de sa voiture.

– Laisse-moi deviner.

– Ne te fatigue pas. Tout le monde savait qui avait fait le coup. Comme je disais, j'étais juste un bleu, mais j'entendais les gars en parler au commissariat. Le gars a eu des obsèques officielles, et Masalsky a envoyé des fleurs. C'était une grande couronne, un de ces trucs en forme de fer à cheval. Avec inscrit dessus quelque chose comme « Sincères condoléances », mais il aurait aussi bien pu y avoir « Allez tous sincèrement vous faire foutre ». J'étais dehors en train de boire un coup avec quelques flics après les obsèques, et ils discutaient tous de ce qu'ils allaient faire des fleurs. Tu vois, comme les rapporter à Masalsky dans son bar et les lui enfoncer une par une dans la gorge.

– Je devine la suite, dit Vinnie, mais est-ce qu'ils l'ont arrêté un jour ?

– Bien sûr que non. Il était resté dans son bar toute la nuit et il avait une liste d'environ seize alibis. Quant à l'homme qui avait appuyé sur la détente, bordel, il a été retrouvé dans la Detroit River deux mois plus tard. Avec l'arme et tout. Mais il n'y a pas eu moyen de mettre ça sur le dos de Masalsky. Rien à faire. Quatre ans après, chaque fois que je me retrouvais dehors après le travail avec d'autres flics, inévitablement l'histoire de Romano et de Masalsky revenait sur le tapis. C'était toujours du genre : « Qui est-ce qui va s'attaquer à ce type ? Qui va le buter ? Nous autres, on te couvrira. Ça ne se saura jamais. » Des trucs comme ça. Mais c'était seulement des mots. Ça n'est jamais arrivé. Tu sais pourquoi ?

– Non, pourquoi ?

– Parce que tous ces gars avaient quelque chose à y perdre. Ils avaient une famille. Ils avaient leur carrière. C'est une chose de parler de franchir le pas. C'en est une autre chose de mettre toute sa vie en jeu et de le faire vraiment.

Il hocha lentement la tête.

– C'était il y a longtemps. Et une situation complètement différente.

– C'est le même principe. Certaines personnes sont intouchables. C'est comme ça. Seulement maintenant, moi, je n'ai rien à perdre à m'occuper de lui. Rien du tout.

– Alex, je comprends pourquoi tu dis ça. Crois-moi. Mais tu avais une vie avant que Natalie arrive. Tu avais d'autres personnes qui avaient besoin de toi. C'est toujours le cas.

– Je suis désolé. Je ne voulais pas faire référence à toi. Ni à personne d'autre.

– Tu ne peux pas passer ton temps à penser que ta vie sur terre est finie parce que tu as perdu quelqu'un. Tu crois que Natalie l'aurait voulu ?

Je terminai mon café. Puis je me levai et me dirigeai vers la douche.

– Si j'ai besoin de ton aide..., dis-je, après ça, je ne te demanderai plus rien. Jamais. Maintenant, je vais m'habiller. J'ai des choses à faire, aujourd'hui.

* * *

C'était une journée ensoleillée. Un vrai beau soleil, avec une température limite chaude. C'était le premier jour de quasi été de ce mois de juillet. C'était aussi le dernier.

Non pas que ça comptait pour moi.

Je montai dans le pick-up et me rendis chez Leon. Je pensais qu'il n'était pas encore retourné travailler au magasin. Je compris que je ne m'étais pas trompé en voyant sa voiture dans son allée. Je me garai, allai jusqu'à la porte et sonnai. Eleanor vint ouvrir. De toutes les fois où je m'étais trouvé devant cette porte, elle n'avait jamais paru aussi horrifiée de me voir.

– Je veux juste parler à Leon, lui dis-je. Je ne l'emmène nulle part, c'est promis.

– Alex, dit-elle en ouvrant la porte. Oh, mon Dieu, tu as l'air si...

Je raidis mon corps en prévision du choc. Elle m'entoura de ses deux bras et serra.

– Je suis tellement désolée pour ce qui est arrivé, Alex. Tellement, tellement désolée.

– Merci, répondis-je en essayant de respirer. Ça va aller. Vraiment. Est-ce que Leon est là ?

Elle ne desserra pas son étreinte. Même si ça faisait mal, je dois reconnaître qu'il y avait pire pour moi ce jour-là qu'un énorme câlin d'ourse. Je me détendis un instant, mis mon bras droit autour d'elle. Je fermai les yeux et la sentis se mettre à pleurer sur mon épaule. Quand Leon arriva, elle finit par me lâcher.

– Je suis désolée, dit-elle en m'essuyant l'épaule. Je t'ai tout mouillé.

– Ne t'inquiète pas pour ça.

– Dis-nous si on peut faire quelque chose. D'accord ? C'est promis ?

– Oui, bien sûr. Merci.

Elle posa sa main sur ma joue. Et puis elle retourna à l'intérieur.

– Alex, dit Leon. Qu'est-ce que je peux faire pour toi ?

– Je voulais juste te parler.

– Bien sûr, viens. Allons marcher un peu. Tu te rends compte qu'il y a du soleil aujourd'hui ?

C'est ainsi que nous nous retrouvâmes à faire un tour dans son quartier. Il y avait d'autres maisons, à peu près de la même taille que la sienne. Pas grand-chose d'autre. Il fallait aller jusqu'au Soo en voiture pour acheter à manger, de l'essence ou n'importe quoi d'autre.

– Ce type s'appelle Antoine Laraque, lui dis-je. J'espérais que tu pourrais peut-être le trouver grâce à ton ordinateur.

– Que sais-tu de lui ?

– Pas grand-chose. Il vit à Toronto. Il semble qu'il achète des armes ici pour les revendre à des bandes. Ou probablement à n'importe qui ayant suffisamment d'argent. Il passe du temps avec une criminelle de carrière qui s'appelle Rhapsody quelque chose. Il faudra que j'essaie de me rappeler son nom de famille. Bref, Natalie a finalement réussi à rencontrer Laraque en personne il y a quelques jours. Elle a dit n'avoir jamais de sa vie été en contact avec quelqu'un de plus effrayant.

– Effrayant dans quel sens ?

– Pas dans le sens d'être grand et imposant. Elle a dit qu'il avait juste ce… « pouvoir ». Elle avait du mal à expliquer.

– En plus du trafic d'armes, tu n'as pas idée de ce qu'il fait d'autre ? Une affaire qu'il pourrait avoir comme couverture ?

– Aucune idée.

– Tu ne sais pas où il habite à Toronto ?

– Non. Probablement quelque part dans une grande maison. Ce n'est qu'une supposition.

Nous continuâmes à marcher. Je sentais que Leon réfléchissait. Intensément.

– Il n'y a pas grand-chose pour avancer, dit-il.

– Je m'en rends bien compte.

– Il y a de bonnes chances pour qu'on ne puisse pas dénicher beaucoup d'informations. Un type comme ça... Il fait probablement le maximum pour rester le plus souvent invisible. Pour autant qu'on sache, Laraque n'est peut-être même pas son vrai nom.

– C'est possible, dis-je. Mais ce nom vient tout droit de la police. Ils le surveillent depuis un bon bout de temps.

– Encore maintenant ?

– Oui, j'en suis sûr.

– Tu ne veux pas les laisser se charger de ça ?

– C'est ce qu'ils font en ce moment même. S'ils arrivent à monter un dossier, tant mieux.

– Si je comprends bien, tu n'y crois pas.

Je n'avais aucune envie de répéter les mêmes choses.

– Disons qu'en tant qu'ancien flic, je sais à quel point ça peut être difficile.

– En règle générale, c'est vrai, mais...

– C'est tout ce que je demande pour l'instant.

Nous continuâmes de marcher. Le soleil s'était caché une minute derrière un nuage. Il était maintenant en train de ressortir et de rendre tout plus lumineux. Je sentis de la chaleur sur le visage.

– Je m'inquiète pour toi, finit par dire Leon. Je pense que tu es encore sous le choc de ce qui t'est arrivé. Ce qui est légitime.

– On dirait Vinnie.

– Est-ce que tu vas écouter l'un d'entre nous ?

– Chaque fois que j'ai un problème, répondis-je, je viens te voir et tu penses à au moins cinq solutions différentes. L'une d'elles s'avère complètement cinglée, mais c'est en général celle qui marche. Tu ne peux pas savoir à quel point j'ai apprécié ton aide tout au long de ces années, Leon. Sincèrement.

– Je referais tout pareil, Alex. On forme une bonne équipe.

– J'ai besoin de ton aide une dernière fois. C'est tout ce que je te demande. Une dernière fois.

– Je comprends. Mais pour le moment, je ne vois pas ce que tu pourrais faire d'autre qu'aller et venir dans les rues de Toronto en criant son nom.

– Tu le chercheras avec ton ordinateur, n'est-ce pas ? Tu verras bien ce que tu pourras trouver.

– Oui, je vais le faire. En attendant, y a-t-il une chance que tu me rendes mon revolver ?

– Pourquoi ? Tu en as besoin ?

– Je crois que je me sentirais mieux si je l'avais avec moi pendant quelques jours.

– C'est toi qui me dis toujours qu'un revolver devrait être mon meilleur ami.

– Peut-être qu'en ce moment, tu as besoin d'un autre genre d'ami. Je veux juste dire…

– J'aimerais le garder un moment, dis-je, si ça ne t'ennuie pas.

Il ne répondit pas. Nous continuâmes à marcher. Retournâmes chez lui. Il me promit de trouver tout ce qu'il pourrait sur Laraque. Je lui promis de le prévenir avant de faire une bêtise.

Je ne suis pas sûr que l'un ou l'autre ait dit la vérité.

18

Je ne savais pas où aller ensuite, aussi traversai-je le Soo en voiture. Sans vraiment y penser, je me retrouvai dans Portage Street, à regarder tous ces gens en train de profiter du soleil. Je garai le pick-up, en descendis et allai marcher dans Locks Park. Je ne savais pas trop pourquoi je faisais ça, pourquoi j'allais regarder la fontaine, le dernier endroit où je l'avais embrassée. Peut-être avais-je besoin de me ravitailler, de me rappeler ce qui avait disparu de ma vie. Parce que quel que fût ce que j'allais faire par la suite, il paraissait de plus en plus évident que j'allais le faire seul.

L'histoire de ma vie. Et plus encore, celle de Natalie. Le fait aussi qu'elle soit morte seule… C'était ça le pire. Toute sa vie, d'abord jeune fille à Blind River, avec tout ce qui s'était passé avec son beau-père. Puis plus tard flic, mutée tout là-bas à Hearst, sur la dernière route du Canada. Je l'avais trouvée, vivant seule dans cette grande maison, si seule que comparé à elle, j'étais un mondain.

Elle avait passé toute sa vie seule, et maintenant elle était morte seule. Avant même d'avoir pu m'en empêcher, j'imaginai son corps quelque part dans un tiroir métallique, attendant d'être mis en terre.

Non, Alex. Continue de t'activer.

Je descendis jusqu'au bord de l'eau et contemplai la St Marys River. L'Ontario était juste de l'autre côté. À disons quoi… ? huit cents mètres ? Il y a longtemps, j'aurais pu faire ça à la nage sans problème. Je ressentis le désir soudain de sauter par-dessus la barrière et de plonger. Je pouvais presque sentir l'eau froide sur ma peau. Je nagerais vers le Canada et, ou bien j'y arriverais, ou bien je me noierais quelque part en chemin. Dans un cas comme dans l'autre, je n'y voyais pas d'inconvénient.

« Bon, pensai-je, le moment est venu de redresser la tête. Va faire la prochaine chose que tu peux faire. Puis la suivante. Tu vis maintenant pour une chose. Après, eh bien… Tu pourras affronter n'importe quoi quand tu auras fini. »

Je retournai en passant à côté de la fontaine. « Riche idée de ma part, me dis-je, que de venir ici aujourd'hui me rappeler de quoi elle avait l'air cette nuit-là. J'arrive à peine à me tenir droit tant ça fait mal. Oui, Alex, c'était très malin. »

Je regagnai le pick-up, fermai les yeux jusqu'à ce que j'arrive à nouveau à respirer. Et repris le chemin de la maison, pare-soleil baissé. Puis l'idée me vint de faire un détour par le nord en passant par Brimley. Je passai à côté du vieux wagon de chemin de fer abandonné, entièrement condamné, gisant là sur un coin oublié de la route et donnant l'impression d'être peuplé de fantômes. Quelques kilomètres plus loin, je pris par la route en lacet le long de Waishkey Bay.

Je pensais que Tyler pourrait peut-être m'aider. C'était un auxiliaire garde-côtes, après tout, même si à l'évidence il faisait les choses à son idée. Il connaissait tout sur les bateaux et sur les voies navigables de la région. En plus, il avait l'air d'être le genre de gars à qui on peut faire confiance, le genre capable de comprendre un problème grave.

Je garai le pick-up juste devant chez lui et sonnai à la porte. Personne ne répondit. Je sonnai à nouveau et patientai. Puis je fis le tour pour me rendre à l'arrière de la maison.

Je vis le bateau à l'eau, à une centaine de mètres du rivage. Tyler et Liz étaient tous les deux à bord, assis sur des transats, me tournant le dos. Ils paraissaient contempler la baie. Je restai sur la berge à les regarder. Ça me faisait bizarre d'être à nouveau là, de me souvenir de cette soirée, à quel point il avait fait froid, à quel point le brouillard était impénétrable… Maintenant, par cette journée claire et ensoleillée, l'endroit tout entier paraissait complètement différent.

« Tyler et Liz font probablement ça chaque jour », pensai-je. Chaque jour de beau temps, en tout cas. Dériver avec leur bateau, rester sur l'eau sans but précis. Juste être ensemble.

Je ne voulus pas les déranger, les obliger à accoster. Il y avait une barque près du quai. « Eh merde, me dis-je, je vais aller leur parler. »

Je grimpai dans la barque que je sentis tanguer sous mon poids. Je m'assis doucement et empoignai les rames. Je me mis à ramer, écrémant au début la surface de l'eau et heurtant bruyamment les flancs métalliques de la barque. Je pigeai au deuxième coup de rame. Encore une chose que je n'avais pas faite depuis des siècles.

Je me dirigeai vers eux en marche arrière, en jetant un coup d'œil de temps à autre par-dessus mon épaule pour m'assurer que je me maintenais dans la bonne direction. Quand je fus tout près, Liz tourna la tête et m'aperçut. Elle parut un moment perplexe, puis elle afficha un de ses larges sourires. Pendant une seconde, je me dis qu'elle n'était peut-être même pas au courant, aussi impossible que ce soit dans un endroit où tout le monde savait tout sur tout le monde. Le sourire disparut en un instant.

Elle donna un coup de coude à Tyler qui tourna la tête et eut la même réaction à sa façon. De la perplexité à la reconnaissance et au mélange de sentiments qu'on éprouve au contact de quelqu'un qui vient de vivre une tragédie. Sympathie et tristesse, bien sûr. Mais aussi embarras, malaise inquiet. Je me demandai combien de temps j'allais inspirer ça à tous les gens que je rencontrais.

– Alex ! s'écria Liz. Il ne fallait pas prendre cette peine. Nous aurions accosté.

– Vous aviez l'air tellement tranquilles, répondis-je. Je suis désolé de vous déranger.

« Je devrais faire demi tour et les laisser, pensai-je. Ai-je à ce point besoin de parler à Tyler ? »

Il se leva et me jeta un bout. J'attachai la barque et montai à bord. Dès que j'eus mis le pied sur le pont, Tyler me prit la main. Il la tint fermement serrée et me regarda dans les yeux, sa main libre posée sur mon épaule. Il s'apprêta à dire quelque chose, s'interrompit, m'adressa un sourire pincé.

– Je ne sais pas ce qui t'amène, dit-il finalement, mais s'il y a la moindre chose qu'on puisse faire pour toi…

Je savais qu'il le pensait vraiment. J'aurais pu lui demander n'importe quoi. C'était ça, le genre de gens qu'ils étaient tous les deux.

« Voilà de vrais Yoopers, pensai-je. Ce sont ces gens-là qui font de cet endroit ce qu'il est. »

– Je ne veux pas vous importuner, dis-je. Je passais par là en voiture, j'ai pensé à m'arrêter.

– J'en suis heureux, dit Tyler. Tu veux un peu de café ?

– Oui. Ce serait avec plaisir.

Liz me versa une tasse pendant que Tyler dépliait un troisième transat. Il l'installa de telle sorte que je me retrouvai assis entre eux deux.

– On fait beaucoup ça, dit Liz. C'est le plus grand avantage qu'il y a à vivre ici.

– Je vous comprends, répondis-je. Je ne vois pas de meilleur endroit où boire un café.

Je regardai la baie et les couleurs changeantes de l'eau tandis que les nuages passaient devant le soleil. Ce jour-là, on arrivait à voir jusqu'à l'autre côté de la baie. La ligne d'arbres qu'on apercevait au loin était la côte canadienne.

– En fait, je voulais vous demander quelque chose, dis-je. Sur la façon de se rendre là-bas.

– Au Canada ? demanda Tyler. Quel est le problème ?

– Eh bien, c'est que…

Je poussai un soupir et regardai la surface de l'eau. « Natalie aurait aimé cette journée », pensai-je, la première qui, même de loin, ressemblait ici à l'été. L'air frais au-dessus de l'eau, le soleil, cette façon dont le bateau tanguait gentiment sur les vagues…

Qu'est-ce que tu vas raconter à ces braves gens, Alex ? Que tu veux qu'ils te fassent passer la frontière en fraude ? Pour faire quoi ? Du stop jusqu'à Toronto ? Et ensuite quoi ? Quel est ton plan ? Leon avait raison. Tu pourrais aussi bien arpenter les rues en criant son nom.

– Alex, dit Liz, est-ce que ça va ?

– Qu'est-ce que tu voulais nous demander ? ajouta Tyler.

– Je ne sais plus ce que je fais, répondis-je. Je suis désolé.

– Pas de problème, dit Tyler. Tu sais, Liz et moi avons perdu quelqu'un il y a longtemps. On ne s'en remet jamais. Certains jours, on vit avec mieux que d'autres. Mais ça ne disparaît jamais.

– C'est vrai, ajouta Liz. Jamais.

– Assieds-toi simplement là un instant, poursuivit Tyler. Vois si tu peux profiter un peu de la journée, au moins un petit moment. Peut-être ne faut-il pas en demander plus pour l'instant.

Je me calai dans ma chaise longue avec la sensation d'être complètement vidé de tout. Je ne voulais pas lui donner raison, admettre ce qu'il disait, mais dans la pleine lumière du jour avec le vent qui caressait la surface de l'eau, je n'étais pas capable de discuter. Rien ne me venait à l'esprit.

Nous restâmes assis là longtemps. Je finis par fermer les yeux. Les mouvements de balancier du bateau étaient sur le point de m'endormir quand j'entendis Liz se lever et aller sur le pont. Quand j'ouvris les yeux, elle était penchée par-dessus bord et regardait dans l'eau.

– Hé, Tyler !

– Hmmm ?

Il était à moitié endormi, lui aussi.

– Tu te souviens quand on est allés là-bas l'autre jour à la recherche de ce truc ?

– Oui ?

– C'est le premier jour de soleil qu'on a depuis bien longtemps… On y voit nettement mieux, maintenant.

Il se leva et alla jeter un coup d'œil. Je les rejoignis, regardai par-dessus bord, vis la lumière du soleil à travers l'eau. J'aperçus l'éclair argenté d'un poisson sous la surface, à un bon mètre de profondeur.

– Nom de Zeus ! dit Tyler. Tu as raison.

– Qu'est-ce que tu attends ? Retournons voir.

– De quoi est-ce que vous parlez ? demandai-je.

– Tu te souviens de cet accident de bateau, bien sûr ?

– Bien sûr.

– Tu te rappelles que ces types sont revenus le lendemain à la recherche de leur boite ?

– Oui… Quoi, tu veux dire…

– Allons-y, dit Liz. Avant qu'il n'y ait plus de lumière.

Tyler leva l'ancre et fit démarrer le bateau. Quelques secondes plus tard, nous prenions la direction des piles de l'ancien pont.

– On y est déjà allés deux fois, me dit Liz. Mais tu sais le temps qu'il a fait. Pas de soleil avec en plus une eau très agitée. On n'y voyait rien.

– Tu te rappelles l'endroit où s'est passé le naufrage ? demandai-je.

J'observai les piles. Deux rangées parallèles, au moins douze piles de chaque côté… Toutes rigoureusement identiques de mon point de vue.

– Ça a laissé des traces, dit Liz. Tu vas voir.

Il ne nous fallut pas longtemps pour y arriver. Tyler approcha aussi lentement qu'il put. Puis il coupa le moteur et empoigna une longue gaffe métallique. Se pencha par-dessus bord et la planta dans le bois tendre de la pile la plus proche, immobilisant ainsi complètement le bateau.

– Qu'est-ce que tu fais avec ce truc à bord ? demandai-je.

– Je m'en sers pour mes tournées de garde-côtes, au cas où je devrais m'arrimer à un bateau, ou pour tenter de sortir quelqu'un de l'eau.

– Le bateau a heurté celle-là… là-bas, dit Liz en montrant du doigt une pile de la rangée opposée. On voit la marque de ce côté-là.

– Je vois.

On aurait dit que quelqu'un avait essayé de tailler dans la pile avec une hache émoussée.

– Si cette boîte a coulé, dit Tyler, elle doit se trouver quelque part dans cette zone.

– Elle est jaune, dit Liz. C'est bien ce qu'ils ont dit ?

– Je croyais qu'elle était orange.

– L'un ou l'autre, on devrait arriver à la voir.

Nous passâmes les quelques minutes suivantes penchés pardessus bord. Si quelqu'un nous avait regardés, il se serait demandé ce qu'on pouvait bien être en train de fabriquer.

– Je ne la vois pas, dit Liz. Quelle profondeur y a-t-il ici ?

– D'après le sondeur, deux mètres cinquante, répondit Tyler.

– C'est peut-être trop profond. Même avec cette lumière, je ne crois pas qu'on puisse voir aussi profond.

– Tu as peut-être raison. Essayons de nous décaler un peu par là.

Il se remit à manœuvrer la gaffe sur la pile de bois, nous déplaçant jusqu'au centre des doubles rangées.

Je regardai dans l'eau, mais la lumière du soleil semblait pouvoir atteindre un mètre ou un mètre cinquante de profondeur, pas plus.

– Je ne vois rien, dit Tyler.

– Là ! s'écria Liz. Juste là !

– Où ça ? Je ne vois rien.

– Donne-moi ça, dit-elle.

Elle prit la gaffe des mains de Tyler et la plongea dans l'eau. La gaffe disparut dans les profondeurs.

– Tu as de meilleurs yeux que moi. Tu sens quelque chose là en dessous ?

Elle ne répondit pas. Elle se concentrait fort sur ce qu'elle faisait, tâtant le fond du lac avec la gaffe en métal.

– Il ne faut pas que je soulève trop de sable, dit-elle. Ou on ne la retrouvera jamais.

– Tu l'as ?

– Non. Attends… Non… Si !

– Il doit y avoir une poignée ou quelque chose, non ?

– J'espère, répondit-elle.

Elle continua de manœuvrer la perche, puis elle essaya de tirer.

– Je crois que je l'ai accrochée. Mais j'arrive pas à tirer.

– Attends, laisse-moi essayer, dit Tyler en lui prenant la perche.

– Attention. Ne la perds pas.

– Je vais essayer.

Il se mit à tirer sur la perche. Elle parut monter d'environ cinq centimètres.

– C'est lourd. Vraiment très lourd.

– Je peux t'aider ? demandai-je en m'approchant de lui et en mettant les mains sur la perche.

– Je crois qu'il faut la maintenir avec cet angle. Sinon, ça risque de se décrocher.

– Compris, dis-je en me mettant à utiliser ma force. Je vais essayer de tirer avec toi.

– D'accord, allons-y carrément. Gentiment et en douceur.

Nous tirâmes tous les deux ensemble. Je sentis mon dos qui commençait à tirailler. Mes bras me brûlaient déjà.

– Continue, dit-il. Ça risque d'être plus facile une fois qu'on l'aura décollée du fond.

Ce ne fut pas plus facile. Il nous fallut tirer la perche hors de l'eau, centimètre par centimètre.

Quand nous eûmes suffisamment progressé, celui d'entre nous qui avait les mains au-dessus put les placer en dessous.

– Je la vois ! dit Liz. J'avais raison, elle est jaune.

Le jaune devint de plus en plus jaune au fur et à mesure que la boîte approchait de la surface. Mes bras me faisaient aussi mal que si on venait de leur tirer dessus à coups de revolver, mais on y était presque. La boîte n'était pas loin de la surface. Nous tirâmes ensemble un dernier coup sec sur la perche, un peu trop fort cette fois. Je vis le crochet glisser le long de la poignée. Puis lâcher.

– On va la perdre ! s'écria Tyler.

Je tendis le bras pour l'attraper et sentis la poignée au bout de mes doigts. Mais la boîte était à nouveau en train de couler. Je tins bon et me penchai tellement bas que je risquai de passer par-dessus bord. Ou de me luxer le bras.

– Redescends la perche, dis-je. Essaie d'accrocher la poignée. Je ne vais pas pouvoir tenir longtemps.

– Je ne veux pas te prendre les doigts, dit-il en remettant la perche en position.

– Ne t'en fais pas. Essaie un coup.

Je sentis la perche effleurer mon petit doigt.

– Tes doigts sont dégagés ? demanda-t-il.

– Vas-y.

Il tira fort. Je sentis la boîte remonter. Je redonnai un bon coup sec. La boîte était maintenant à moitié sortie de l'eau. Tyler essaya de m'aider à la hisser à bord, mais il n'y avait pas moyen. Nous n'avions pas assez de prise.

– Liz, dit-il. Démarre le bateau et emmène-nous près du rivage. Qu'on soit en eau peu profonde…

Elle s'en occupait déjà activement. J'entendis l'hélice faire bouillonner l'eau. Bientôt, nous fûmes en route. Tyler et moi avions chacun une main sur la poignée. C'était tout ce que nous pouvions faire pour maintenir la boîte contre le flanc du bateau.

Une longue minute plus tard, Liz mit le bateau parallèle au rivage. Elle coupa le moteur et le laissa dériver encore plus près, jusqu'à ce que la coque touche le fond.

– OK, dit Tyler. On peut lâcher.

Nous lâchâmes tous les deux en même temps. La boîte coula à pic en nous envoyant une gerbe d'eau à la figure. Nous dûmes rester tous les deux assis un moment à nous masser le bras droit avant de pouvoir parler.

– Que peut-il y avoir d'aussi lourd dans ce truc ? finit par demander Tyler.

– Bonne question, répondis-je.

– Apportons-la sur la berge.

Il sauta par-dessus bord et se retrouva dans l'eau jusqu'aux genoux. Il poussa le bateau jusqu'au ponton afin que Liz puisse accoster. Je descendis et rejoignis Tyler. J'avançai dans l'eau et l'aidai à tirer la boîte sur la berge.

C'était un coffre de plongée sous-marine, en grande partie jaune avec une bande de protection noire étanche sur le dessus. Je me baissai pour constater les dégâts sur un des côtés. Le plastique était largement entamé et la protection avait été manifestement endommagée.

Tyler souleva le cadenas de la serrure avant.

– Ce qu'il y a là-dedans est tellement lourd que c'est un miracle que ce truc ait flotté un jour, dit-il.

Je réfléchis.

– Le fait que ça flotte n'a peut-être jamais été pris en considération. Ils ne pensaient pas avoir un accident avec leur bateau. Ils voulaient seulement garder quelque chose en toute sécurité.

– Je me demande ce qu'il y a dedans.

– Tu bricoles des voitures, n'est-ce pas ? demandai-je en le regardant.

– Oui.

– Tu dois donc avoir un sérieux assortiment d'outils.

– On ne peut pas ouvrir ça.

– Je pense qu'on doit pouvoir.

– Il faut remettre ce truc à la police.

– Bien sûr, dis-je. Tout de suite après qu'on l'aura ouvert.

– Je ne sais pas, Alex…

Je me tenais là, trempé jusqu'aux genoux. Si j'avais hésité au départ quant aux raisons de rendre visite à Tyler, voilà au moins un petit mystère qu'il m'était possible de résoudre. Ce coffre que ces hommes avaient tant tenu à récupérer… Au début je pensais qu'il était rempli d'argent et qu'ils l'avaient emporté dans le bateau pour le remettre à quelqu'un au Canada en échange d'une grande quantité de médicaments.

Mais l'argent ne pèse pas aussi lourd, à moins qu'il s'agisse de lingots d'or.

– Tyler, je ne peux même pas te dire ce que j'ai enduré au cours de ces derniers jours. Ce que j'ai perdu. Je n'ai maintenant plus rien à perdre, aussi vais-je ouvrir ce coffre. Tu peux m'y aider ou tu peux rester à l'écart.

Il regarda Liz, puis me regarda.

– On dirait bien que si je voulais t'en empêcher, il faudrait que j'aille chercher un de mes fusils.

– C'est probablement ce qu'il faudrait faire, oui.

– Dans ce cas, je reviens tout de suite.

Je le regardai se diriger vers le garage. Il en ressortit quelques secondes plus tard. Pendant une seconde je crus voir le fusil dans ses mains. Mais non, c'était une longue pince à levier.

– Tiens, dit-il en me la tendant. Je dirai à la police qu'on l'a trouvé en l'état, qu'il avait dû être endommagé pendant l'accident. S'ils regardent d'assez près pour voir les marques de pince, tu te débrouilleras.

– Merci, Tyler. Je te dois un verre.

Comme la serrure avant paraissait solide, je commençai par le côté déjà abîmé. Je glissai la pince à travers la bande de protection fissurée et la fis travailler jusqu'à ce que l'ouverture s'agrandisse. De l'eau noirâtre se mit à filtrer. Je continuai à manœuvrer avec la pince et tordis le couvercle. Le plastique commença à céder. Je vis Liz tressaillir quand un grand morceau s'en détacha dans un craquement sourd. Je regardai à l'intérieur et vis un autre coffre. Celui-là était en bois. Et noirci par l'eau de mer qui s'était infiltrée.

Il me fallut continuer à forcer sur le couvercle avant de réussir à sortir le coffret intérieur. À ce stade, il n'y avait plus moyen de faire passer ça pour des dégâts dus à l'accident, mais je m'en fichais. Je tirai sur le coffret en bois. Il sortit en glissant. Il y en avait un autre en dessous. D'autres encore sur les côtés. Il devait bien y en avoir une douzaine.

Je tins le coffret en bois un moment entre mes mains. Et eus le sentiment de savoir déjà ce qu'il y avait dedans. Je l'ouvris et constatai que je ne me trompais pas.

C'était une arme. Une sorte de petite mitraillette, comme un Uzi miniature. Il y avait du feutre noir à l'intérieur de la boîte. Il moulait parfaitement l'arme et la mettait en valeur comme s'il s'agissait d'un bijou précieux.

Je posai le coffret et en pris un autre. L'ouvris et découvris un pistolet. Un colt .45. Les choses commençaient à se mettre en place dans mon esprit. Je sentis une vague froide et mauvaise me submerger.

– C'est du matériel lourd, dit Tyler. Ça explique le verrou, je suppose.

– S'ils s'étaient fait arrêter, le coffre n'aurait pas pu être ouvert sans un mandat. C'est une raison suffisante.

– Pour combien crois-tu qu'il y en ait ?

– Je suis sûr qu'il y en a pour du fric, dis-je en hochant la tête. Mais tu sais… Je veux dire… une douzaine d'armes à feu, ça va chercher dans les combien de nos jours ? Quelques milliers de dollars, maximum ?

– Ces types se sont comportés comme s'ils devaient vraiment, vraiment récupérer ce coffre, dit Tyler. Je m'attendais à y trouver beaucoup d'argent. Ou des diamants. Tu me dis qu'il n'y en a là que pour quelques milliers de dollars d'armes ?

– Je parie que le problème n'est pas leur valeur en dollars. Ils veulent retrouver ce coffre pour que personne d'autre ne mette la main dessus. Ils ne veulent pas qu'on fasse le lien et comprenne ce qu'ils fabriquent réellement.

– Tu veux dire qu'ils vendent des armes. Autrement dit, ces armes-là… Bordel, ce sont des…

– Des échantillons, dis-je. Ce sont des échantillons.

– Exactement comme des représentants de commerce. Nom de Dieu, Liz, ces types vendent des armes !

– Non, dis-je. Non. Ils ne vendent pas des armes.

J'étais déjà sur le départ. Tyler m'appela, mais je ne me retournai même pas. Après avoir été presque au bout du rouleau, j'avais maintenant une nouvelle mission. Je fonçai vers mon pick-up, quittai leur allée à toute vitesse en projetant des gravillons et rejoignis la route.

Ils ne vendaient pas des armes.

Ils les troquaient.

19

Des armes contre des médicaments. C'était terriblement évident. Dieu sait qu'il y a suffisamment d'armes en Amérique, de toutes sortes et de toutes tailles. Légales, à la limite de la légalité, ou complètement illégales, il y a tout ce qu'il faut. Bien sûr, il n'y a pas de pénurie de fusils de chasse au Canada. Mais les armes de poing, celles qu'on peut escamoter, les petites mitraillettes qu'on peut dissimuler sous une veste… C'est une autre histoire. Si on veut acheter quelque chose comme ça au Canada, on peut repasser.

Mais ce qu'on trouve à profusion au Canada, ce sont les médicaments. En particulier les antidouleurs. Bordel, on peut pénétrer dans n'importe quelle pharmacie canadienne pour s'acheter du Tylenol à faible dose de codéine sans ordonnance. Pour les trucs plus forts, les opiacés sérieux comme la Vicodine, l'Oxycontine, évidemment, là, il en faut une. Mais de nos jours, combien d'Américains passent-ils commande par la poste à des pharmacies canadiennes ? Qu'il soit légal ou pas de se voir délivrer des médicaments sur ordonnance au Canada reste une zone d'ombre dans la législation américaine. Mais tant que les différentes agences fédérales ne se mettront pas d'accord entre elles, les vannes resteront grandes ouvertes. Ce qui entraîne que beaucoup de médicaments sont fabriqués au Canada et qu'ils passent d'un pays à l'autre. Parfois, certains se perdent en route. D'autres n'atteignent pas vraiment la destination prévue.

Dans un pays, certaines personnes ayant accès à beaucoup de médicaments ont besoin de certaines armes. Dans l'autre pays, certaines personnes ayant accès à beaucoup d'armes ont besoin de certains médicaments. Et les deux pays sont l'un à côté de l'autre, avec une longue frontière ouverte quasiment partout.

De l'import-export, comme m'avait dit M. Gray.

De l'import-export.

C'est ce qui me trottait dans la tête pendant que je me dirigeais vers Hessel. Aussi désastreuses qu'avaient été mes deux premières visites à cette résidence d'été, quelque chose me disait d'y retourner une dernière fois. Cap était probablement parti depuis longtemps, mais, bordel, peut-être Brucie serait-il encore là à s'accrocher à l'espoir de continuer à travailler pour M. Gray. Je ne l'imaginais pas terriblement enchanté de me revoir, mais c'était le cadet de mes soucis.

Ça recommençait à devenir nuageux, le soleil battant déjà en retraite après seulement quelques heures de clarté, de chaleur. Comme on dit, c'est tout pour aujourd'hui. À l'année prochaine si tout va bien. Je continuai de rouler tandis que le ciel de plomb réapparaissait et que la température chutait. Je sentis changer jusqu'à la qualité de l'air.

Je sortis de l'autoroute, trouvai la route qui traversait la péninsule jusqu'à la résidence d'été de M. Gray. Ma troisième visite… La première fois, je m'étais garé chez le voisin afin de m'introduire furtivement dans la maison. La deuxième, je n'y étais même pas entré du tout, ayant surpris Cap au moment où il quittait Dodge City[1] et l'ayant quasiment battu à mort sur place au bord de la route. Cette fois, enfin, je descendis l'allée comme une personne normale et garai le pick-up devant la maison. L'Escalade de Cap avait disparu depuis longtemps. La Viper rouge et la Mercedes gris métallisé étaient toutes les deux là. J'eus besoin de réfléchir un instant, me souvenant que M. Gray avait emmené son fils avec lui en laissant la voiture de celui-ci. L'autre auto devait être celle de Brucie, même si j'avais du mal à l'imaginer au volant d'une Mercedes. C'était plutôt le genre de type à conduire un Hummer flambant neuf.

1. Ville mythique des westerns, repaire des bandits de la pire espèce. *(NdT.)*

Je remis le revolver dans ma ceinture, juste au cas où. Et si Brucie avait surmonté son petit blocage pour tuer les gens ? Je gagnai la porte d'entrée et frappai. Personne ne répondit. Je frappai à nouveau. Rien.

Deux voitures présentes, mais personne ? Ça n'avait pas de sens. J'essayai d'ouvrir la porte d'entrée. Elle était fermée à clé. Puis je me souvins comment j'étais entré la première fois.

Je fis le tour jusqu'à l'arrière. Tout paraissait rigoureusement identique. La piste de fer à cheval. Les bouteilles de bière. Le quai vide. J'essayai la porte-fenêtre. Tout comme la dernière fois, elle n'était pas verrouillée.

Un pas à l'intérieur et je compris que quelque chose ne tournait vraiment pas rond. Il y avait une sale odeur douceâtre dans l'air. À moitié de mort et à moitié d'autre chose, probablement de tout aussi infect. La partie primitive de mon cerveau commença à presser sur le bouton d'évacuation – l'alerte rouge, celle qui dit de foutre le camp séance tenante. Mais je voulais d'abord jeter un rapide coup d'œil dans la maison.

J'entrai dans la pièce principale. Elle était passée de bordélique à sinistrée. Il n'y avait alors plus seulement des bouteilles de bière partout. Il y avait des boîtes à pizzas, des cartons à glace, les restes de trois ou quatre repas surgelés. Beaucoup de mégots. M. Gray aurait été sincèrement perturbé de voir sa maison dans cet état. Et je savais que ça n'était qu'un début. L'odeur empira au fur et à mesure que je montais l'escalier. Un moment, je ne fus pas sûr de pouvoir le supporter. Puis la vague de nausée passa et je continuai. La première chambre était faite. Ce devait être celle où Cap avait dormi. La deuxième était à peu près dans le même état que précédemment. Je devinai que ce devait être celle d'Harry. La troisième était celle où tout avait basculé dans l'enfer.

Il y avait encore plus de bouteilles de bière vides, dont une trentaine par terre, sur le lit et sur la commode. Des cendriers pleins à déborder. D'autres cartons alimentaires. D'où en partie l'odeur. Mêlé à cela l'arôme caractéristique de la fumée de marijuana. Pour le reste, il devait s'agir de Brucie, ou de ce qu'il en restait. Mais je ne le voyais nulle part.

Je regardai de l'autre côté du lit. Il n'y était pas. Sachant qu'il était grand, il ne restait pas beaucoup d'autres endroits où se cacher. Puis je vis la porte de la penderie.

Quand je la fis coulisser, l'odeur me submergea comme un vent chaud. Je crus tourner de l'œil. Je dus me couvrir le visage pour m'empêcher d'avoir des haut-le-cœur. Il était recroquevillé sur le plancher de la penderie, ratatiné sur lui-même comme une sorte d'animal malade dans ce petit espace confiné. Comportement typique du junkie. Ses yeux étaient ouverts, tout blancs comme si ses pupilles s'étaient retournées dans leur orbite. Je remarquai quelques seringues par terre à côté de lui. Une ceinture dont il s'était à l'évidence servi comme garrot. Une cuillère. Des allumettes.

Je me rappelai ce que m'avait dit Cap la dernière fois que je l'avais vu. C'était Brucie qui avait un problème avec les médicaments. Je me dis que pour ça au moins, il n'avait pas menti. Brucie était celui qui était assez idiot pour avoir essayé la marchandise et y être devenu accro.

Puis la conversation avec Terry LaFleur, la femme de l'hôpital, me revint à l'esprit. Je me remémorai tout ce qu'elle avait dit dans ce restaurant du Kewadin, Vinnie et moi d'un côté de la table, elle de l'autre. Elle avait mouchardé Caroline et sa petite arnaque consistant à se faire prescrire des antidouleurs et à les revendre. Le gros danger, avait dit Terry, était que les médicaments échappaient au contrôle du service de l'hôpital et que quiconque en consommait le faisait sans surveillance, sans filet de protection. Une fois accro, si les pilules cessaient d'arriver… C'est alors que les choses devenaient vraiment dangereuses. Parce que quelqu'un d'accro à la Vicodine ferait n'importe quoi pour continuer à en ressentir les effets, même si ça implique de passer à autre chose. Quelque chose de plus dangereux. Quelque chose de mortel.

Exactement comme ceci.

Je savais qu'il y avait maintenant de l'héroïne dans la région. Vinnie en parlait de temps en temps, l'ayant entendu dire par certains des plus jeunes gars de la réserve. Depuis les champs de pavots d'Afghanistan ou ailleurs où on les faisait pousser de nos jours, j'avais du mal à concevoir qu'une dose de came ait pu faire un pareil voyage. Mais elle était là, devant moi, et avait arrêté le cœur d'un homme plus fort qu'un bœuf. Ç'avait dû être une sacrée dose.

Je ne voyais pas trop quoi faire. Appeler les flics, leur dire que j'avais trouvé une victime d'overdose, qu'il fallait qu'ils viennent le sortir de là ? Il n'y avait pas urgence. Il n'allait pas se sauver. Pour le moment, j'avais d'autres chats à fouetter.

Je retraversai la maison en regardant dans chaque pièce, puis je descendis l'escalier. Quand je fus dans la cuisine, j'arrivai presque à respirer normalement sans me couvrir le nez et la bouche.

Qu'est-ce que tu cherches, Alex ? Qu'est-ce que tu penses trouver ?

La carte était toujours dépliée sur la table de cuisine. Avec toutes les plus importantes voies navigables, les alentours des îles Les Cheneaux, le lac Huron, les alentours de Drummond Island. Je me penchai au-dessus, l'examinai de près et regardai si quelqu'un avait fait une marque quelconque. Une petite croix pour repérer quelque chose. Si c'était le cas, je ne vis rien.

De l'import-export. Des armes contre des médicaments. Je me redressai et jetai un coup d'œil au reste de la cuisine. La dernière fois que j'étais venu… Il y avait des flacons de médicaments sur le plan de travail. Des bouteilles de bière, des détritus. Quoi d'autre ? J'avais remarqué quelque chose avant d'être interrompu, avant qu'ils arrivent et que je doive me cacher.

Avant qu'ils rentrent.

Tous les trois. Cap, Brucie, Harry. Je m'étais figuré sur le moment qu'ils étaient allés en ville, qu'ils étaient quelque part en train de prendre un petit déjeuner ou autre chose. Qu'ils étaient rentrés juste au moment où j'étais là. Comme les trois petits ours rentrant à la maison…

Mais il y avait trois voitures dehors. Les deux qui étaient toujours là, plus l'Escalade de Cap. Trois personnes, trois voitures. S'ils étaient en ville, comment y étaient-ils allés ?

À moins qu'ils n'y soient pas allés. À moins qu'ils ne soient allés nulle part en voiture. Ce qui aurait expliqué pourquoi je n'avais entendu aucun bruit de véhicule quand ils étaient arrivés. D'un seul coup, ils s'étaient retrouvés là, devant la porte.

Ils n'étaient pas en bateau. Celui-ci était en miettes. Le quai était vide.

Des clés de bateau. Il y en avait un autre jeu posé sur le plan de travail. J'avais supposé qu'il s'agissait seulement d'un double des clés du bateau en bois. Quoique, lorsqu'on a un double des clés, pourquoi le laisser traîner sur le comptoir…

J'y jetai un œil. Ouvris les tiroirs. Plus de clés. Était-ce Brucie qui les avait ? Fallait-il que je remonte et que je fouille ses vêtements ? C'était bien la dernière chose au monde que j'avais envie de faire.

« Tu mets la charrue avant les bœufs, pensai-je. Commence par aller voir s'il n'y a pas un autre bateau là, dehors. Tu te préoccuperas des clés ensuite. »

Je sortis par la porte de derrière, restai sur le seuil un moment, inspirant l'air frais jusqu'à en avoir le vertige. Puis, je descendis sur la berge. Il y avait une brume épaisse qui se formait à la surface de l'eau, la chaleur toute relative de la journée ayant laissé la place à la fraîcheur du soir. Je gagnai le ponton, regardai la rive d'un côté, puis de l'autre. Il y avait un grand saule dont les longues branches touchaient l'eau sur un côté. Quelques hautes herbes émergeant des eaux peu profondes. Mais pas de bateau.

Je regardai sur l'autre rive du chenal. Je parvenais à peine à distinguer un ponton. Il était aussi vide que celui sur lequel je me trouvais. Toutes ces maisons de vacances tout du long, alors vides pour la plupart, sans été, sans raison pour qui que ce soit de venir jusque-là.

Une idée. Toutes ces autres maisons… Vides pour la plupart.

Je retournai dans le jardin et cherchai un chemin quelconque, un passage à travers les arbres et les enchevêtrements d'amarantes, de framboisiers sauvages, de sumacs vénéneux et autres bordels. Je trouvai un semblant de chemin, le suivis en m'écorchant les bras après les ronces. Arrivé dans le jardin voisin, je regardai en direction de l'eau. Il y avait un canoë retourné sur la berge, mais rien à quai. C'était tout pour celle-là.

Je retournai dans les broussailles, me frayai un chemin de l'autre côté du jardin et me retrouvai sur une autre berge. Encore une maison vide. Encore un quai désert.

Et maintenant ?

Maintenant sers-toi de ta cervelle pour une fois. Ils étaient entrés par la porte de devant, pas par celle de derrière. Au lieu de repasser à travers les ronces, je remontai l'allée. Je suivis la route jusqu'à la propriété des Gray. Je n'avais pas encore vu l'allée de l'autre côté de la route. Jusque… Là-bas. Cent mètres plus bas.

Je gagnai l'allée, la descendis tout du long jusqu'à la maison. Elle avait l'air d'être l'une des plus vieilles de la péninsule. Ç'aurait pu être l'une des premières construites, bien avant que Les Cheneaux deviennent un endroit coté. Un cottage d'un seul niveau, tout ce qu'on attendait d'une résidence d'été, fioritures architecturales en moins. Pas d'angles d'élévation sur le toit ni de chiens-assis.

La maison semblait plongée dans la pénombre. Pas de voiture stationnée dehors. Aucun signe de vie. Je fis le tour jusqu'à l'arrière de la maison et y découvris quelque chose d'intéressant.

Sur la rive, se trouvait un hangar à bateaux, du genre de ceux qu'on construisait autrefois directement sur l'eau après avoir dragué un chenal. On n'en voit presque plus. Peut-être sont-ils trop difficiles à entretenir. Ou si l'on possède un assez gros bateau, peut-être le met-on en cale sèche dans une marina. Quelle qu'en soit la raison, il y en avait un d'origine, là, et même si la peinture s'écaillait et qu'il commençait à pencher sur la droite, il faisait au moins douze mètres de long sur six mètres de haut. Il pouvait assurément contenir toutes sortes de bateaux.

Je m'approchai et regardai à travers le petit carreau incorporé à la porte. Et découvris un gros cruiser. Il devait faire au moins dix mètres.

Je tentai d'ouvrir. C'était fermé à clé. La seule autre possibilité pour entrer était de passer par la grande porte basculante donnant sur l'eau. Celle-ci devait probablement descendre jusqu'à la surface, à cinq centimètres près. Je me dis que, si je voulais, je pouvais plonger dans le chenal, nager sous l'eau et ressortir à l'intérieur du hangar. Oui, je pouvais faire ça.

Je jetai un rapide coup d'œil alentour, ramassai une pierre de la taille d'une balle de softball[1] et cassai le carreau. Passai le bras à l'intérieur et manœuvrai la poignée à tâtons. La porte s'ouvrit.

Le bateau avait été garé la proue vers l'extérieur. L'inscription à l'arrière indiquait *La Revanche de Ruth*. Je parcourus les passerelles des trois côtés pour l'examiner de près. Le bateau était soigneusement bâché, comme s'il n'était pas sorti depuis des semaines. Mais ça pouvait bien sûr être une ruse délibérée. Une autre chose que je remarquai… Ou bien ce bateau était conçu pour naviguer bas dans l'eau ou il contenait une très lourde cargaison.

En défaisant la bâche sur le plat-bord de tribord, je me souvins d'un autre bateau, à peu près de cette taille, qui avait appartenu à un homme aujourd'hui mort et enterré. Il s'en était servi pour passer des appareils électroménagers haut de gamme au Canada sans payer de droits de douane. À l'époque, ça m'avait semblé une activité criminelle de tout premier ordre. Mais si ce bateau contenait bien ce que je pensais, ça ferait passer le coup de l'électroménager pour de l'enfantillage.

Quand j'eus défait suffisamment de boutons-pressions, je montai à bord. Il y avait une petite table sur le pont arrière avec quatre chaises autour. Un cendrier débordant encore de mégots. Une glacière remplie de bouteilles de bière vides. Une courte échelle menait au pont supérieur, mais grimper là-haut ne m'intéressait pas. J'ouvris plutôt la porte de la cabine et jetai un coup d'œil à l'intérieur.

Quand mes yeux furent adaptés à l'obscurité, j'aperçus les caisses. Elles étaient empilées dans la cabine, et il y en avait là autant qu'il était possible d'en faire rentrer. J'en attrapai une et la descendis, la traînai jusqu'au pont arrière pour avoir un peu plus de lumière. En bois brut, elle mesurait environ un mètre vingt de long et soixante centimètres de large sur soixante de profondeur. Comme un cercueil miniature. Je me dis que ça n'était même pas utile de l'ouvrir, mais je l'ouvris malgré tout, juste pour avoir confirmation de ce que je savais déjà.

1. Sorte de base-ball joué sur un terrain plus petit et avec une balle moins dure. *(NdT.)*

J'enlevai le dessus de la boîte, ôtai les matériaux d'emballage souples et vis apparaître l'acier gris et terne.

* * *

Une araignée par toile. C'est comme ça que ça marche. C'est en tout cas ce que je croyais.

Je pensais avoir été moi-même pris dans une toile, l'araignée étant un certain Gray. Que Natalie l'avait été dans une tout autre toile, l'araignée étant un certain Laraque. Agenouillé à côté de cette caisse, dans ce bateau, à l'intérieur de ce hangar, dans cette péninsule à quatre-vingts kilomètres au sud de Paradise… J'en vins à me dire qu'il n'y avait qu'une seule et même toile. Une toile avec deux araignées, une de chaque côté.

Tous ces agents de la police montée et des OPP, tous ces Américains de l'ATF qui aidaient le détachement spécial… Je me demandai si aucun d'entre eux avait la moindre idée de ce qui se passait. Me dis que c'était au moins un des moyens d'approvisionnement principaux pour les armes de Laraque. Une pièce maîtresse de leur puzzle se trouvait là dans ce hangar isolé, dans un bateau de plaisance apparemment abandonné pour l'été.

Non qu'il aurait pu leur servir. J'étais persuadé que Gray savait exactement ce qu'il faisait. Un bateau appartenant à quelqu'un d'autre, entreposé dans un hangar de l'autre côté de la rue de sa résidence d'été. Pure coïncidence, dirait-il. Sans un maillon fort, on ne pourrait pas lui mettre le grappin dessus. Tout comme Laraque, Gray avait suffisamment d'argent et de pouvoir pour se rendre intouchable.

En tout cas, je ne pensais toujours pas que Gray avait quelque chose à voir avec la mort de Natalie. Pas directement. Elle ne représentait pas une menace pour sa partie de la toile. Non, tout pointait vers l'autre partie. Chaque jour davantage.

Mais là, plutôt que devoir partir à la recherche de Laraque… J'eus une nouvelle idée.

Je me hissai hors du bateau, quittai la berge et retournai vers la maison. Je regardai à l'intérieur par l'une des fenêtres de derrière et ne décelai aucun signe de vie. Je tentai d'ouvrir la porte.

Fermée à clé. Une fois encore, un délicat crochetage s'avérant indispensable, je trouvai un autre caillou avec lequel je brisai la vitre, passai le bras et ouvris. Je gagnai la cuisine et me mis à regarder dans les tiroirs. Je savais qu'il devait y avoir une autre clé quelque part.

Me retrouver dans cette maison me fit tout bizarre, mais il valait mieux ça que l'autre solution. La dernière chose que je voulais faire était de retourner de l'autre côté de la rue, d'être à nouveau submergé par cette odeur, peut-être même de devoir remonter là-haut chercher la clé. Je fouillai dans tous les tiroirs, m'apprêtai à essayer la pièce voisine quand je remarquai les hameçons sur le mur. Ils étaient juste en dessous d'une affiche présentant toutes les espèces de poissons des Grands Lacs. À un anneau étaient accrochées deux clés reliées à un bouchon. Je les décrochai et partis.

Je redescendis jusqu'au hangar, trouvai l'interrupteur de la porte basculante et l'actionnai. Cela équivalait à ouvrir une grande porte de garage, sauf qu'à la place d'une allée il y avait de l'eau. Il était alors tard dans l'après-midi et la lumière tamisée du soleil entra à flots quand la porte s'ouvrit.

Je désamarrai le bateau, ôtai la bâche et grimpai à bord sur le pont supérieur. J'introduisis la clé et mis le contact. Le moteur démarra. J'enclenchai la marche avant et le bateau se mit à avancer.

Je le maintins droit pendant qu'il quittait le hangar, puis je virai à droite vers le large. Je savais à quel point les chenaux étaient traîtres dans ces parages. Avec toutes ces petites îles, toutes ces zones de faible profondeur où l'on pouvait si facilement faire racler l'hélice contre les rochers… J'allais avoir besoin d'assistance.

J'allumai le GPS. L'écran resta vide dans un premier temps, puis je vis une ligne commencer à se former depuis le haut jusqu'au centre. Dans le bas s'inscrivirent plusieurs séries de nombres. Deux d'entre eux devaient correspondre à ma latitude et à ma longitude. L'autre allait en décroissant… Vingt puis quinze puis huit…

C'est la profondeur, espèce d'idiot ! Je scrutai l'eau et, malgré la brume, j'aperçus l'énorme rocher qui émergeait à la surface. Je virai brutalement à gauche. Quand je regardai à nouveau l'écran, la ligne avait obliqué, elle aussi. La profondeur était remontée à plus de vingt pieds.

« Il dessine mon itinéraire, pensai-je, sur toute la longueur et au centimètre près. Mais en quoi cela va-t-il m'aider ? » Puis je vis apparaître une épaisse bande au bord de l'écran. Elle approchait de plus en plus de la ligne centrale. En y regardant de plus près, je constatai que cette bande était en fait un grossier assemblage de fines lignes, tressées entre elles comme une corde. C'était un historique de tous les itinéraires qu'avait empruntés ce bateau. Aussi longtemps que je suivrais cette bande, je me fraierais un passage sans danger.

Je poussai un grand soupir. Cela me facilitait sans aucun doute la vie, au moins pour un temps. J'observai que la profondeur se stabilisait autour des vingt pieds en passant une petite île après l'autre, les rochers et les arbres flottant dans une brume qui devenait chaque minute plus épaisse. Comment quelqu'un avait pu trouver un jour son chemin à travers ce labyrinthe sans assistance, je n'arrivais même pas à le concevoir.

Au début, je pensais devoir trouver une cachette pour le bateau, peut-être un chenal en impasse. Mais cette idée ne dura pas. D'abord, je voyais à peine où j'allais. Et même si je trouvais un endroit où me mettre, je ne saurais pas si le bateau y serait vraiment caché. Sans compter qu'il me faudrait retrouver mon chemin jusqu'au pick-up de Vinnie.

L'idée suivante était de trouver une île à l'écart et d'y décharger d'une manière ou d'une autre les caisses une par une, comme un pirate dissimulant son trésor. Puis de ramener le bateau à vide.

« Encore une idée totalement stupide, pensai-je. Tu n'arriveras jamais à t'approcher assez du rivage. Qu'est-ce que tu vas faire ? Des allers retours à la nage avec les caisses sur le dos ? »

Je poursuivis mon chemin. Il me fallut environ une demi-heure pour laisser derrière moi la dernière île. La profondeur commençait à augmenter rapidement, jusqu'à atteindre quelques minutes plus tard cent pieds au plus profond du lac Huron. Rien de comparable avec le lac Supérieur, qui peut descendre jusqu'à plus de mille pieds, mais plus que suffisant pour ce que je m'apprêtais à faire. L'idée définitive, celle que j'avais derrière la tête depuis le début.

Je coupai le moteur et laissai dériver le bateau. Puis je commençai à sortir les caisses de la cabine. Une par une, je les transportai jusqu'au pont arrière. Je ne sais trop pourquoi je ressentis le besoin de les ouvrir – s'il s'agissait d'une sorte de fascination morbide ou seulement d'avoir confirmation de ce que je balançais au fond du lac. Les premières caisses contenaient toutes des armes de poing. Dans la faible lueur des feux de position du bateau, il était difficile de dire avec précision de quelle sorte d'armes il s'agissait, mais je fus à peu près certain de reconnaître des colts automatiques, des brownings, des Smith & Wessons. De bonnes armes bien solides, faciles à dissimuler, avec les munitions bien rangées à l'intérieur de chaque boîte – du .22 au .9 millimètre en passant par le .380 et le .45. Tout ce qu'il fallait pour commencer sa petite guerre à soi.

Chaque arme toucha l'eau en faisant un plouf sourd et disparut instantanément. Ce fut un vrai travail que de jeter toutes ces armes par-dessus bord, de traîner la caisse suivante, l'ouvrir. Finalement, j'arrivai aux armes plus exotiques, pistolets-mitrailleurs et petits fusils d'assaut, toutes avec plusieurs chargeurs. Certaines d'entre elles ressemblaient à des jouets tant elles étaient compactes et je savais par expérience qu'elles ne faisaient pas plus de bruit qu'une machine à coudre.

« J'ai pris trois balles d'une arme comme celle-là », me dis-je en la balançant par-dessus bord. Je mis un petit quelque chose en plus dans mon geste et entendis l'objet faire plouf quelque part hors de ma vue. Quel enfer que ce monde où des hommes fabriquent ces engins – et avec quel amour ! De petits morceaux de métal propulsés à une vitesse trop grande pour que l'œil puisse les voir – de parfaits petits projectiles bien polis qui trouent la peau et détruisent tout ce qu'il y a en dessous.

« Quel monde pourri, pensai-je. Pourri et sans espoir. »

Après avoir traîné la caisse suivante, je l'ouvris et en sortis un petit pistolet de calibre .22. La mire avant avait été ôtée et un filetage réalisé sur la gueule du canon. J'introduisis la main et sortis le silencieux. C'était un cylindre d'environ vingt centimètres de long, beaucoup plus épais que le canon du pistolet. Je le vissai fermement, pris l'arme dans ma main et la contemplai un long moment.

« Je n'ai entendu aucun coup de feu », pensai-je. J'étais juste en bas de la route. Quand je suis revenu, elle était déjà morte. Quel que soit le type qui avait fait ça, il avait une arme comme celle-là. Petit calibre, faible vitesse. Un silencieux suffisamment efficace pour réduire le bruit à presque rien.

Oui. Il avait une arme qui ressemblait exactement à celle-là.

Je la jetai aussi loin que possible et ressentis un brusque élancement à l'épaule droite. Je ramassai le reste de la caisse et balançai tout en même temps. Je retournai dans la cabine et attrapai la caisse suivante, mon dos tirant sous l'effort, mon épaule traversée par une douleur devenue sourde. Et je lançai cette caisse dans l'eau sans même l'ouvrir. Puis la suivante et encore la suivante. Je ne voulais plus voir aucune arme. Ne plus sentir cette fine couche de graisse sous mes doigts. Je voulais que chacune de ces caisses, jusqu'à la dernière, se retrouve le plus rapidement possible au fond du lac, que chaque arme coule à cent pieds de profondeur dans cette eau sombre, que chaque balle disparaisse pour toujours.

Je n'avais aucune idée du nombre d'armes que j'avais balancées par-dessus bord ni de la quantité de munitions. Il devait bien y avoir vingt mètres cubes d'espace de stockage dans le bateau. Si je m'étais assis, j'aurais pu faire le calcul. Combien de centaines d'armes… assez pour équiper une petite armée. Combien de centaines de milliers de dollars en valeur marchande. Tout ce que je savais était qu'aucune de ces armes n'arriverait jamais à Toronto, ne tuerait jamais aucun être humain, ne ferait jamais à quiconque ce qu'on m'avait fait à moi.

S'il y avait une seule bonne chose à faire dans ce qui me restait de temps à vivre, c'était bien celle-là.

Quand j'estimai en avoir fini, je me mis sur un genou en respirant bruyamment et me massant l'épaule. Je retournai dans la cabine vérifier à nouveau, découvris une dernière caisse dans un coin sombre. En la traînant, je remarquai qu'elle était un peu moins lourde que les autres. Au lieu de la balancer directement par-dessus bord, je l'ouvris.

« Voilà quelque chose d'un peu différent, pensai-je. Histoire de changer. » Je glissai la main à l'intérieur et sortis un petit pistolet en acier de calibre .380, avec un canon qui ne devait pas dépasser sept centimètres de long. Quelque chose qu'une femme pouvait glisser dans son sac. Mais et ça… qu'est-ce que c'est ?

Je sortis un étui de cheville. Le pistolet allait bien dedans. « Ça pourra m'être utile », pensai-je. J'attrapai une boîte de munitions de .380 et mis le tout dans la poche de ma veste.

Je jetai un coup d'œil pour voir ce qu'il y avait d'autre dans la caisse, en sortis une boîte en plastique noire. L'ouvris. Il me fallut un moment pour me rendre compte de ce que je regardais. C'était un Taser, le modèle avec les deux électrodes projetées par de l'air comprimé et balançant un choc électrique de cinquante mille volts à celui qui a la malchance de se trouver en face. On commençait seulement à en parler quand j'avais quitté la police. Je n'avais jamais eu l'occasion de m'en servir moi-même. Le moment était peut-être venu.

J'avais toujours le revolver de Leon glissé à la ceinture. Ajoutés à ça un pistolet de secours dissimulé dans un étui de cheville et un Taser. Je me faisais peut-être des illusions, mais j'avais l'impression que mes chances venaient de s'accroître quelque peu.

Je jetai à l'eau ce qu'il restait de la dernière caisse et la regardai couler. Et me mis ensuite à observer la brume. Elle avait tout effacé, comme si rien d'autre au monde n'avait jamais existé. Juste moi et ce bateau vide, dérivant au milieu de nulle part. C'était tout ce qu'il y avait.

Je voulais rester à cet endroit. Que la brume efface aussi mon souvenir et me fasse croire qu'il n'était jamais rien arrivé.

Pas de chance, Alex. Tu as joué cette carte, il faut découvrir la suivante.

Je retournai près du volant, regardai le GPS et ne vis strictement rien. Il n'y avait que moi à l'extrémité d'une ligne aussi fine qu'un trait de crayon, sans autre historique, comme si la brume avait vraiment effacé tout le reste. Je me rendis compte que j'avais probablement dérivé vers le sud, et que si j'étais à présent tourné vers l'est…

Je mis le moteur en route et fis faire demi-tour au bateau, cap nord-ouest. Quelques minutes plus tard, je vis les anciens trajets apparaître en haut de l'écran. Je suivis la bande en sens inverse à travers le dédale d'îles et de péninsules, encore une demi-heure sur l'eau avec les rochers et les arbres apparaissant et disparaissant à ma vue. Il commençait à faire nuit.

Quand j'approchai du hangar, j'eus tout juste assez de lumière pour centrer la proue dans l'encadrement de la porte ouverte. Je sentis le bateau entier trembler quand je heurtai la passerelle arrière un peu plus fort que je ne l'aurais souhaité. Je me rendis compte que j'avais trouvé le bateau la proue tournée vers l'extérieur et qu'elle l'était maintenant vers l'intérieur. Pour celui qui le trouverait, ce serait le signe que quelqu'un d'autre était passé par là. Ça plus le carreau cassé à la porte et le fait que toutes les armes avaient disparu jusqu'à la dernière.

Avant de quitter les lieux, je découvris un bloc de papier et un stylo à côté du tableau de bord. Je réfléchis longuement au message que j'allais laisser. C'était Laraque que je voulais, mais je me dis que ce serait quelqu'un travaillant pour Gray qui le trouverait probablement en premier. Peu importe. Quand deux araignées se trouvent sur la même toile, il suffit de tirer assez fort pour le leur faire sentir à toutes les deux.

« J'ai votre marchandise, écrivis-je. Beau mensonge que je ne regrettai pas plus de deux secondes. Je sais que vous êtes actuellement à court de personnel, par conséquent dites à M. L. de me contacter et je serai ravi d'effectuer la livraison moi-même. C'est à lui, et uniquement à lui, que je parlerai. »

Je soulignai le mot « uniquement ». Et signai de mon nom. Je savais que ça suffirait.

Je savais qu'ils sauraient où le trouver, lui.

Et où me trouver, moi.

* * *

Quand je fus de retour à Paradise, quelque chose me vint d'un seul coup à l'esprit. Il fallait que je reste dans mon propre chalet au cas où ils viendraient me chercher. Demeurer près du téléphone au cas où ils essaieraient de me joindre. Je me garai devant chez moi, descendis du pick-up et me dirigeai vers la porte. Inutile de traîner dehors à réfléchir. J'ouvris tout simplement la porte et entrai.

Quelqu'un m'avait rendu un grand service. Policier du comté ou gars de la police d'État, quelqu'un avait fait le ménage, remis tout en place autant que possible, avait même essayé de nettoyer le parquet…

Le parquet. L'endroit où Natalie était morte. Je pouvais encore voir où c'était. Je le jure devant Dieu, je pouvais encore voir où c'était arrivé.

« Je ne peux pas faire ça, me dis-je. Je ne peux pas rester ici. »

Mais il le fallait. Je n'avais pas le choix.

J'étais très fatigué. Je gagnai mon lit, ôtai mes vêtements, les laissai par terre là où ils étaient tombés. Je me couchai en espérant dormir et pensant disposer encore d'une nuit où je n'aurais pas à m'inquiéter de qui viendrait me trouver. Mais dès que je fus allongé, je sentis son odeur. En une seconde, partout sur moi et en moi. Comme si elle s'était trouvée à côté de moi.

Tout ce que j'avais fait ce jour-là me revint alors. Je voulais que ça se termine. Je voulais que Laraque m'appelle ou qu'il vienne ici en personne afin de traiter directement avec moi. Tout pour l'avoir en face de moi, pouvoir lui demander s'il avait tué Natalie et si oui, pourquoi.

Comme je voulais que ça arrive. Je ne voulais pas attendre plus longtemps.

Je voulais de la violence. Je voulais du sang. C'était la seule chose qui avait un sens pour moi.

De la violence. Du sang.

J'étais loin de me douter à quel point mon souhait allait être aussi vite exhaussé.

20

Je passai une bonne partie du lendemain à faire quelque chose que je n'avais pas fait depuis des années. J'emportai des boîtes de conserve vides dans un coin isolé du bois derrière mon chalet et m'entraînai à tirer, d'abord avec le revolver de Leon, puis avec le petit calibre .380 que j'avais récupéré dans le bateau. J'installai l'étui de cheville à ma jambe gauche, m'exerçai à me pencher et à relever la jambe de mon pantalon de la main gauche, à dégainer de la main droite et à faire feu. Le pistolet miniature avait un recul étonnant. Au bout de quelques cartouches, ma main droite commença à s'engourdir. Au moins, j'avais eu le bon sens de mettre les protège-oreilles que je gardais auprès de moi pour quand je me servais de ma tronçonneuse.

Le Taser ressemblait à un jouet, surtout au moment où j'y introduisis huit piles double-A. Il était difficile d'imaginer ce truc envoyant une décharge suffisamment forte pour mettre un adulte KO et le laisser au sol plusieurs minutes, mais c'est précisément pour ça qu'il était conçu. Le côté désagréable était la paire d'électrodes disposées au bout des fils. Elles ressemblaient à de gros hameçons, avec des barbillons aux deux extrémités pour les maintenir enfoncées dans la peau. D'après le mode d'emploi qui accompagnait l'arme, la bombe d'azote propulsait les électrodes à deux cents kilomètres heure, avec assez de puissance pour perforer cinq centimètres de vêtements. Tant que les deux électrodes restaient en contact avec la peau, la décharge électrique privait sa cible de tout contrôle musculaire, envoyant l'homme à terre comme s'il avait une sorte d'attaque.

« Oui, je vois à quel point ça pourrait m'être utile », pensai-je. Mettre un homme à terre sans le tuer. Ce truc allait à coup sûr faire un tabac, même si son utilisation par le grand public restait illégale dans le Michigan.

J'étais encore en train de lire quand j'entendis les bruits de pas. Je lâchai la notice et pris l'arme à ma ceinture.

– C'est moi, dit Vinnie en sortant de derrière un arbre. J'ai entendu des coups de feu.

– Je m'entraîne, dis-je.

– Pourquoi faire ?

– Pour être prêt au cas où quelqu'un m'attaquerait. J'ai le droit de me défendre, non ?

Il s'approcha. Regarda par terre la boîte en plastique noire, ramassa le mode d'emploi du Taser et l'examina.

– J'essaie de t'aider, dit-il. J'essaie d'être ton frère.

– Je le sais.

– Si tu vas le trouver, tu ne reviendras pas.

– Je n'irai pas au Canada.

– Hier, tu voulais que je te trouve un bateau.

– C'était une mauvaise idée. Je sais.

– Alors pourquoi toute cette artillerie ?

– Il sait où j'habite. Il a envoyé quelqu'un pour tuer Natalie. Si je m'étais trouvé ici avec elle, je serais mort, moi aussi.

Il se mit à réfléchir. Puis il hocha lentement la tête.

– Comme ça, si quelqu'un s'amène pour finir le boulot, dis-je, je serai paré.

– Tu as mangé aujourd'hui ? demanda-t-il en me regardant dans les yeux, comme s'il essayait d'y déceler quelque chose.

– Je ne veux pas aller là-bas, répondis-je. Je ne suis pas encore prêt à côtoyer des gens. Même pas Jackie.

– Je peux te rapporter quelque chose.

– Ça, ce serait bien. Je te remercie.

Il resta là un long moment à me jauger.

– Je reviens vite, finit-il par dire. Ne bouge pas.

– D'accord.

Je retournai au chalet. Il n'y avait pas de nouveaux messages sur le répondeur. J'approchai le téléphone de la porte d'entrée autant qu'il était possible. Puis, j'installai deux chaises pliantes et m'assis sur l'une d'elles.

Vinnie revint quelques minutes plus tard. Il m'apportait une assiette de victuailles et une Molson.

– Pourquoi t'es-tu réinstallé dans ce chalet ? me demanda-t-il en s'asseyant sur l'autre chaise.

– Il faut que je reste près du téléphone. Si quelque chose se passe au niveau de l'enquête, je veux être prévenu.

– Tu pourrais installer un téléphone dans le deuxième chalet.

– C'est vrai. Mais ça prendrait du temps.

– Alex, il y a quelque chose que tu ne me dis pas.

J'avalai mon repas. C'était du ragoût de bœuf, ce qui avait été mon plat préféré du temps où j'étais encore capable d'apprécier la nourriture. Je ne touchai pas à la bière.

– Dis-moi ce qui se passe, insista Vinnie.

« Des forces, pensai-je. De l'énergie. Il faut que je m'oblige à manger. Au moins deux fois par jour. »

– Tu ne rends pas les choses faciles.

– Serais-tu surpris d'apprendre que je ne veux pas que tu te fasses tuer, toi aussi ?

– Tu penses qu'il y a des chances que ça arrive ?

– Si tu restes trop près de moi, oui.

– Tu te crois maudit ? Quiconque se tient près de toi finit par mourir ?

– Pas exactement.

– Alors pourquoi tu dis ça ?

Le téléphone sonna. Je posai mon assiette par terre et me levai.

– Il faut que je réponde, dis-je.

– Vas-y.

Deuxième sonnerie.

– J'ai besoin de prendre cet appel tout seul.

– Qui est-ce ?

Troisième sonnerie.

– Je te dirai ça plus tard. Laisse-moi répondre, veux-tu ?

Il ne bougea pas.

Quatrième sonnerie.

– Excuse-moi, dis-je.

Je rentrai dans le chalet et fermai la porte derrière moi.

Le répondeur était en train de s'enclencher, l'enregistrement de commencer quand je décrochai. Le répondeur s'arrêta. Je regardai l'identité de l'appelant. « Inconnu ». J'aurais parié n'importe quoi que l'appel provenait d'un téléphone mobile introuvable.

– Allô ?

– C'est Alex ? demanda une voix de femme.

– Oui.

– Vous devinez qui je suis ?

– Votre nom est Rhapsody ?

– Bravo.

– Vous avez fait vite. M. Gray vous a déjà contactée ?

– Peu importe qui m'a contactée. Vous savez pourquoi j'appelle.

– Laraque est-il là ?

– Pas pour le moment. J'appelle pour vous rendre un grand service.

– Si vous voulez me rendre service, dites à Laraque de m'appeler.

Je raccrochai. Ça sonna à nouveau environ quinze secondes plus tard.

– Alex, ça n'est pas très gentil.

– Il faut m'excuser. Je ne suis pas dans mon assiette en ce moment.

– J'ai appris que vous aviez perdu un être cher, dit-elle. Je sais que je n'étais pas aussi proche d'elle que vous…

– Qu'est-ce que vous venez de dire ?

– J'étais son amie, Alex. En tout cas je pensais l'être. Elle ne vous a jamais parlé de moi ?

– Qu'est-ce que vous racontez ?

– On se voyait chaque matin pour le café. Antoine et moi avions vraiment hâte de travailler avec elle. Jusqu'à, eh bien, jusqu'à ce qui est arrivé. C'est horrible.

– Jusqu'à ce qu'elle soit abattue de sang-froid, vous voulez dire.

– Alex… Je ne sais pas si ça a une quelconque valeur pour vous, mais je suis vraiment, vraiment désolée de ce qui est arrivé. Je ne peux qu'imaginer ce que vous ressentez.

– Vous êtes désolée.

– Oui. Compte tenu des circonstances… Je veux dire… je comprends que vous ayez besoin de vous en prendre à quelqu'un. Mais je crois que vous faites une très grosse erreur.

– Qui a-t-il envoyé pour la tuer ? Le même type qui a tué son collègue ? Ou c'était quelqu'un d'autre ?

– Antoine n'a rien à voir avec la mort de Natalie. Il faut que vous le compreniez, Alex. Plus vite vous comprendrez, mieux ça vaudra pour tout le monde.

– Ça, je veux l'entendre de sa bouche. Je veux le voir, en face à face.

– Ça n'est pas possible.

– Rappelez-moi quand ça le sera.

Je raccrochai à nouveau. Il fallut cette fois trente bonnes secondes pour que ça se remette à sonner. J'envisageai de ne pas répondre, puis me dis : Eh merde ! Peut-être est-ce lui.

Ça n'était pas lui.

– J'essaie de me montrer compréhensive, dit-elle. Mais vous ne me facilitez pas la tâche. Est-ce que vous avez une idée à qui vous avez affaire en ce moment ? Je parle sérieusement. Est-ce que vous avez une idée de ce qu'il va vous faire ?

– Il ne peut rien me faire de plus.

– Utilisez votre tête, Alex. Pourquoi aurait-il tué deux officiers de police ? Ça n'a aucun sens.

– S'il ne l'a pas fait, pourquoi ne pas me le dire lui-même ? Comment se fait-il que je n'aie que la fille de courses ?

– Bon, un, la « fille de courses » vous dit d'aller vous faire foutre. Deux, il ne sait même pas que j'appelle. Comme j'essayais de vous le dire avant que vous me raccrochiez constamment au nez, je suis en train de vous rendre service. Si vous me dites où se trouve la marchandise tout de suite, je pourrai peut-être le convaincre de vous laisser la vie sauve. Est-ce que vous comprenez bien ce que je dis, Alex ? Vous avez une chance d'éviter une mort très douloureuse. Compte tenu de la peine que j'ai pour Natalie, je vous accorde cette chance.

– C'est très aimable à vous.

– Où est la marchandise ?

– Dites à Laraque de m'appeler. J'en discuterai avec lui.

Je raccrochai à nouveau en me disant que le moment était venu de les faire marner un petit moment maintenant que j'avais toute leur attention. J'étais déjà sorti sur le perron quand le téléphone se remit à sonner. Vinnie était toujours là, assis sur une des chaises pliantes.

– Qui était-ce ? demanda-t-il.

– Un télévendeur. Un emmerdeur.

– Ça sonne encore.

– Je sais. Il finira par arrêter. Viens, rapportons ses assiettes à Jackie.

– Je croyais que tu avais dit que tu ne voulais pas y aller.

– J'ai changé d'avis. Il doit se faire du souci pour moi. Il faut que j'aille le voir.

– Qu'est-ce que tu essaies de manigancer ? Tu vas encore t'esquiver.

Je levai les mains en signe de reddition.

– C'est toi qui conduis. On y va ensemble.

C'est ainsi que je finis par passer deux heures au Glasgow ce jour-là. Jackie fut surpris. Il semblait ne pas trop savoir comment agir avec moi. Il savait qu'il ne pouvait pas me malmener comme d'habitude, mais ça ne lui laissait pas beaucoup d'alternatives. On aurait dit un lanceur qui ne peut lancer qu'une fois.

Il me prépara une omelette, bien que le soleil soit en train de se coucher. Mon premier vrai petit déjeuner depuis des jours. Je bus une bière. Encore une canadienne bien fraîche. Je tins la bouteille dans ma main et la contemplai en me demandant si c'était la dernière bière de ma vie.

Ça me fit tout bizarre de me trouver là. Dans cet endroit qui était pour moi autant une maison que l'était mon propre chalet. Je savais que ce ne serait plus jamais pareil.

Je demandai à Vinnie de me raccompagner au chalet. Il ne voulut pas m'y laisser seul. En plus, je vis bien qu'il craignait que je m'enfuie quelque part. Je le surpris en train de regarder mon pick-up comme s'il s'agissait d'une bouteille de gin qu'il devait mettre hors de portée d'un alcoolique. Je lui promis de n'aller nulle part cette nuit-là. Je savais que ça, au moins, je pouvais le dire sans mentir.

Quand il fut parti, j'entrai dans le chalet. Le téléphone sonnait. Je décrochai.

– J'ai tenté de faire ça à l'amiable, dit-elle d'une voix devenue suffisamment tranchante pour couper du verre. Maintenant, vous allez vraiment le regretter.

– Où est Laraque ?

– C'est à moi que vous parlez, McKnight. Je vous donne une dernière chance.

– Dites-lui que je veux lui parler.

– C'est ce qu'il est en train de faire. En ce moment même. C'est moi qui le représente. Je suis son avocate. En me parlant, vous lui parlez. Vous avez compris ? Alors dites-moi ce que vous voulez ?

– Vous le savez.

– Quelles sont vos exigences, McKnight ? En échange de quoi va-t-on récupérer nos armes ? Mettez les points sur les *i*. Je suis prête à négocier.

– Savez-vous où se trouve le bateau en ce moment ?

– Celui dans lequel se trouvait la marchandise ? Oui. À moins que vous ne l'ayez déplacé.

– Je ne l'ai pas changé de place. Il est dans le hangar. On vous a dit où ça se trouve ?

– Je sais où c'est, oui.

– Demain. Je verrai Laraque au hangar. Disons à vingt heures. Ça lui laissera amplement le temps d'y aller.

– Vous savez bien que ça n'est pas possible. Il est actuellement surveillé par les flics. Il ne peut pas mettre un pied dehors sans que tout le monde le sache.

– Quelque chose me dit que c'est un homme plein de ressources. Si c'est suffisamment important, il y sera.

– Je viens de vous le dire, il ne viendra pas.

– Si vous tenez absolument à venir, vous aussi, je suppose que je ne peux pas vous en empêcher. Personnellement, je vous conseillerais plutôt de rester chez vous.

– Si vous raccrochez, dit-elle, je le jure devant Dieu, j'envoie tout de suite quelqu'un pour vous tuer.

– Oui, je sais que c'est votre façon de faire. Mais cette fois, ce serait une erreur. Je suis le seul à savoir où sont vos armes, vous vous rappelez ?

– C'est vous qui commettez une erreur, McKnight. Vous n'avez pas idée à quel point.

– C'est toute l'histoire de ma vie, rétorquai-je. Dites à votre patron que je le verrai demain soir.

21

La lune était sortie. Un miracle en soi après tant de nuages, tant de brumes aussi épaisses et de nuits noires. La lumière entrait à flots par mes fenêtres, donnant à tout différents tons argentés. Elle semblait faire luire jusqu'au parquet, et si nettement que je pouvais en distinguer les taches, les ombres indistinctes qui seraient toujours là pour m'y faire penser.

Je sentis encore son odeur dans mon lit, tout comme la nuit précédente. Elle était même plus forte ce soir-là. Impossible, et pourtant vrai.

Je ne pouvais plus le supporter. Je me levai, gagnai le canapé et m'enroulai la couverture autour des épaules tandis qu'au-dehors, le vent se levait. Je me mis à me balancer d'avant en arrière, mes yeux se fermèrent à la lune, au vent et aux terribles heures glaciales du cœur de la nuit.

J'étais allongé à moitié sur le côté quand je rouvris les yeux, le soleil du petit matin entrant à présent par les fenêtres. J'avais un torticolis. Je me levai et pris une douche en essayant de me décontracter sous l'eau chaude. Je m'habillai et bus une tasse de café. J'eus l'impression qu'il me brûlait l'estomac.

« Vinnie n'était pas là hier soir, pensai-je. Il n'est pas là maintenant. C'est bien la peine de dire qu'il ne me laissera pas seul… Mais je sais que j'ai été assez pénible à supporter ces derniers temps. J'ai fait tout ce que je pouvais pour l'éloigner. Il faut que je lui écrive un mot, que j'essaie de lui expliquer pourquoi j'ai fait ça. »

Eh merde. Il comprendra pourquoi. Si je ne survis pas une nuit de plus, il n'aura aucune difficulté à comprendre.

Je ne savais pas trop quoi faire de moi le reste de la journée. Il est encore loin d'être huit heures du soir. Je ne voulais pas gâcher plus de munitions à m'entraîner et je ne voulais pas aller en ville en acheter d'autres. Ni rester assis là, à regarder le temps passer. Je ne voulais pas non plus voir qui que ce soit.

Je finis par emporter la photo de Natalie dehors, m'assis devant le chalet sur ma chaise pliante et contemplai longuement son visage. Elle avait un air si sérieux sur la photo que j'eus du mal à me rappeler son sourire. Je tentai de me remémorer la façon dont elle me regardait quand elle disait quelque chose de malin et me jetait un coup d'œil en douce pour voir si j'avais saisi. Ou encore la façon dont elle me regardait après s'être disputée avec moi. Quand elle était enfin disposée à me laisser l'approcher. Son regard se fixait sur moi, presque comme celui d'une myope, comme si j'étais soudain la seule personne au monde.

J'étais assis dehors et tenais la photo en sentant sur mes mains le contact froid du cadre. Le soleil tentait de réchauffer l'atmosphère. Je rentrai et finis le reste du ragoût de la veille au soir. Je n'ajoutai pas de ketchup, ma propre touche finale, toujours en dépit des récriminations de Jackie. Je ne le réchauffai même pas. Je ne pouvais rien goûter, rien apprécier. J'étais devenu un automate, fait de fils et de soudures en dedans. De métal et de plastique au-dehors.

Toujours pas de Vinnie. La journée était lentement en train de s'écouler et aucune trace de lui. Avait-il fini par me laisser tomber ? Ça ne me paraissait pas possible.

Deux heures de l'après-midi. J'étais toujours seul. Quatre heures. Cinq heures. Je mangeai à nouveau, ce que je pus trouver dans le chalet. Vinnie n'était pas là pour m'apporter autre chose. À six heures, je commençai à réfléchir au moment où j'allais devoir me mettre en route.

Six heures et demie. Le moment était venu. « Il faut que j'arrive tôt, pensai-je. Pour jeter un sérieux coup d'œil autour de la maison. » Je rassemblai mes affaires. Le Ruger de Leon dans la poche droite de ma veste. Le Taser dans la gauche. Le pistolet de secours à ma cheville. J'étais prêt.

Toujours pas de Vinnie. J'aurais dû me sentir soulagé de ne pas avoir à me bagarrer avec lui pour y aller, mais je ne cessais de me demander ce qu'il pouvait bien fabriquer…

Je compris aussitôt que je montai dans mon pick-up et essayai de le faire démarrer.

Je n'eus même pas besoin de regarder sous le capot. Je savais ce qu'il avait fait.

– Salopard ! m'écriai-je en descendant. C'est pas vrai.

Je parcourus les quatre cents mètres qui me séparaient de son chalet. Son pick-up était garé juste devant. J'allai jusqu'à la porte d'entrée et ouvris sans frapper.

Il était devant son évier, en train de remplir une autre poche de glace. Il ne dit pas un mot quand j'entrai dans la cuisine. Ne bougea pas.

– Pourquoi as-tu coupé mes câbles de batterie ?

– Pour la même raison que tu as coupé les miens.

– Je n'ai pas le temps de discuter de ça. J'ai besoin de ton pick-up.

– Tu ne l'auras pas.

– Vinnie, bon Dieu ! Ne commence pas. Je suis sérieux. Donne-moi tes clés.

– Tu ne prendras pas mon pick-up, Alex. S'il faut que tu ailles quelque part, je t'y emmènerai.

– Tu ne viendras pas avec moi. Donne-moi tes clés.

– Je viens avec toi, dit-il. Un point, c'est tout.

– Vinnie…

Je fermai les yeux un moment, les frottai, tentai de trouver les mots justes. En attendant, le temps me filait entre les doigts. Toute une journée à attendre et maintenant, c'était la course contre la montre.

– Il faut que tu me fasses confiance, dis-je. Il faut que j'aille quelque part, et tout de suite. Tout seul. Il faut que tu me donnes tes clés.

– Tu crois que c'est facile ? Tu crois que ça me plaît que tu te bagarres en permanence contre moi ?

– Vinnie…

– Non, laisse-moi finir. J'essaie de comprendre ce que tu traverses en ce moment. Je sais que ça n'est pas exactement pareil que ce que j'ai moi-même dû affronter, mais je vois à peu près. J'essaie d'être ton ami, Alex. Ton frère de sang. J'essaie d'être là pour toi, tout comme tu l'as été pour moi. Mais au lieu de me laisser t'aider, tu ne cesses de t'esquiver sitôt que j'ai le dos tourné. Tu es allé traîner un peu partout en cherchant le moyen de te faire tuer. Et ce soir… Dieu sait ce que tu as encore concocté. Dieu seul le sait. Et tu crois vraiment que je vais te laisser partir et faire ça tout seul ?

– Il le faut.

– Il n'en est pas question. Je vais avec toi, quoi qu'il arrive. Tu ferais exactement la même chose dans la situation inverse. Tu le sais. Et d'ailleurs, bordel, tu l'as déjà fait.

– Cette fois, c'est différent, dis-je en regardant furtivement ma montre.

– Pas du tout. C'est exactement la même chose.

– Donne-moi tes clés.

– Non.

– Où sont-elles ?

Je jetai un coup d'œil autour de moi, repérai son trousseau sur le plan de travail.

– N'essaie même pas, dit-il. Il faudra que tu me tues pour les avoir.

Il se planta devant moi, les mains sur les hanches. Je savais que je n'arriverais pas à lui prendre ses clés. Il était exclu de parvenir à le maîtriser. Et il n'était pas question de le laisser venir avec moi. J'aurais été d'accord pour qu'il m'accompagne dans n'importe quelle autre circonstance, mais pas cette fois.

Pas alors que je pensais sincèrement ne pas revenir.

– Je suis désolé, dis-je. Tu ne me laisses pas le choix.

Je fourrai la main dans la poche de ma veste et en sortis le Taser. Avant même qu'il comprenne ce qui se passait, je commis l'impensable. J'appuyai sur la gâchette. Le cabochon avant sauta avec un bruit sourd tandis que les deux fils étaient propulsés vers lui. Je n'eus rien d'autre à faire. C'était entièrement automatique. Les fils étaient déjà sous tension quand ils touchèrent sa poitrine.

Même après avoir laissé tomber le Taser par terre, la décharge continua de le traverser plusieurs secondes, le faisant se plier en deux, le terrassant comme un veau ligoté pendant un rodéo.

Je m'approchai du plan de travail et attrapai les clés. Puis je m'accroupis et posai ma main sur son front. Il essayait de parler, de bouger.

– Tout ira bien dans deux minutes, lui dis-je. C'est totalement inoffensif. Je te le promets.

Des mots sans grande valeur de la part d'un homme capable de faire ça à son meilleur ami. J'avais du mal à croire que je venais de le faire.

Voilà où tu en es arrivé, Alex. Voilà ce que perdre Natalie t'a fait.

Je lui touchai la tête une dernière fois. Il resta ainsi sur le sol de sa cuisine quand je passai à côté de lui. Le Taser avait dispersé une pluie de confettis partout. Je savais que chaque petit morceau de papier était imprimé d'un numéro de série unique. Ça faisait partie de la conception de cette arme – paralyser son homme, mais laisser par terre toute une série de marqueurs pour une parfaite traçabilité. Dans le cas présent, je ne pensais pas que le problème se poserait.

– Je suis désolé, dis-je en ouvrant la porte les mains tremblantes. Mais ça n'est pas ton jour de mourir.

* * *

Le soleil commençait seulement à se coucher quand je quittai Paradise au volant du pick-up de Vinnie, les lumières du Glasgow Inn dans le rétroviseur. Je pris les mêmes routes vers le sud, parcourus les mêmes quatre-vingts kilomètres en traversant toute la haute péninsule jusqu'à Hessel, des rives d'un lac à l'autre. Je quittai l'autoroute, traversai la péninsule jusqu'à la résidence d'été. C'était la quatrième fois que j'y allais et la route semblait toujours aussi déserte.

Je garai le pick-up de Vinnie devant la maison de Gray. Je ne voyais aucune raison de le dissimuler. J'en descendis et remontai l'allée à pied. L'arme pesait lourd dans la poche de ma veste.

Le petit pistolet attaché à ma cheville fit resurgir d'anciens souvenirs sensoriels, du temps où je portais des protège-tibias pour jouer derrière le bâton[1].

Il était alors presque huit heures. Je traversai la route et descendis l'allée voisine. Quand je parvins devant la maison, je constatai que tout était exactement comme je l'avais laissé. La vitre de la porte de derrière était toujours cassée, la pierre dont je m'étais servi pour la casser toujours par terre. La porte du hangar dans le même état.

Je regardai à travers l'ouverture et vis que le bateau était encore là, la proue tournée vers l'intérieur. Il flottait bien plus haut sur l'eau maintenant que son chargement reposait au fond du lac Huron.

« Je me demande combien de temps je vais devoir attendre, pensai-je. Bordel, peut-être Laraque est-il déjà là. Peut-être est-il en train de m'épier en ce moment même. »

Je regardai autour de moi. Derrière moi, le chenal désert. Le jardin, ses deux rangées d'arbres de part et d'autre, l'obscurité sous leurs branches augmentant avec chaque minute qui passait. Devant moi, la maison. L'allée privée. L'endroit tout entier en apparence abandonné aux fantômes de l'été.

« Il viendra, pensai-je. Il le faut. »

Je restai là un moment. Une demi-heure s'écoula dans un silence absolu. Le ciel s'assombrit. Finalement, j'entendis un véhicule en haut sur la route. Deux phares apparurent, empruntèrent l'allée, s'approchèrent, braqués dans ma direction. Je dus détourner les yeux.

La voiture s'arrêta. Les phares s'éteignirent. Mes yeux mirent un moment à s'adapter, puis j'aperçus deux silhouettes à l'intérieur de la voiture. C'était une Jaguar rouge, un des nouveaux petits modèles à la calandre avant ronde. J'entendis les deux portières se refermer, quasiment en même temps. Les deux silhouettes se mirent à avancer dans ma direction. Je restai planté à côté du hangar.

1. Sur un terrain de base-ball, plaque marquant le début et la fin du parcours que doit effectuer le batteur pour marquer un point. *(NdT.)*

Mon regard passa de l'un à l'autre pendant qu'ils approchaient. La femme était sur ma gauche, l'homme sur ma droite. C'était lui qui conduisait. Ils marchaient lentement, la femme avançant prudemment sur le sol accidenté.

Ils étaient tous les deux habillés de noir. La femme en imperméable noir, bottes noires à hauts talons et collants noirs. Avec un sac noir en bandoulière. L'homme en long trench-coat noir et chaussures de cuir noir. Il portait des lunettes noires, alors même que le soleil était couché depuis longtemps.

Ils approchèrent.

– Alex, dit la femme.

Sa voix ne laissait rien paraître. Aucune émotion.

– Rhapsody, dis-je.

C'était une belle femme, incontestablement. Elle avait des yeux perçants. Les sourcils noirs. Un visage de mannequin, et cependant quelque chose ne collait pas vraiment. Il y avait un aspect anguleux dans ses traits qui m'aurait mis la puce à l'oreille, même dans des circonstances normales.

Comme avait dit d'elle Natalie, elle ressemblait à Cruella De Ville, en plus jeune et plus sexy.

Et Laraque… Ce que je pouvais en voir derrière ses lunettes noires… Natalie m'avait dit qu'il n'était pas grand. Ni costaud. Ni du tout imposant physiquement. Avec néanmoins une impression de puissance qui émanait de lui…

C'était lui. Je serrai les poings. C'était lui.

– Vous n'avez pas idée de ce que nous avons enduré pour arriver jusqu'ici, reprit Rhapsody. J'espère que vous êtes disposé à ce que ça en vaille la peine.

Le sac qu'elle portait en bandoulière n'était pas fermé, en position idéale pour y plonger la main droite. Je n'avais pas le moindre doute quant à ce qui devait se trouver dedans.

– Souvenez-vous d'une chose, lui dis-je. Si vous me tuez maintenant, vous ne récupérerez pas vos armes.

– Qui a parlé de vous tuer, Alex ? On est venus pour discuter.

Je regardai Laraque. Il n'avait pas encore prononcé un mot.

– Alors discutons, dis-je. Je vais vous demander quelque chose. Je veux la vérité.

Il ne dit rien. Ne fit pas un geste.

– Je vous prie de retirer vos lunettes.

Rien. Une véritable statue.

– Il ne le souhaite pas, dit Rhapsody.

– Ce n'est pas à vous que je parle, continuai-je sans la regarder. Je veux vous poser une question et je veux voir vos yeux quand vous y répondrez.

Encore un long moment. Quelque chose passa au-dessus de nos têtes. Ou un oiseau en retard, ou une chauve-souris en avance.

– Retirez-les, dis-je.

Un geste. Enfin. Il baissa la tête de quelques millimètres. Puis il leva la main droite, ôta ses lunettes et les fourra dans la poche de son imperméable.

Comme je faisais un pas vers lui, je sentis Rhapsody déplacer son sac en bandoulière. J'étais à une seconde de mourir.

Je m'en fichais.

– Natalie Reynaud était l'un des officiers de police avec qui vous vous êtes entretenus dans la chambre d'hôtel, dis-je.

Il me regarda dans les yeux. Il y avait encore juste assez de lumière pour distinguer clairement ses traits.

– Elle et son coéquipier ont été abattus. Je veux savoir si vous en êtes responsable.

Ses yeux étaient marron avec des reflets verts. Couleur noisette, comme on dit. Bien que dans la lumière du soir, ils paraissaient plutôt dorés avec des reflets ternes.

– Vous les avez fait tuer, Laraque ? Dites-le-moi.

Il cligna des yeux une fois. Deux fois. Lentement, il hocha la tête.

On fait le vide. On pose la question. On écoute et on observe. On sait d'instinct si c'est la vérité.

– Dites-le-moi, répétai-je. Parlez. Les avez-vous fait tuer ?

– Non, répondit-il. Non.

Je l'observai. Je me rappelai ce que Natalie avait dit de lui, de la peur qu'elle avait ressentie à simplement se trouver dans la même pièce que lui.

Quelque chose se passa alors. Il bougea les yeux. Il se mit à regarder en direction de Rhapsody. Puis il s'arrêta.

Cela se passa aussi vite que ça. Mais ça ne collait pas.

Peu importe s'il mentait ou disait la vérité. À cet instant précis, je compris quelque chose de bien plus important. Natalie Reynaud n'aurait jamais eu peur de cet homme.

– Vous n'êtes pas Laraque, dis-je.

S'il y avait eu le moindre doute, sa réaction aurait suffi à le dissiper. Ses yeux s'écarquillèrent avant qu'il tente de se ressaisir.

– Qu'est-ce que vous racontez ?

– Vous n'êtes pas Laraque. Qu'est-ce que ça veut dire ?

L'arme jaillit du sac de Rhapsody. Elle ressemblait à certaines que j'avais vues dans le bateau – un automatique avec un silencieux vissé sur le canon. Ce satané truc était si long que c'était inouï qu'elle ait réussi à le sortir aussi vite de son sac.

– Bon, ça suffit comme ça, dit-elle. Dites-nous seulement où est la marchandise.

– Où est Laraque ?

– Ne vous occupez pas de lui. C'est avec moi que vous devez traiter.

– Je vous ai déjà dit que je ne parlerai avec personne d'autre.

– Vous ne comprenez pas ce que j'essaie de vous dire. Laraque n'est plus dans le coup. Vous ne pouvez pas lui parler.

– La première chose que vous pouvez faire, c'est de ramener votre M. La classe ici présent au Canada. C'était l'idée de Laraque, au fait ? Envoyer un larbin pour prendre sa place ? C'est ça, le genre de type que c'est ?

– Alex, écoutez-moi…

– Deuxième chose, vous allez dire au vrai Laraque qu'il a vingt-quatre heures de plus pour ramener son cul ici.

– C'est que ça va être difficile, vu qu'il est actuellement très mort. À moins que vous souhaitiez le rejoindre. Peut être pourrez-vous lui parler dans l'autre monde. Je ne sais pas.

– Qu'est ce que vous racontez ? Qui l'a tué ?

– D'après vous, malin ?

– Vous ? Pourquoi auriez-vous fait ça ?

Elle hocha la tête.

– Je sais que vous êtes un homme, aussi vais-je essayer de parler lentement. J'ai tué le patron pour prendre le contrôle des opérations. Vous m'avez comprise ?

– Ça n'est pas une raison suffisante. Pas comparée à la mienne.

– Comme vous voudrez, Alex. Remettez-vous, parce qu'on ne plaisante pas. Pourquoi n'êtes-vous pas raisonnable et ne nous dites-nous pas où se trouve la marchandise avant qu'on vous fasse vraiment du mal.

– Qui c'est « nous » ? Vous et votre porteur ?

– Non, pas lui. Jacques est mon chauffeur. Il est plutôt inoffensif.

– Alors de qui parlez-vous ?

– Et entre parenthèses, cette histoire de faux Laraque, ça n'était pas mon idée. J'ai moi-même trouvé que c'était un peu trop.

– De qui était-ce l'idée ? De qui est-ce que vous parlez ?

– Je crois que c'est à toi de jouer, chéri, dit-elle.

Elle leva le menton, parla suffisamment fort pour que quelqu'un puisse l'entendre, quelqu'un qui attendait derrière les arbres.

J'entendis les bruits de pas. Je me retournai et vis l'homme. Je le reconnus en une seconde.

C'était Cap.

22

Il avait une arme identique à celle de Rhapsody, avec le même long silencieux vissé à la gueule du canon. Il avança vers moi en souriant, comme s'il reprenait contact avec un ami perdu de vue depuis longtemps.

– Alex et moi sommes tombés d'accord sur un point, dit Rhapsody. Ton idée était idiote.

– Vraiment ?

Il s'approcha plus près de moi sans me quitter des yeux à aucun moment. Il rangea un instant son arme dans sa poche arrière, juste le temps de me fouiller et de prendre le flingue de Leon dans la poche de ma veste. Je m'attendais qu'il descende sur chaque jambe et trouve l'étui de cheville.

Mais il ne le fit pas.

– Alex a tout de suite deviné, dit Rhapsody. Jacques n'avait pas la moindre chance.

– Il voulait Laraque, dit Cap.

Il fit passer l'arme de Leon dans sa main droite et la jeta au loin. Elle tomba au milieu du chenal en faisant plouf. Puis il se mit à me tourner autour en décrivant de petits cercles.

– Alors on lui a amené Laraque. Je pensais que ce serait plus facile comme ça.

– Hé, s'écria le faux Laraque en levant les mains, vous ne m'aviez pas dit que ce type serait là.

– Ta gueule, Jacques ! lança Rhapsody.

– Non, ce type est fou. Je ne me suis pas engagé pour ça.

– Ferme ta putain de gueule !

– Sérieusement. Je vous laisse résoudre ça. Je vous attends plus loin.

– Tu ne bouges pas d'ici.

– Des clous. Je me tire.

Cap se détourna de moi et lui tira deux fois dans la gorge. « Shomp shomp. » Deux coups sourds comme le bruit d'un pistolet à clous. Moi, sur le toit de mon chalet, en train de clouer un bardeau. Ça faisait exactement le même bruit.

Au début, l'homme n'exprima rien d'autre que de la surprise. Il essaya de parler, mais ne put proférer un son, ses cordes vocales déjà encombrées tandis que son sang inondait l'avant de son manteau. Il tomba à genoux en regardant par terre comme s'il n'arrivait toujours pas à comprendre ce qui venait de lui arriver. Et tenta encore de parler. Puis il tomba sur le côté et passa les quelques secondes suivantes à nous regarder tous les deux fixement.

– Était-ce bien nécessaire ? demanda Rhapsody.

– Tu m'as dit que ce n'était même pas un bon chauffeur.

Je regardai l'homme mourir par terre. Il me vint à l'esprit qu'il l'avait peut-être abattu devant moi pour me faire savoir exactement de quoi il était capable.

– Je croyais que tu étais parti depuis longtemps, lui dis-je. Après avoir tout fait pour me pousser à m'en prendre à M. Gray.

– Qu'est-ce que j'entends ? dit Rhapsody. C'est intéressant.

– Aucune importance, dit-il en continuant à me tourner autour. C'était une idée comme ça, un truc que j'ai dit sans réfléchir.

– Je croyais que tu n'avais pas peur de Gray, dit-elle.

– Je viens de lui mettre une balle dans la tête ça fait deux jours. Est-ce que ça donne l'impression de quelqu'un qui a peur de qui que ce soit ?

– Tu as tué Gray ? demandai-je.

Il s'arrêta devant moi.

– Oui. Maintenant dis-moi où sont les armes ou tu subiras le même sort. Je te le promets.

– Je pense qu'il avait aussi peur de vous, me dit-elle. Je pense que c'est pour ça qu'il a eu cette idée.

– Rhapsody…

– « Prends Jacques comme doublure, dit-elle en l'imitant et en exagérant l'arrogance de sa voix. McKnight n'y verra que du feu. Et s'il finit par le tuer, peu importe. »

– Qu'est-ce que tu en penses ? me demanda-t-il. Tu penses que j'ai peur de toi ?

– Je pense que tu roules des mécaniques quand ta copine couvre tes arrières, lui dis-je.

Il fit mine de se retourner, puis il me cueillit avec un direct à l'estomac. Lequel me plia en deux. Je continuai dans mon élan jusque par terre, cherchant le mini automatique sous la jambe de mon pantalon. Dégainer et tirer, si je faisais assez vite…

Non. Pas encore. L'un ou l'autre m'abattrait en une seconde.

– Bon, assez de bla-bla, dit Cap. Où sont les armes ?

« Joue la comédie, pensai je. Gagne du temps, réfléchis à ce qui se passe, bordel. »

– Elles sont là-bas, dis-je en montrant le lac.

Je luttais pour retrouver mon souffle. Laraque était mort. Gray était mort. Je n'arrivais pas à croire que tout ne se résumait plus qu'à ces deux-là.

– Qu'est-ce que tu racontes, McKnight ? Où ça « là-bas » ?

– Il faut que je vous y emmène.

– Qu'est-ce que tu as fait ? Tu les as cachées sur une île comme un pirate ?

– Oui, exactement

Il se pencha tout près de moi.

– Est-ce que tu te rends compte à quel point tu m'as déjà pourri la vie ? Hein ?

– Ce type dit qu'il va nous conduire jusqu'à la marchandise, dit Rhapsody. Alors laissons-le faire.

Tu le crois vraiment ?

– Il a l'air intelligent. Il sait que s'il nous rend tout, on le laissera partir.

Il me saisit par le col.

– Où sont-elles, McKnight ?

– Il a dit qu'il nous y emmenait, reprit-elle. Tu es sourd ?

– Ça ne prend pas. Je te jure que si…

– Tu as une meilleure idée ?

– Oui, j'en ai une, répondit-il en me posant son arme sur la tempe.

– Ce serait malin. On serait assurés de récupérer les flingues.

Il laissa échapper de sa gorge un long bruit étouffé et me lâcha. Je commençai à entrevoir comment les choses se passaient entre eux. Ils avaient, à n'en pas douter, un long passé commun.

– Il faut d'abord qu'on fasse le ménage ici, dit-elle. Emmène Jacques dans le hangar.

– On peut le prendre avec nous sur le bateau. Et le foutre à l'eau.

– Je ne monte pas dans le bateau avec lui. Mets-le dans le hangar pour le moment. Tu reviendras le chercher plus tard pour le foutre à l'eau.

– McKnight va s'en occuper, dit-il en me donnant un coup de pied. Debout !

– Il est encore en train de se remettre de ton coup bas, Cap. Ferme un peu ta gueule et tire Jacques par le cul jusqu'au hangar, d'accord ?

– Rhapsody, je ne te le dirai pas deux fois. On est associés maintenant. Ça veut dire que tu ne me parles pas sur ce ton.

– Pardonne-moi. Aurais-tu l'amabilité de déménager Jacques dans le hangar ? C'est mieux comme ça ?

Il la jaugea un instant et finit par placer ses poignets sous les aisselles du mort et le traîner par terre.

– Allons-y, lança-t-elle, et avec son arme elle me fit signe d'avancer en prenant soin de ne pas marcher dans le sang. Cap, tu ferais bien de nettoyer aussi tout ça au jet quand on aura fini.

Il cracha sur le côté et continua à traîner le corps. Quand nous arrivâmes devant la porte, il le laissa tomber un instant et fouilla dans ses poches à la recherche des clés.

– Tu as vraiment besoin d'une clé ? demanda-t-elle.

– J'imagine que non, répondit-il. Vu que notre ami s'y est déjà introduit par effraction. Très organisé, McKnight. Vous vous êtes servi d'une masse ?

– Je croyais que ton pote Brucie surveillait les opérations, dit-elle. Où est-il ?

– On peut aller le voir si tu veux. Mais je ne pense pas qu'il soit en état de recevoir de la visite.

– Dépêche-toi d'ouvrir cette porte, il va faire nuit quand on arrivera là-bas.

Il obéit. Puis il traîna le corps à l'intérieur et le laissa sur la passerelle.

– On va loin comme ça, McKnight ? demanda-t-il en sautant à bord et en se retournant vers moi, l'arme pointée sur ma poitrine.

– Non, c'est pas loin. Je vais prendre le volant.

– Compte là-dessus. Tu vas t'asseoir là et me dire où aller.

Je montai à bord et m'assis sur un des sièges du pont arrière. Rhapsody s'assit à deux bons mètres face à moi. Cap grimpa sur le siège du capitaine et mit le moteur en route. Une minute plus tard, nous étions sur le chenal.

– Par où ? demanda Cap en parlant suffisamment fort pour se faire entendre malgré le bruit du moteur. À droite ?

– Oui. Continue tout du long jusqu'au lac.

Il se tourna vers moi et me regarda, puis Rhapsody.

– Tu l'as entendu, dit-elle. Va jusqu'au lac.

Il hocha la tête et braqua le volant à droite en allumant le GPS pour suivre l'itinéraire sécurisé, tout comme je l'avais fait. J'étais assis là à réfléchir à ce qui se passait et aux possibilités qui s'offraient à moi. Laraque disparu… Bordel, ça ne me paraissait pas tenir debout.

– Est-ce que vous l'avez vraiment tué ? demandai-je à Rhapsody. Je ne vous vois pas faire ça.

– C'est un compliment ou une insulte ?

– Maintenant vous essayez de récupérer ses armes. Vous êtes vraiment en train de le remplacer.

– C'est bien ça l'idée.

– Et si Cap a vraiment buté M. Gray, alors vous êtes maintenant des deux côtés de l'affaire. Vous avez la partie canadienne et Cap la partie américaine.

Elle jeta un œil dans la direction où nous allions, puis elle revint sur moi.

– J'espère que vous pouvez vous fier à lui, repris-je. Il me paraît un peu psychotique.

Cap se retourna vers nous.

– Contente-toi de nous indiquer le chemin, dit-il. Sinon, tu peux te taire.

– Je faisais juste une remarque. Vous n'avez pas l'air de vous entendre si bien que ça, tous les deux.

Je tentais maintenant le tout pour le tout. J'essayais de trouver un quelconque moyen de pression, ou quelque chose qui détourne leur attention, ne serait-ce qu'un instant.

– On s'entend pas mal, dit Rhapsody, quand il le faut.

– Si vous le dites. Ça ne me regarde pas. C'est juste que ça m'inquiéterait un peu d'avoir un associé aussi instable.

– Cap et moi marchons ensemble depuis longtemps, Alex. C'est nous qui avions déniché Laraque et Gray au départ.

– Vous aviez prévu ça depuis le début ? Vous attendiez le moment opportun pour prendre leur place ?

Elle me sourit. Je n'arrivais à rien. Il me fallait autre chose, quelque chose qui puisse faire diversion.

– Jusqu'où est-ce qu'on va comme ça ? demanda Cap. Je reste dans le chenal ?

– Jusqu'au bout, répondis-je.

– Et ensuite ?

– Je me souviendrai quand on arrivera.

Il lâcha le volant des deux mains le temps de visser à fond le silencieux de son arme. Tout en me regardant.

– Vous n'êtes pas en train de nous balader ? dit Rhapsody. N'est-ce pas ? Parce que je serais vraiment déçue.

– Comment ferais-je une chose pareille ?

– Il ne vaut mieux pas me décevoir, Alex. Croyez-moi.

– Je comprends.

Elle avait alors son arme sur les genoux, sa main droite toujours serrée sur la crosse. « Il doit y avoir un moyen, pensai-je. Que ferait Leon ? »

– Ça doit commencer à sentir le roussi pour vous en ce moment, dis-je. Tuer deux flics n'était peut-être pas une idée si géniale.

– En effet, dit Cap sans se retourner. Ça n'était peut-être pas si génial.

– Ne commence pas, lança-t-elle.

– Commencer quoi ?

– Tu as entendu ? Ne m'en parle même pas. C'était une erreur inévitable.

– Tu ne penses toujours pas que je m'en serais rendu compte avant d'abattre le type ?

– Comment tu aurais fait ?

– Eh bien, voyons… Si j'étais allé chez lui… Oui, peut-être que j'aurais remarqué quelque chose. Son insigne sur la table par exemple ? Son bol à café réglementaire de la police montée ? Son diplôme de l'Académie de police au mur, nom de Dieu ?

Il s'interrompit, ferma les yeux quelques secondes, comme s'il était en train de compter jusqu'à trois. Quand finalement il regarda à nouveau le GPS, il dut virer brutalement à gauche pour reprendre la bonne direction. Rhapsody faillit tomber de sa chaise. J'imaginai un bref instant que son arme lui échappait des mains, que je tentais le coup. Mais l'instant passa.

– Belle prestation, dit-elle. Y a-t-il quelque chose que tu ne fasses pas bien ?

– Va te faire foutre ! Et demande à ton pote où on va comme ça. On est presque arrivés au lac.

– Continue toujours tout droit, dis-je. Garde le même cap.

« Elle a tué le coéquipier de Natalie, pensai-je. Probablement avec cette même arme. Mais ici, dans le Michigan… Cap n'aurait pas pu tuer Natalie. À moins… »

Minute, mais pourquoi au fait les auraient-ils même tués ? S'ils ne savaient pas qu'ils étaient flics avant de…

– McKnight, reprit Cap. Je commence à me demander si tu n'es pas en train d'essayer de gagner du temps.

– Encore quelques kilomètres, répondis-je. Garde le cap.

S'ils ne savaient pas que c'était des flics… Alors, c'est qu'ils les avaient pris pour de vrais trafiquants d'armes.

– Je ne me souviens d'aucune île par ici, continua Cap. Tu es en train de nous emmener au beau milieu du lac Huron, bordel.

Et s'ils les avaient pris pour de vrais trafiquants d'armes…

Bordel de merde. Ils les avaient pris pour des concurrents. Ils étaient tout prêts à prendre la tête de l'organisation jusqu'à ce que ces nouveaux arrivants débarquent. Bordel, c'était probablement pour ça que Cap et Brucie étaient restés coincés là quelques jours. Peut-être n'était-ce pas le mauvais temps. Peut-être était-ce Laraque qui essayait de faire jouer la concurrence entre les Américains, de faire monter les enchères.

– McKnight, tu ferais mieux de dire quelque chose. Ou je jure devant Dieu que je vais te tuer tout de suite.

Natalie et son collègue n'étaient pas morts parce qu'ils avaient été grillés.

Ils étaient morts parce qu'ils ne l'avaient pas été.

– McKnight ?

Elle avait tué Resnik, récupéré son portable et trouvé mon numéro. L'avait transmis à Cap. Bordel, ç'avait dû lui faire une sacrée surprise. Ou peut-être pas du tout. Peut-être cela avait-il expliqué beaucoup de choses, par exemple pourquoi Vinnie et moi essayions de le faire déguerpir. Cela avait dû lui sembler parfaitement logique s'il pensait que je faisais partie de la chaîne logistique de Natalie.

Il était donc venu jusqu'à chez moi… En croyant que j'étais déjà mort, bien sûr. Mais ensuite ? Personne d'autre ne l'aurait su. J'aurais juste été porté disparu. Il était venu chez moi et y avait trouvé la Jeep de Natalie. Pas mon pick-up. Ce qui, là encore, avait dû lui paraître normal. J'étais un peu plus loin sur la route, mais, ça, il ne le savait pas.

Il avait ouvert la porte et il était tombé sur Natalie. Il avait dû se dire qu'elle était venue me chercher et que, ne me voyant pas, elle s'était installée pour m'attendre.

Lui avait-il dit qu'elle attendait quelqu'un qui était mort ? Lui avait-il dit un seul mot avant de l'abattre de sang-froid et partir ?

Cap coupa le moteur et laissa dériver le bateau. Et descendit par l'échelle.

– Parle maintenant, dit-il en me braquant son arme sur la tête. Où sont-elles ?

– Tu l'as tuée, dis-je. Tu as tué Natalie.

– Eh oui. C'est ça que je fais, tu te souviens ?

Je voulus saisir mon arme aussitôt. Lui vider tout le chargeur dans le corps. Lui prendre son flingue et recommencer.

– Cap, du calme, dit Rhapsody. Laisse-moi faire.

– Tu en as assez fait comme ça. Regarde où ça nous mène.

– Qu'est-ce que c'est censé vouloir dire ?

– Regarde où on est, dit-il en indiquant toutes les directions. Tu trouves ça normal ?

– Non, c'est pas normal.

– Tu en es sûre ?

– Oui, Cap. C'est pas normal.

– Et pourtant tu as l'air de prendre ça très bien. On prend le bateau et on va au beau milieu du lac. Pas de problème.

– Je joue le jeu, c'est tout. Je prends Alex au mot.

– Mais bien sûr. Pourquoi pas ?

– Qu'est-ce qu'on peut faire d'autre ?

– Rien, voyons. Tu as parfaitement raison. Tout se passe à merveille. Dès qu'Alex nous aura rendu les armes, où qu'elles se trouvent, nom de Dieu, on y va et on fait l'échange. L'autre bateau n'est pas bien loin d'ici, n'est-ce pas ? L'île St Joseph est juste de l'autre côté du lac.

« Ils sont distraits, pensai-je. Ils sont complètement focalisés l'un sur l'autre. Ça me donne une seconde supplémentaire. »

– C'est ce qui est prévu, dit-elle. Si tu nous laisses continuer.

– On va faire un petit saut là-bas. Tes gars nous attendent ?

– Oui, Cap. Pour l'amour du Ciel…

La main droite sur la jambe du pantalon, la remonter, dégainer. Tirer. À quelle vitesse je peux faire ça ?

– Oh, mais seulement après avoir raccompagné Alex et l'avoir laissé partir, poursuivit Cap. J'ai failli oublier ce détail.

– Tu essaies de tout gâcher ? Parce que tu fais tout pour.

Elle me regarda, juste au moment où je commençais à me pencher en avant. Je m'arrêtai net.

– Je fais juste en sorte que ce soit bien clair dans ma tête, dit Cap. On ne va pas tuer Alex et balancer son corps dans le lac.

– Bien sûr que non.

Elle me regarda à nouveau. Je ne pourrais jamais tenter ma chance si elle continuait comme ça.

– Et tu ne pensais pas non plus me tuer et me balancer dans le lac, reprit Cap. Je veux dire… une fois que tu aurais les armes et que tu n'aurais plus besoin de moi ?

– Qu'est-ce que tu racontes ?

– Je dis juste que je trouve que tu as accepté bien vite. Toute cette histoire de sortie en bateau…

« C'est ça, pensai-je. Continuez à vous disputer. Ça peut me servir. »

– Arrête ! cria-t-elle. On est des associés, maintenant.

– C'est ce que je croyais.

– On l'est. Et ce n'est qu'un premier pas, n'oublie pas. On a fait le ménage et maintenant on dirige la barque.

Réfléchis, Alex. Il y a un début d'incendie. Comment t'y prendre pour verser du carburant ?

Oui, dit Cap. C'est vrai. On a tué les patrons et on a pris leur place.

« Minute, pensai-je. Quelque chose ne tourne pas rond. Qu'avait dit Natalie sur ce rendez-vous dans la chambre d'hôtel ? Rhapsody et Laraque ensemble, la façon dont elle les avait décrits… »

– On a réussi, renchérit Rhapsody. Le monde nous appartient maintenant. À tous les deux.

Chaque détail me revenait à présent. À quel point Rhapsody avait paru terrifiée jusqu'à ce qu'il la touche. Cette dynamique de pouvoir que seule Natalie avait vue.

– Oui, dit Cap les yeux plissés en réfléchissant intensément. À tous les deux.

« C'est impossible », pensai-je. Je savais que c'était un mensonge. Elle n'avait pas pu le tuer. Elle n'avait rien pu faire toute seule, pas sans lui. J'avais l'impression que c'était Natalie qui se tenait à côté de moi et m'offrait de jouer cette toute dernière carte.

– Comment l'avez-vous tué ? dis-je.

Ils me regardèrent tous les deux.

– C'est à vous que je parle, Rhapsody. Comment avez-vous tué Laraque ?

– Fermez-la !

– Dites-le-moi. Je suis sûr que Cap aimerait savoir, lui aussi. Comment l'avez-vous tué ?

– Je vous ai dit de la fermer.

– Dis-lui comment tu t'y es pris, dit Cap. Vas-y.

– Laisse tomber. Je parle sérieusement.

– Dis-le-lui, insista-t-il.

Il était maintenant de mon côté. Il avait mordu à l'hameçon.

– Dis-lui comment tu as tué Antoine.

– Je lui ai tiré dessus. C'est tout.

– Tu lui as tiré dessus où ça ?

– À la tête.

– Non, où est-ce qu'il était quand tu l'as descendu ?

Elle poussa un long soupir.

– Dans sa baignoire.

– Voilà, dans sa baignoire. Dans la salle de bains.

– Mais non, voyons, sa baignoire est dans la cuisine.

– Il l'a senti venir ?

– Ça suffit comme ça maintenant, dit-elle. Je t'ai dit de laisser tomber.

– C'est quelque chose d'assez dégueulasse à faire, Rhapsody. Je suis impressionné. Ça a dû mettre un sacré foutoir. Sa cervelle partout sur le carrelage de la salle de bains ?

– Arrête.

– Mais c'était le prix à payer, non ? C'était la condition pour arriver au sommet.

Elle ne lui répondit pas.

– Tu sais ce qui serait vraiment minable ? dit-il. Ça serait que tu ne l'aies pas réellement tué. Que tu l'aies seulement dit.

– Arrête avec ça.

– Parce que ça voudrait dire quoi ? Que vous êtes tous les deux en train de penser à me doubler ? À m'éliminer de l'affaire et à trouver un nouvel associé américain ? Maintenant que Gray n'est plus là ?

– Cap. Je ne plaisante pas.

– Après tout, qui voudrait d'un associé instable ?

– C'était le terme d'Alex, pas le mien.

Elle me regarda une fois encore. Je vis sa main droite serrer plus fermement son arme. Cap le vit aussi.

Il lui tira dans le ventre. Shomp, le même bruit sourd.

Rhapsody laissa échapper une longue plainte, fit tomber son sac sur le pont, posa une main sur son ventre et se plia en deux comme si elle allait vomir.

– Cap, gémit-elle. Cap, bon Dieu… Qu'est-ce que tu as fait ?

– Je dirai à Laraque que tu as eu un petit accident sur le bateau. Je suis sûr qu'il s'en remettra. Surtout s'il n'a toujours pas reçu sa livraison.

Elle chancela comme si elle était sur le point de s'affaisser. Puis elle leva son arme. Cap tira encore, shomp, cette fois dans la poitrine. Elle partit en arrière et s'écroula sur le plat-bord en laissant tomber son arme dans l'eau. Le sang inonda son chemisier, le rendant encore plus noir qu'il n'était.

Je glissai ma main droite vers le bas, jusqu'à mon genou gauche. Remonter la jambe du pantalon, dégainer, tirer. Juste comme ça.

Il se tourna vers moi. Je me figeai.

– Bon, maintenant à toi, dit-il.

Il avait les yeux écarquillés et me regardait comme si c'était moi qui venais de la descendre.

– C'est ton tour. Tu vas me dire où sont les armes.

– Et sinon ?

C'était maintenant devenu tellement simple. Il ne restait plus que moi et l'homme qui avait tué Natalie, seuls sur le bateau, au milieu du lac.

– As-tu même besoin de poser la question ?

« Tourne-toi encore une fois, pensai-je. Donne-moi deux secondes. »

– Tu vas me tuer, dis-je. J'ai compris. Et alors, puisque je m'en fous ?

Je m'en foutais, sincèrement. Oublié, le pistolet sur ma cheville. Si j'avais eu une bombe, j'aurais fait sauter le bateau sur-le-champ, sans hésitation. Pour le faire disparaître en même temps que moi.

– J'ai du nouveau pour toi, dit Cap. Quelque chose qui vaut la peine d'y réfléchir. Si tu ne me dis pas où sont les armes, non seulement je te tue, mais je retourne sur la berge, je prends ma voiture et je vais tuer tous ceux que tu aimes. Ton ami indien. Tes autres amis sur le lac… Comment ils s'appellent déjà… Tyler et Liz ? Le gros type, Leon. Bordel, peut-être même que je tuerai aussi sa grosse femme pendant que j'y suis. Et le vieux type au bar. Je n'oublie personne ?

« Une bombe », pensai-je. Faire sauter le bateau tout de suite. Je n'aurais pas hésité une seconde.

– Je vais tous me les faire cette nuit, continua-t-il. Tu doutes de ce que je dis ? Tu ne crois pas que je le ferai ? Avant le lever du soleil, ils seront morts, tous sans exception. Tu as trois secondes.

Une bombe.

– Tu veux savoir où sont les armes ? dis-je en me levant lentement.

– Mais tu es sourd ou quoi ? Oui, McKnight. Oui, je veux savoir où sont les armes.

– Je crois qu'on se trouve juste au-dessus, dis-je. En ce moment même.

– Qu'est-ce que tu veux dire ? Tu veux dire qu'elles sont dans le lac ?

– Oui.

– Nom de Dieu, tu veux dire que ces armes sont au fond de ce lac ?

– Oui, nom de Dieu, elles sont dans ce lac. À environ trente mètres, nom de Dieu.

Il resta planté là un moment. Au moins, j'avais enfin réussi à le faire s'arrêter de parler.

– Bien sûr, ça n'a plus d'importance, ajoutai-je. Parce que la bombe explosera dans à peu près une minute.

Je jetai un rapide coup d'œil à ma montre. Quelque part, Leon souriait.

– Qu'est-ce que tu racontes ?

– C'est pour ça que je voulais vous retrouver au hangar à huit heures. Je savais qu'on serait ici vers neuf heures. Et au beau milieu du lac. Ce qui était parfait. Je ne voulais rien faire sauter d'autre. Que nous.

– Tu n'es pas sérieux, dit-il en faisant un pas vers moi.

« C'est ça, pensai-je. Rapproche-toi. Fais encore un pas. »

– C'est la dernière chose que je demande à la vie. Si tu disparais en même temps que moi, je serai heureux.

– Pas question, McKnight. Il n'en est pas question.

Encore un pas. Allez.

– Même si tu faisais demi-tour tout de suite, on n'arriverait jamais à terre. C'est certain.

– Bien tenté. Mais ça ne prend pas.

Il fit encore un pas.

– J'étais au hangar bien avant que vous arriviez. Tu crois que je suis resté assis là à attendre ?

Cette fois-ci, il ne dit rien.

– Je l'ai placée juste sous le pont. Juste là, dis-je en montrant du doigt un endroit derrière lui.

Dans un même mouvement, je tentai de saisir le canon de son arme. Je le sentis frémir dans ma main quand il fit à nouveau feu. Je poussai l'arme vers le haut, essayai de la maintenir au-dessus de nos têtes afin de pouvoir le frapper facilement avec ma main libre. Je le fis pivoter sur lui-même aussi violemment que possible et lui expédiai mon coude droit dans le menton. Il me donna un coup de pied, tenta de m'envoyer son genou dans les parties, de ramener son arme vers ma tête.

Je l'accompagnai dans son mouvement, baissai la tête quand il appuya à nouveau sur la détente et le poussai jusqu'à ce qu'il perde l'équilibre. J'appuyai mon genou sur son dos et le poussai contre l'échelle en faisant tourner l'arme dans sa main. Elle nous échappa à tous les deux et tomba bruyamment sur le pont.

Il pivota sur lui-même et me donna un coup de coude dans le ventre, me coupant la respiration. Puis il tenta de me donner un coup de boule dans le nez. Je m'écartai juste à temps, mais tout devint blanc quand le coup m'atteignit en plein sur la pommette.

Je tentai de me cramponner à lui, mais il réussit à m'échapper. Je l'empoignai par-derrière au moment où il allait ramasser son arme. Il me donna des coups de pied et m'atteignit plusieurs fois au ventre, à la hanche. Je le saisis par les côtés, agrippai sa ceinture et le tirai en arrière aussi fort que possible. Il avait son arme à la main. Il tenta de se retourner pour me tirer dessus. Je lui saisis le poignet et tentai de le tordre. Il fallait que je me remette sur les genoux, que j'aie assez de prise sur lui, mais il était plus rapide que moi. Il était en train de se hisser en dehors du pont.

Je me mis sur un genou. Puis sur l'autre. Je pris appui sur un pied et calai mon épaule contre lui. Je sentis ses poumons se vider d'un coup quand je le propulsai violemment sur le plat-bord, juste à côté du corps de Rhapsody.

Je perdis le peu d'équilibre que j'avais en marchant dans le sang. Il y en avait juste assez sur le pont de bois pour que nous nous mettions tous les deux à glisser comme sur de la glace, jusqu'à ce que je parvienne à lui entourer le poignet droit de mes deux mains. Je lui frappai le bras contre le rebord du plat-bord. Encore. Et encore. Je vis son arme lui échapper peu à peu des mains. Encore une fois et ce fut fait.

Elle tomba dans l'eau et coula. Disparut à jamais, comme celle de Rhapsody, comme toutes les autres en dessous, toutes les armes du monde au fond du lac.

Toutes, sauf le petit pistolet toujours sanglé à ma cheville.

Cap m'envoya plusieurs fois son poing sans m'atteindre. Je le frappai au ventre. Puis au visage. Il tomba sur le pont et roula sur lui-même. Quand il se releva, il avait le sac noir de Rhapsody. Avant que j'aie pu parvenir jusqu'à lui, il glissa la main à l'intérieur et en sortit un couteau à cran d'arrêt. Il pressa sur le bouton et je vis l'éclat de la longue lame en acier.

– Je vais te découper comme une dinde, McKnight.

Je me baissai pour atteindre l'étui de cheville. Il vint sur moi plus vite que je ne l'aurais cru possible. Je me jetai en arrière en tendant une jambe pour le faire trébucher dans son élan. Je sentis la caresse de la lame sur mon front.

Quand je me retournai, il était en train de se relever. Du sang me coulait dans l'œil gauche.

Il resta là un moment à respirer. Essuya sa lame sur sa veste en crachant du sang.

– Tout allait bien jusqu'à ce que tu arrives, dit-il.

– Pareil pour moi, répondis-je en tirant sur la jambe de mon pantalon et en dégainant le pistolet que je lui braquai en pleine figure.

– Oh, merde !

– Lâche le couteau.

– C'est pas vrai. Quoi d'autre ?

– Lâche-le. Jette-le par-dessus bord.

Il lança le couteau dans l'eau. Et resta planté là, les bras pendant le long du corps.

Le sang me coulait à flots dans l'œil. Je ramassai le sac de Rhapsody et le renversai. Son portefeuille tomba. Son téléphone portable. Une trousse de maquillage. Un petit paquet de mouchoirs en papier. Je sortis tous les mouchoirs et les appliquai sur ma coupure au front. J'avais du sang partout sur la figure, partout sur les mains. Sur mes vêtements. Le sang de Rhapsody mélangé à celui de Cap mélangé au mien.

– Et maintenant qu'est-ce que tu vas faire ? dit-il en essuyant encore du sang sur sa bouche.

Il commençait à faire nuit. Il n'y avait pas de brouillard ce soir-là. Les étoiles commençaient à paraître au-dessus de nous. Les seuls bruits étaient ceux de notre respiration et de légers craquements du bateau qui dérivait.

– Je ne bouge pas d'ici, dit-il enfin. Je vais rester planté là.

– Tant mieux. Tu feras une meilleure cible.

– Tu ne pourras pas me tuer.

– Pourquoi ?

– Tu n'y arriveras pas. Tu le sais.

Je gardai mon arme braquée sur lui. Sans rien dire.

– Tu n'as pas ça en toi, McKnight. Tout comme Brucie, tu te souviens ? Et comme Rhapsody, finalement. Il n'y a pas beaucoup de gens sur cette terre capables de tuer de sang-froid.

– Brucie n'avait pas une raison suffisante, dis-je. Rhapsody non plus.

– C'est pas ça qui compte. On peut ou on ne peut pas.

Je restai ainsi. L'arme à la main.

– Tu n'es pas un tueur, reprit-il à voix basse, presque en chuchotant. Tu n'y arriveras pas.

Il me fixait dans les yeux. Sans sourciller.

– Tu n'y arriveras pas.

Je ramassai sur le pont le téléphone portable de Rhapsody et l'allumai. Après quelques notes de musique, je constatai à la lumière ambiante qu'il recevait un signal faible. Elle avait, à l'évidence, un bien meilleur téléphone que moi.

J'appuyai à tâtons sur les touches en le regardant toutes les deux secondes, finis par trouver le menu, puis l'historique des appels. Je parcourus la liste des numéros, trouvai le mien dans les appels sortants, les trois fois où elle m'avait appelé, continuai et vis un autre numéro apparaître à plusieurs reprises. Je reconnus l'indicatif de zone 416. Je le connaissais parfaitement pour m'en être servi chaque fois que j'appelais Natalie à Toronto.

– Qu'est-ce que tu fais ?

– Juste un petit truc que vous m'avez appris.

J'appuyai sur la touche d'appel.

– McKnight, dit-il en ne pouvant empêcher la panique de le gagner. Qui tu appelles ?

– Tu as raison. Je ne suis pas un tueur. Je ne peux pas t'abattre de sang-froid.

Le signal était faible, mais l'appel passait. Ça sonnait.

– Mais je connais quelqu'un qui serait ravi de s'en charger.

Il attrapa un des sièges en plastique. Me le lança à la figure et plongea sur mon pistolet.

J'esquivai la chaise, tirai et le tuai.

23

Pour finir, la chaleur arriva en septembre. Cela dura dix jours et demi. Le soleil était radieux et, en soirée, il se reflétait dans les arbres et faisait ressembler tout à une carte postale. Les couchers de soleil étaient à couper le souffle au sens propre du terme. On s'arrêtait littéralement de respirer quand on sortait pour les voir.

Loin d'y être indifférent, je crois avoir été plus sensible à ces journées que n'importe qui. Elles étaient magnifiques, même si leur beauté était empreinte de la grande tristesse de savoir que leur nombre était compté. Chaque journée superbe amenait à se demander si ce serait la dernière.

Un homme blanc aurait qualifié ces dix jours et demi d'été indien. Je demandai à Vinnie comment un Ojibwa appelait ça. Il répondit que c'était *dagwaging*.

J'avais des excuses à faire, à Vinnie plus encore qu'à quiconque. Je l'avais exclu, l'avais traité comme aucun frère ne devrait être traité, même avant de lui avoir flanqué une décharge de cinquante mille volts à l'aide d'un pistolet hypodermique. Un jour peut-être serions-nous capables d'en plaisanter. Mais pas encore.

Vinnie finit par me demander ce qui s'était passé ce jour-là, après que je l'avais quitté. Il me sembla que je lui devais bien toute l'histoire. Nous nous installâmes dehors et contemplâmes le coucher du soleil pendant que je la lui racontais. Quand j'arrivai à la fin, au moment de vérité, je ne sus pas trop quoi dire.

– Il m'a dit que je n'arriverais pas à le tuer de sang-froid, dis-je. Je voulais le faire. Vraiment. Mais je n'ai pas pu.

– À ce moment-là, tu étais le seul à être armé, répondit-il. Il était sans défense.

– Après ce qu'il avait fait, ça n'aurait pas dû compter.

– Non… Mais ça revenait tout de même à abattre un homme désarmé.

– C'est bien pour ça que j'ai appelé Laraque. Je savais que lui n'aurait aucun problème pour ça.

– Donc quand il a compris qui tu appelais…

– Il m'a foncé dessus. Il a dû estimer que c'était sa dernière chance.

– Il fallait l'abattre à ce moment-là.

– Oui. C'est ce que j'ai fait.

– Mais alors où est le problème ?

– Je n'ai pas pu le faire d'emblée. J'ai donc dû lui forcer la main. Je pense que je savais qu'il tenterait quelque chose.

– Mais ça n'était pas du bluff. Tu as vraiment eu Laraque en ligne.

– Si la situation avait été inversée, Cap m'aurait descendu tout de suite. Sans hésitation. Est-ce que ça fait de moi un meilleur homme, Vinnie ? Un homme plus faible ? Quoi ?

Il regarda le ciel en réfléchissant. C'était un camaïeu de tous les tons de rouge, d'orange, de jaune. Un peu de bleu, un peu de violet. Et même un peu de vert. Un peintre aurait perdu la raison à tenter de tout reproduire.

– Tu as fait ce que tu avais à faire, dit-il. Tu as trouvé le seul moyen d'y arriver. Je pense que tu peux arrêter d'y penser.

Je ne répondis pas. Nous restâmes assis tous les deux un moment.

– Que s'est-il passé ensuite avec Laraque ? demanda-t-il. Qu'est-ce qu'il a dit quand tu l'as appelé ?

– Je ne lui ai parlé qu'après avoir abattu Cap. J'ai tenté de tout lui expliquer. Il m'a demandé de lui donner ma position indiquée par le GPS afin d'envoyer quelqu'un à ma rencontre. Il avait ses hommes avec un bateau sur l'île St Joseph.

– Ils ne t'auraient pas laissé la vie sauve. Je veux dire… tu parles de ça comme d'un simple petit détail…

– Oui, je sais.

– Alors qu'est-ce que tu lui as dit ?

Ce fut le seul moment dont je ne parlai pas à Vinnie – celui où j'étais assis dans le bateau, en train de demander à Natalie ce que je devais faire. Attendre ces types, les laisser me retrouver pour pouvoir la rejoindre, là où elle était ? Ou bien trouver une raison de continuer à vivre dans ce monde un petit peu plus longtemps…

– J'ai inventé une position, à des kilomètres de là où je me trouvais. Je la lui ai indiquée et lui ai dit que j'attendais. Je me suis dit que, comme ces types allaient sortir quoi qu'il arrive, je pouvais aussi bien les envoyer dans la mauvaise direction. Et puis j'ai appelé les garde-côtes.

– Ç'a dû être un sacré spectacle…

– Deux cadavres. Moi debout couvert de sang. Ça, pour attirer leur attention…

– Et il semble qu'ils continuent à s'intéresser à toi.

Il savait que j'avais déjà été interrogé par l'ATF et la police montée. L'agent de l'ATF en particulier avait voulu entamer une procédure pour obstruction à la justice, mais le sergent Moreland m'avait appelé en personne pour me dire que c'était du vent. Laraque restait introuvable, avait-il dit. Les armes au fond du lac pouvaient être celles de Gray, sauf que Gray était déjà mort. Il avait ajouté qu'on me demanderait peut-être un jour de témoigner contre Laraque, si toutefois on en arrivait là. Je l'avais remercié pour toutes les fois où il avait protégé Natalie. Il m'avait lui aussi remercié, à titre strictement confidentiel, d'avoir tué celui qui l'avait assassinée.

– C'est drôle, dit Vinnie. Tu voulais tellement t'en prendre à Laraque et il s'avère qu'il n'avait rien à voir avec ça. Maintenant, c'est lui qui a toutes les raisons de s'en prendre à toi.

– Il n'osera pas tout de suite. Ça sent encore trop le roussi pour lui.

– Oui, mais un jour ou l'autre…

– On verra bien.

– Tu ferais bien de dormir avec une arme, Alex.

– Impossible. Elles sont toutes au fond du lac, tu te rappelles ?

Le soleil disparut. Les couleurs demeurèrent dans le ciel, s'assombrissant d'un degré à la fois.

– Elle me manque, Vinnie. Vraiment. Ça ne va pas en s'améliorant.

– Tu as fini de courir dans tous les sens pour quelque temps. Le moment est venu de la pleurer.

Il avait raison, bien sûr. Le moment était venu.

* * *

Vinnie m'aida à déménager toutes mes affaires dans le deuxième chalet. Nous laissâmes le premier momentanément vide. Je déciderais quoi en faire plus tard.

Nous travaillâmes au nouveau chalet au bout de la route. Nous construisîmes l'escalier intérieur. Puis nous commençâmes la cuisine.

Je passais mes soirées au Glasgow Inn. Je restais assis auprès du feu et repensais à l'unique soir où Natalie était venue.

Dix jours et demi. Au onzième jour, ce fut fini en l'espace d'une heure. On savait que ça ne reviendrait pas avant longtemps. Les feuilles semblaient avoir toutes jauni d'un seul coup et on sentait arriver le vent froid. On pouvait presque sentir l'odeur de la neige dans l'air.

Je demandai à Vinnie ce qu'était le mot Ojibwa pour dire automne.

– *Dagwaging*, me répondit-il.

– Minute, c'est le même mot que tu m'as donné pour dire « été indien ».

– Il n'y a pas de différence, répondit-il. Que le soleil brille. Ou qu'il fasse froid et gris. C'est comme ça. C'est toujours *dagwaging*. On accepte et on continue de vivre sa vie.

* * *

Ce soir-là, Vinnie vint me voir pour me dire que Caroline avait à nouveau de gros ennuis. Les choses tournaient mal avec Eddie, maintenant qu'elle ne gagnait plus ces quelques dollars supplémentaires en vendant ses antidouleurs. Il me demanda de l'accompagner en voiture au Soo, afin d'avoir une petite conversation avec lui, peut-être lui suggérer que battre sa femme ne résoudrait aucun de ses problèmes.

Il prit le volant. J'étais assis sur le siège passager de son pick-up, à regarder les feuilles tournoyer dans le vent froid. « Il aurait très bien pu faire ça tout seul, pensai-je. Il m'emmène avec lui pour une raison précise, peut-être pour me montrer qu'il reste encore en moi un peu de combativité. »

Je le regardai, lui et son visage impassible.

– Tu ne laisseras pas tomber, dis-je, n'est-ce pas ?

– Jamais, répondit-il sans quitter la route des yeux.

Ce soir-là, Caroline était au travail. Eddie, lui, était à la maison, assis à sa table de cuisine avec sa bière et ses cigarettes, exactement comme la première fois que je l'avais rencontré. C'était là un homme assez veinard pour avoir une femme qui l'aimait, assez veinard pour passer chaque jour de sa vie avec elle. Je supportais à peine de le regarder.

J'avais eu mon compte de violences domestiques autrefois, à Detroit. Les flics de la patrouille voient ça tous les jours. Il n'y a pas grand-chose à faire. On peut arrêter l'homme, parler avec la femme, lui rappeler quels sont ses droits. On peut avoir envie de lui taper plusieurs fois la tête contre les murs, mais on n'en a pas le droit.

Je n'étais plus un flic.

Quand nous le quittâmes, je pense qu'il était tout à fait convaincu que Vinnie la surveillerait chaque jour au casino. Pour repérer le moindre bleu. La moindre marque sur elle. Les yeux rouges d'avoir pleuré. Les cheveux en bataille. Et cela nous amènerait à lui rendre une autre visite.

Enfin quelque chose que j'arrivais à faire. Quelque chose de bien pour une personne qui avait besoin d'aide. Peut-être ferais-je autre chose le lendemain, pour quelqu'un d'autre. Peut-être serais-je ainsi davantage le genre d'homme à mériter d'avoir eu quelqu'un comme Natalie Reynaud dans sa vie, ne serait-ce qu'un petit moment.

Oui, être cet homme, vivre avec le *dagwaging* qui m'avait été destiné. Puis traverser encore un long hiver afin de découvrir à quoi ressemble le monde quand le printemps est de retour.

REMERCIEMENTS

Merci comme toujours aux « usual suspects » : Bill Keller et Frank Hayes, Liz et Taylor Brugman, Ruth Cavin et tous ceux de St Martin's Press, Jane Wood et tous ceux d'Orion, Jane Chelius, Maggie Griffin, Bob Grandisi et le *Private Eye Writers of America*, tous les gens sympas d'IBM, David White, Joel Clark, Carry Gottlieb, Jeff Allen, Rob Brenner, Larry Queipo, ancien chef de la police, la ville de Kingston, État de New York, ainsi que le docteur Glenn Hamilton du Département de la Médecine d'urgence, Wright State University.

Et comme toujours, à Julia, mon épouse et meilleure amie, à Nicholas, le champion de Soul Edge, et à Antonia, la Princess of Pink.

Le Seuil s'engage pour la protection de l'environnement

Ce livre a été imprimé chez un imprimeur labellisé Imprim'Vert, marque créée en partenariat avec l'Agence de l'Eau, l'ADEME (Agence de l'Environnement et de la Maîtrise de l'Énergie) et l'UNIC (Union Nationale de l'Imprimerie et de la Communication).

La marque Imprim'Vert apporte trois garanties essentielles :

- la suppression totale de l'utilisation de produits toxiques ;
- la sécurisation des stockages de produits et de déchets dangereux ;
- la collecte et le traitement des produits dangereux.

RÉALISATION : IGS-CP À L'ISLE-D'ESPAGNAC
NORMANDIE ROTO IMPRESSION S.A.S. À LONRAI
DÉPÔT LÉGAL : MARS 2010. N° 95909 (10-0766)
IMPRIMÉ EN FRANCE